A Comprehensive
TEFL Manual 全方位
英語文教學

陳湄涵 等——編著

五南圖書出版公司 印行

CONTENTS

前言 Preface

外語教學是一門不斷更新的科學。隨著各種語言學、心理學說的興起，外語教學的理論也不斷演進，豐富教學的想法和創意。具有專業素養的外語老師，憑藉的不是教學靈感與直覺，而是藉由對外語教學理論、實證與方法的認識，發展出好用的教學「工具箱」（toolbox）。有了專業工具箱，外語老師才能針對不同年齡層的學生、不同的教學環境和不同的語言範疇，彈性運用最合宜的教學策略，設計完整的教案，有效評量學生的學習成就，精準達成預設的教學目標，讓外語教學和學習成為有依據的行為科學。

本書將《圖畫書在外語教學與學習的角色與應用：理論與實踐》置於首章，因在教室情境外的第二語學習者，在尋求規則導向（rule-based）的「學習」（learning）前，通常會先透過大量接觸目標語料的方式，在侷限的字彙下，善用認知（cognition）與背景知識（world knowledge），自然而然地「習得」目標語中的字彙及句構。幼童就是透過這樣的方式，在尚未識字前，即有詮釋圖畫的語言能力；在適當的導引下，幼童就可以從圖畫書中，藉由觀察，揣摩文字字意並猜測文意。圖畫書更能促進幼童對內容情感的投射，不但建立正向的態度，也能讓焦慮指數降低，達到最佳的「習得」效果。語言學習者更可以在以圖畫書學習的過程中，藉由反覆聆聽與重述，內化加深他們對於關鍵字彙與句構之印象，最後更可以在成人的帶領下進行相關的閱讀和寫作，以及各式各樣跨語言技巧的練習。因此，圖畫書不但可增進語彙、建構句型，還能提升聽、說、讀、寫四大能力。近年的教育政策，首重跨領域橫向統整。圖畫書的多元面向，不只激發視知覺與圖像素養，且能發展語言力、想像力與創造力。圖畫書也是唯一同時適合學齡前與學齡後英語學習者的教學方式，具有重大的教育意義。

第二章介紹八種主要的外語教學法,並將每種教學法分為〈理論基礎篇〉、〈課堂呈現範例篇〉及〈應用活動篇〉三部分呈現。〈理論基礎篇〉針對每種教學法的緣起、教學原則、老師角色、對錯誤的態度、評量方式等,做簡要概述。〈課堂呈現範例篇〉針對每種教學法,以寫實方式描述課堂典型活動,有如老師在真正的教學現場參與觀摩般,感受暖身活動、單字或句型呈現,及最後的練習活動。〈應用活動篇〉根據不同的認知能力和不同的語言程度,來呈現各種教學活動。希望透過這樣的方式,給予各種外語教學法更細緻的詮釋,進而啟發老師設計構思的靈感。

第三章針對主要的教學元素:字彙、發音、文法、對話、閱讀、歌曲歌謠,提供設計課堂活動的指引。每個教學元素分兩部分介紹:第一部分對各教學元素做簡要的說明,並提供課堂上常見的教學方法、技巧及注意事項;第二部分提供常用的教學活動範例。

第四章介紹備課的重要元素:教案設計。對初入外語教學領域的老師來說,教案設計是非常重要的功課,為了讓老師擁有完整的教案設計概念,詳述教案編寫原則、設計步驟,並提供完整範例。

第五章深入探討外語測驗及評量的理論和實務。在外語教學與學習上,評量一直是不可或缺的一環,不僅能協助老師瞭解學生的學習狀況與語文能力,也能適時檢視教學成效,調整教學的方向及模式。

本書的完成,有賴佳音英語輔訓部門林佳慧、卜慶雲、鄭佩珊、黃美珊、錢美齡等多方的協助,謹此致謝。

Chapter 1

圖畫書在外語教學與學習的角色與應用：理論與實踐

Connecting Theory and Practice: The Role and Use of Picturebooks in Foreign Language Teaching and Learning

1.1 導論 Introduction

1.2 理論基礎 Theoretical Tenets

1.3 選用技巧 Selecting Criteria

1.4 教學訣竅 Teaching Tips

1.5 教學實例 Teaching Examples

陳湄涵

Chapter 1

**Connecting Theory and Practice:
The Role and Use of Picturebooks in Foreign
Language Teaching and Learning**

1.1 導論
Introduction

兒童學英語在台灣已行之有年，不過，許多坊間教材或以傳統的單字文法句構為取向，或整合溝通式的課程，似乎還無法滿足所有學習者的需求。Gardner (1983) 在「多元智能理論」（Theory of Multiple Intelligences）中提到，每個孩子都是獨一無二的個體，擁有不同的智能，如何營造多元、適性（適合每個人個性與特質）的教育環境，引導學生展現個人優勢智能，以自己擅長的方式學習，讓學習充滿樂趣和成就感，是每位老師費心思量的課題。

Montero Perez et al. (2013) 採用「後設分析」的方式，綜評多模教學媒介（multimodal input）對第二語之學習成效時，特別指出，採用適合學習者認知優勢與偏好的教學或學習模式，是學習第二語成功的關鍵。近年來，國內針對學齡前後的教學政策，積極鼓勵採用可同時啟發學習者認知的教材或教學模式，在此思維下，語言學習不再單純涉及語言知識，也同時大量涉及認知的刺激、吸收與學習。採用圖畫書進行語言教學，以及將英文融入各科教學，都建構於上述的信念與基礎上。

大人小孩都愛聽故事、愛看圖畫書。即便在沒有文字的時代，故事經由口述一直代代流傳至今。日本有位叫清水真弓的全職婦女常唸圖畫書給孩子聽，她認為有了聽的輸入，自然能懂書中文字代表的意義，也可自在表達。透過閱讀過程中「聲音＋圖像＋意義＋文字」四步驟的連結，可有效落實英語文的學習。該女士的女兒三歲就通過日本英檢五級，八歲通過二級（相當於日本高中畢業程度），這樣的成果驗證圖畫書多模輸入對提升語言教學之成效，台灣近幾年的的語言政策亦積極朝此方向邁進。

2018年12月，國家發展委員會提出以厚植國人英語力和提昇國家競爭力為目標的「2030雙語國家政策發展藍圖」。教育部據此研擬推動「雙語國家計畫」，其策略及措施鉅細靡遺，其中第一項「加速教學活化及生活化，激發學習動機，鼓勵幼兒園採行『英語融入教保活動』之模式及教學」，旨在幼保教育的框架中，同步強化英語聽力及口說練習。此外，教

育部國民及學前教育署更積極推動中小學跨領域或英語融入各學科之授課，並加速推廣中小學「英文繪本」的教學。

就以上的政策說明，圖畫書（picturebook）可說是唯一同時適合學齡前（幼齡）或學齡後（英語程度尚未成熟）英語學習者的學習元素，因為在帶讀、理解的過程中，都須大量涉入學習者的認知機制 (Liu, 2015)。學齡前後的學習者，極端依賴認知來理解，圖畫書因而成為橫跨學齡前後英語學習的理解鷹架（scaffold）。繪本是圖畫書的具體代表，透過簡單精鍊的文字，帶領學習者同時探索語言及各項議題的認知。小說家 Philip Pullman 在 1995 年榮獲卡內基獎（The Carnegie Medal）時曾說 " 'Thou shalt not' is soon forgotten, but 'Once upon a time' lasts forever." 可見圖畫書在人類文化及語言學習上的重要性。

十二年國教英語領域的重點和九年一貫課程最大的不同，在能看懂圖畫書的主要內容、能預測主題、推論合理的情節發展及字詞的意義，進一步深化品德、家庭、戶外、安全、法治、能源、國際、多元文化教育等內涵，足見圖畫書在十二年國教英語領域教學上的重要性。本章希望帶領老師認識圖畫書的內涵，善用圖畫書融入英語教學，有效啟發學習者的認知與語言學習機制。

什麼是「圖畫書」？

說到圖畫書，許多人有先入為主的觀念，認為不過就是針對幼齡孩童所寫的簡單東西罷了。van Kraayenoord & Paris (1996) 在研究「無字書」（沒有文字的圖畫書）的過程中發現，無字書可協助孩子建構意義，促進認知發展及思考技能，在帶領孩子對無字書的圖畫做出回應和提問的過程中，可激發幼童使用第二語言之動機。Early (1991) 調查英語做為第二語言（English as a second language, ESL）的孩子使用無字書的狀況，她發現參與者在閱讀圖像時，須嘗試利用認知及想像去組織一個有

條理、連貫的故事，並建構合理的內容，從上述過程中，再反向回饋，提升習得語言和認知的技巧。也就是說，無字書的圖畫，是能同步激發思維、創造力和語言力的學習加速器。

在兒童文學的領域中，圖畫書是一種特別的書，被視為文學和視覺藝術的組合，是經由口頭輸入（verbal input）和視覺輸入（visual input）這兩個媒介互動而產生。Schwarcz (1982: 10) 認為圖畫書是「具啟發性、有品味、有文化的產品」。根據 Nikolajeva (2006) 的描述，許多研究學者把「有插畫的書」和「圖畫書」做出區隔：前者是把已有的文本加入插畫，圖畫是文字的附屬品，僅具裝飾功能，即便沒有圖，仍可理解；而後者，文本和圖像組成不可分割的整體，其影響力是藉由兩者的互動溝通而達成。就 Sipe (1998: 23) 把圖畫書 picture book 兩個字變成 picturebook 一個字，可見一斑。

Nikolajeva 曾大聲朗讀 Pat Hutchins 寫的圖畫書 *Rosie's Walk* (1968) 給學生聽，該書共 32 個字，只有一個句子，學生聽完後覺得平淡無趣，看了圖畫後，才發現原來是個驚心動魄的故事，藉由文字和圖像不一致的表達與呈現，創造反差效果，由此可見，文字和圖像間相互依存的關係十分必要。Nikolajeva 提出「輸入媒介須互相依存」的觀念歷時已久，但在許多使用多模教學工具的現代教學思維中，依然為真。

在多模教學中，老師常須整合不同的輸入媒介，做為教學或學習的工具。進行整合前，須先確認輸入的媒介彼此互相依存，每種涉入的媒介都要能成為獨特的語義貢獻輸入資料（idiosyncratic semiotic cue），如圖 1，而非互相重疊或重複的輸入，如圖 2，否則反而因為得同時處理太多重複的資訊，造成學習者認知和注意力的負擔。圖畫書的功用，在於可提供語言學習者互相依存、豐富但不重複的雙重（文字與非文字的）輸入。

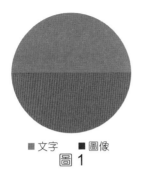

■ 文字　■ 圖像
圖 1

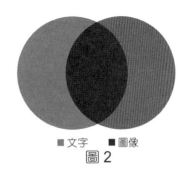

■ 文字　■ 圖像
圖 2

上述理念早在 40 多年前，就曾由 Bader (1976: 1) 提出。Bader 曾說：
「圖畫書是文字、插畫、全然的設計……做為一種藝術形式，它取決於圖
畫與文字的互相依存。」21 世紀為科技世代，各類多媒體或多模圖像或
影像更勝文字，所以要以更多元、更有創意的藝術手法，及更有敘事能
力的圖像，來吸引孩童。

「圖像素養」（visual literacy）是 Debes 在 1969 年提出的概念，他認為，
看見某件物品的同時，還能整合其他感官體驗的能力，就是圖像素養。
藉由圖像，讀者能深入文字外的世界，去理解文本的內容，啟發欣賞力，
並試著去詮釋、建構意義，發展獨立思考的能力，在訊息多元、傳遞快
速的 e 世代，特別值得關注。

圖像教育在近年的新加坡 (Lim & Tan, 2017) 及台灣，都是課程發展中
強調的重點。十二年國教實施後，「核心素養」成為課程發展的主軸，領
域間的橫向統整更是重要的特色，以英文圖畫書做為課堂教材的選項，
來培養圖像素養，是不可或缺的學習策略。

要培養圖像素養，練習識讀圖像、解讀圖畫背後蘊含的意義，從圖畫
書切入相對容易。美國知名的腦神經科學家奧利佛・薩克斯（Oliver
Sacks）曾在 2009 TED 的舞台說 "We see with the eyes, but we
see with the brain as well, and seeing with the brain is often called
imagination."

17

雖然圖畫和文字各自傳達不同的訊息，但兩者也須相輔相成，在孩子不同的學習階段扮演不同的角色，給予不同的樂趣和視野。現今網路無遠弗屆，圖畫書早已跨越時空，突破語言文化的藩籬，許多專業有創意的作家與畫家互相激盪，創作出有內涵、有意義、涵蓋各領域主題的圖畫書，讓學習者得以悠遊在神秘有趣的圖畫書王國。

Chapter 1

**Connecting Theory and Practice:
The Role and Use of Picturebooks in Foreign
Language Teaching and Learning**

1.2 理論基礎
Theoretical Tenets

本文作者從事英語教學有年，以自己的孩子做實驗，從襁褓期每晚陪讀中英文圖畫書，深切體會圖畫書的魔力及其對語言發展不可抹滅的角色。相關文獻研究 (Fishcher, 2017; Huck, Helper, & Hickman, 1987) 都強調閱讀圖畫書有助於兒童語言發展。尤其在「以英語為外語」（English as a foreign language, EFL）的情境中，英文圖畫書可增進語彙、建構文法句型，並提升聽、說、讀、寫四大能力。圖畫書能有效提升讀寫技巧，可由 Fishcher (2017) 對圖畫書的描述 "Reading with a crayon."（畫筆伴隨之閱讀）看出端倪，因圖畫直接連接腦中既有概念，可有效激發先備知識的涉入。

圖畫與既有概念的連結，可用 Google 研發的限時塗鴉程式（https://quickdraw.withgoogle.com/?locale=zh_TW）說明。在此程式中，參與者要根據看到的提示字（如：指南針），在短短數秒內，以手寫板或滑鼠在電腦螢幕上描繪與提示字對應的圖像。要能在有限的時間內完成任務，須快速抓取已知概念中對應的圖像記憶。若完成的塗鴉正確，就會得到下一個提示字；若畫出的塗鴉四不像，則代表參與者對此提示字的概念及圖像記憶不夠精確，程式就會讓參與者看到其他人的塗鴉範例。每一次的塗鴉過程，都是參與者與既有概念不斷的激盪與對話。

閱讀圖畫書的心中歷程也是如此，限時塗鴉程式是多媒體閱讀媒介，圖畫書可以是紙本，也可以是電子媒介（digital modality）。圖畫書和限時塗鴉程式不同之處在於不須限時完成，閱讀者可利用自己的速度或依帶讀者的速度，進行單次或多次閱讀，創造有利的情意閱讀環境，大大降低焦慮感。

Krashen (1997) 提到，情意因素有助於外語習得，如果習得者的焦慮指數低，自信指數高，情意濾網（affective filter）就會降低，此時的習得效果最佳。換言之，從小把孩子抱在懷裡，陪伴他們看圖畫書，使其有安全感，不但能啟發認知，養成良好的閱讀習慣，更能不知不覺中形塑

品格與生活涵養。

Krashen 在語言習得和學習假說（The Acquisition-Learning Hypothesis）中提到，第二語言學習者有兩種方式可內化所學的目標語，一是「習得」，藉潛意識和直覺來建立語言的系統，就像嬰兒拾起（pick-up）一種語言；另一種是有意識的「學習」。Krashen 認為：「第二語言能否說得流暢，決定在『習得』，而非『學習』。」(1981a: 99)。

圖畫書有情節引導，語言學習者可在多重且有意義的情境中，多次接觸不熟悉之目標字與對應的圖像 (Painter, Martin, & Unsworth, 2011)，進而內化語言學習之深度。另外，Krashen 的「語言輸入假說」（The Input Hypothesis）主張讓孩童接觸稍稍調適過（roughly tuned）、可理解的輸入，但要包含比他們目前語言能力（i）更難一點的延伸內容（i＋1）(Krashen 1981: 100)。也就是說，家長或老師應選擇程度略高於學習者現有程度的圖畫書，使其可大致理解，但不必字字精讀，這樣一來，學習者有機會進入高一階的程度，但也不可選用太難、超出程度太多（i＋2）或低於現有程度（i－1）的圖畫書，免得造成焦慮挫折或感覺無聊的負面效果。

上述論點看似簡單，但一般人在詮釋 Krashen 的觀點時，大都聚焦於讀本的難易程度，忽略了帶讀者之輸入。帶讀者可依現場聽讀者的背景、程度及學習風格，以稍稍調適過的語速、不同的互動方式（重複、贅述、換句話說、語調高低、朗讀、詢答、手勢、隱喻等），提供各種吸引學習者注意力的輸入（compelling input），或個人化的輸入。這樣的輸入與互動往往是決定圖畫書閱讀經驗與理解的重要關鍵 (Krashen & Bland, 2014)。

「多元智能理論」提醒老師在設計圖畫書教案時，要顧及心智歷程不同的學生，不要只專注在「語文智能」。一個良好的教案，會利用兒歌韻文來激發「音樂智能」、利用視覺道具來激發「空間智能」，或以角色扮演

激發「肢體動覺智能」。對「肢體動覺智能」的學生極有吸引力的教學法，就是「肢體反應教學法」（Total Physical Response, TPR），這個連結目標語和肢體動作的教學法，在 1980 至 1990 年代被 Blaine Ray 延伸成「肢體反應故事教學法」（TPR Storytelling, TPR-S）：先以傳統的 TPR 教導故事中的字彙和簡短的片語，然後老師邊說故事，孩子邊做出 TPR 的動作，最後，由孩子把動作和故事結合，重述自己版本的故事 (Ray, 1993; Seeley & Ray, 1998)。

Goodman (1967: 126) 認為，閱讀是心理語言的猜測遊戲，進而開啟探討第二語言閱讀教學的相關議題。閱讀模式至 1980 年代逐漸分成兩派，一是由下而上模式（Bottom-Up Model），從字元（lexicon）、音素（phoneme）開始，組成音節、字彙、片語、段落，先把這些語言的訊息解析清楚，最後才理解文本內容，可說是從資料入手（data-driven）的過程；另一是由上而下模式（Top-Down Model），以基模理論（Schema Theory）為基礎，利用個人的背景知識，主動預測文意。Goodman 認為，所有閱讀的活動都是場冒險，學習者要經歷解謎的過程，來推測意義，這又稱為由概念入手（concept-driven）的過程。在這個過程裡，學習者會用自己的智慧和已有的概念經驗來解讀文本。

Nuttall (1996: 16) 曾做出比喻：「由下而上模式」就像是拿放大鏡或顯微鏡來檢查極細微的東西，而「由上而下模式」就像是一隻老鷹，在天空檢視地面的動態。根據 Brown (2001) 的說法：「半世紀前，閱讀專家都認為『由下而上模式』是最好的閱讀教法。」但先進的研究實驗都主張交互模式（Interactive Model），把兩種模式融合在一起，才是成功的教學模式。閱讀時，學習者一下子用「由上而下模式」來預測文意、一下子又用「由下而上模式」，來檢視作者的原意，在兩者間來回穿梭。

上述理論不難理解，但要落實兩種模式頻繁交替使用，最好的引發者就是圖畫書的帶讀者。由帶讀者詢問不同形式的問題（如：有選項的封閉式問題、開放式問題），引導讀者注意圖畫書的文字資訊（verbal cues）

及非文字圖像資訊（non-verbal cues），實現最佳的閱讀模式。

因圖像與概念緊密連結，即使在沒有帶讀者的情境下，有閱讀習慣的學習者也可藉由圖畫書中大量圖像的先行輸入，與腦中的概念互動，並透過簡單精煉的文字，不斷在「由上而下」及「由下而上」兩種模式中變換。在有帶讀者的情境下，學習者更容易藉由兩種模式的交替使用，交叉經歷聽、說、讀、寫跨語言技巧（integrated language skills）的理解過程，營造出所謂「認知上吸引人的圖畫書經驗」（compelling picture-book experience）(Krashen & Bland, 2014)。

在全語言取向（Whole Language Approach）的模式中，語言學習是一個圓，一個整體的溝通系統，聽、說、讀、寫四範疇同時進行，不被切割。尤其在培育認字讀寫能力時，可採取「由上而下模式」，不必透過字母拼讀（phonics）的方式。就像沒學過英文的幼童，在看到某些英文商標時，可立即辨識，並用英語說出來。

老師或帶讀者在採用圖畫書教學時，遇到無法使用圖像表達的高頻字（sight words），如the、was、here等，或60%左右不符合「聲音與字母對應關係」的字，則可透過與孩童真實生活有關的文本，經由朗讀解說、表情與肢體動作，讓孩童經由猜測，大致理解文本的涵義，再經由指讀與重覆，讓孩子在學習初期，很快速地有能力以口語和書寫輸出，即使未必完全正確，但隨著時間累積經驗，可有更精熟的呈現。

從全語文的觀點來看，圖畫書教學好像十分符合它的教學取向。因為它是從一個有意義的文本中，同時發展出不同的面向，端看老師的引導、學生認知的成熟度與第二語言的程度。在一本英文圖畫書中，先有情境的暗示，學生就經驗來預測及理解；從聽的輸入中，慢慢發現聲音與字母的對應關係，找出不合乎字母拼讀的高頻字；在重覆的情節中，自然學到語法和句型架構，並熟悉字的形狀和拼法。

圖畫書促進理解與語言習得的功能

Yu (2012) 曾說：「幼兒主要靠知覺來發展語言和概念，他們與周遭的環境互動時，圖畫書中的圖像不僅提供美學的價值，也可做為『思考的鷹架』，以快速理解文本、增強認知。」Fang (1996) 和 Pantaleo (2018) 討論到圖像輸入在閱讀理解過程中的重要性，不但可幫助語言學習者的語言理解及識字讀寫力，還可激發想像力、創造力及美學鑑賞力。圖畫書有助於「有意義的學習」(Owens & Nowell, 2001)，只要孩子喜歡，學習的過程就有趣。

Ausubel (1960) 倡導「有意義的認知理論」（Significant Cognitive Theory），他將死記硬背的學習（rote learning）和有意義的學習做比較，發現後者才有可能讓學生把新知識、新概念、新見解和已知產生連結。他認為，使用「由上而下模式」，可在學習第二語言初期，透過猜測來引發學習動機。對「圖畫書」先有整體概念，再逐步探討細節，最後讓整體的輪廓越來越清晰。

學習者利用自己已有的背景知識，揣測「圖畫書」的內容大意，這是使用了「由上而下模式」。在此模式下，背景知識比語法、詞彙等語言知識更重要。Gove (1983) 總結其特點如下：

一、學習者即便無法辨識每個字，還是能理解文本大概的意義。

二、閱讀是以理解為主要目標，不是要精通字母、聲音與字母的對應關係或字彙。

三、閱讀是有意義的活動，不是一連串認字的技能。

四、閱讀最重要的層面，是從文本中獲取訊息。

圖畫書有很多好處，尤其在它的真實性、重覆性、圖文間的相互支援 (Schouten-van Parreren, 1989)。Sheu (2008) 也認為使用圖畫書教學時，最主要的價值就是圖文的相互支援。圖畫書的文字簡單，有可預測的情節、有意義重覆的架構。孩子熟悉後，可創造類似的文本，並依據

這樣的學習過程，發展語言技能。

就 Ghosn (2002) 的分析，使用圖畫書對 EFL 的初學者有以下優勢：

一、圖畫書比傳統的英語教科書自然、主題多樣，可衍生各種教學活動。

二、有趣的情節，不僅抓住學習者的注意力，也激發更多對話，讓學習歷程更有意義。

三、豐富的圖畫不只激發知覺、視覺與美感，也能釐清文本內容，加速理解。

根據 Griffith, Beach, Ruan, & Dunn (2008: 134) 的研究，因缺乏對單字的理解，幼童必須仰賴圖像和老師的解說，才能理解書中所要傳達的訊息。可用手觸摸的彩色圖畫書能吸引幼童，抓住他們的目光，觀察到許多連大人都沒有注意到的細節。光是圖畫書的封面，就能喚起好奇心，讓幼童產生想瞭解標題的意思和內文大意的想法，啟動他們思考，甚至進行討論及推理。

Ghosn (2002) 就近觀察課堂上的說故事時間，發現學生在回答問題時，會從圖畫中找出細節。換言之，圖像激發了他們的推理和邏輯思考力。Mayesky (2012: 88) 也相信圖畫書給予孩子「做中學」的機會，獨立、主動學習，是「獲取一生知識的關鍵」。

孩童可從圖畫書中，自然習得字彙和句型。Mckay (2006), Fung (2004) 與 Cianciolo (1997) 都發現，只要把優質的圖畫書融入課程，讓學生有目的地獲取老師想要傳達的訊息，就能提高學習的興趣，還能把真正的生活經驗，融入圖畫書中，甚至創造意義。

依據鄧文莉（2009）的說法，說故事對兒童英語學習的成功之鑰，在於音、義、形三者間的緊密結合：「音」為傾聽圖畫書中或帶讀者的聲音內容，「義」為理解文本的意義，「形」為書中的文字，三者密不可分。在第二語言學習初期，學生因不識字，只能藉助帶讀者所布置的情境及可理解的輸入，來架設鷹架，將聲音的記憶儲存於大腦中，反覆聆聽後，

再進行重述，此乃Hendrickson (1992) 所說的「為發展會話技巧所需的輸出」，最後，再進行文字閱讀。

使用圖畫書，有了帶讀者的即時互動口語特徵（discourse features of the spontaneous interaction in picturebook storytelling），將使語言習得的成效，尤其在字彙方面，更為明顯。帶讀者常重複使用圖畫書中的重要關鍵字，但不是每次都能在深思熟慮、充滿前後文的完美語境中呈現，有些使用情境可能前後文不足、甚至不完美，卻提供了關鍵字的真實（authentic）使用語境。

Zahar, Cobb與Spada (2001) 認為，當聆聽者在充滿前後文的完美語境中，遇到一個尚未習得的關鍵字時，會專注地去臆測該字的字義，甚至激發他去思考上次遇到該關鍵字時，比較完美的語境，因而使用了「由上而下模式」；當聆聽者在比較不完美的真實互動語境，重複遇到同一個關鍵字時，因缺乏足夠的意義線索（meaning clues），則會專注於該字的字形或發音細節，因而使用了「由下而上模式」。也就是說，在不同的語境重複接觸關鍵字，可促使孩童針對同一關鍵字進行「由上而下」及「由下而上」的語料處理過程，因而造就語言及字彙習得的最佳環境。

圖畫書除了可輔助語言學習，也能協助老師掌控班級經營。Nikolajeva (2013) 提到圖畫書可加速幼童情緒的發展。幼童還不太瞭解他人的想法和感覺，但圖畫書中的圖像和情節，牽連到角色人物的個性、感覺和情緒，可提昇聽讀者的內省智能。圖畫中角色的情緒，經由文本和圖像的傳達，可成功引發孩童的情緒投入。

Ghosn (2002) 認為，內省智能可協助瞭解自己和他人的感覺，包含同理心和容忍度，是有用的社會技能，而圖畫書就是為內省智能的媒介。他認為，提出簡單的問題，如How does Pinocchio feel?或If you were Goldilocks, what would you do?，就可引導孩子以圖畫書來建構情緒投入，知道如何與他人互動，建立正向態度，具有重大的教育意義。

相較於許多偏向教學性質的文本（pedagogical materials），圖畫書更能促進孩童在閱讀過程中對故事內容情感的投射。Liu (2016) 提到，受到故事中情節、角色和文化的影響，孩子會把情感投射在故事中，與主角一起經歷有趣的旅程。

故事情節中的驚喜，是引發學習興趣的主因。在 *Art and Illusion* (1961: 8) 開頭，Gombrich 提醒道：「驚喜是知識的開端，不再有驚喜，我們可能陷入不再有認知的危險中。」對高年級的孩子而言，能導入思考和討論的情節更是引人入勝。有些孩子則是被圖畫書中不同的文化習俗所吸引，如萬聖節的「不給糖就搗蛋」（trick or treat）或咬蘋果（apple bobbing）活動。

由以上精簡的文獻回顧，可發現圖畫書對孩子的認知與情意發展有正面的影響，且有助於外語及文化的學習。Cianciolo (1997) 提到，圖畫書類型多樣，主題包羅萬象、老少咸宜，具兒童文學型式，極富教育價值，也是父母或老師與孩童互動的最佳工具。孩童靠「視知覺」來發展概念和語言，圖畫書中有意義的圖像，不僅提供美感的經驗，又可做為學習的鷹架，加速認知與理解的過程，進一步提升擴展抽象概念，增進觀察、預測、應用、表達和評斷的能力，至終培育孩童成為獨立自主的學習者。

**Connecting Theory and Practice:
The Role and Use of Picturebooks in Foreign
Language Teaching and Learning**

1.3 選用技巧
Selecting Criteria

選用圖畫書來做教學的題材，可參酌下幾點關鍵因素：

一、 老師可選用自己喜歡的圖畫書，有了親身體驗，更能清楚知道圖畫
書帶給孩子的樂趣。

二、 依據孩童年齡，選取符合其身心發展的題材和內容，如無字書、字
少圖多或字多圖少的圖畫書。儘量選用貼近孩童生活經驗的，較能
引起共鳴和討論。

三、 若孩童年齡較小，可挑選內容簡短、生字不多，或可分次說完的故
事。年幼的學習者專注力有限，圖畫書的封面設計、內文編排、人
物角色、圖像多寡及字體大小，是否足夠吸引孩童，得事先斟酌。

四、 學習第二語言的幼童，對童詩韻文形式的圖畫書，有特殊偏好，因
為它們具有豐富的語音、節奏和押韻，容易琅琅上口，也易於從中
習得知識（如：顏色、形狀）、字彙與肢體動作，如取自 *Go Ahead!*
系列的以下兩則：

Red, red!
Touch your head.
Yellow, yellow!　　　　Circle, circle. Turn around!
Say hello.　　　　Triangle, triangle. Make a sound!
Blue, blue!　　　　Star, star. Shine in the dark!
Show me 2.　　　　Square, square. Make a car!
Green, green!
Eat ice cream.

五、 考量孩童的背景知識與理解程度，挑選合適的主題。如能以孩子耳
熟能詳的經典童話故事做為教學的主軸，使孩童預測故事的發展，
就能增強學習的主動性與課堂互動。圖 3 中 BOOHOOO（擬聲字）
的圖像，在畫家的生花妙筆下，呈現稻草人哭泣的內心戲。充滿
探索意境的情境圖，隱藏了豐富的資訊（如：魚、鱷魚、字母 Gg、
Hh、Ii），不但滿足孩童的好奇心，並強化其觀察力。

圖 3 *The Wizard of Oz*

六、 選用具有普世價值、多元文化和跨領域的主題。年紀稍長的孩童，可瞭解普世價值的主題，如：信、望、愛、歸屬感等，此階段的孩童，已發展自我與人際關係，擁有同理心與容忍的態度，懂得解決衝突的方法，舉凡認知、品格、文化、科學、健康、環境等「跨領域」的知識，或促進「全人發展」的內容，都可協助他們在認知、技能與態度三面向循序發展。選用本國及世界各國節慶與文化習俗的故事，可提昇孩童在地意識與國際視野，不但可保存並介紹本土文化，也可認識並尊重他國的文化習俗，優點如下：

（一）接受不同文化的薰陶

　　透過圖 4 泰國潑水節的文字和圖像，培養國際視野。

圖 4 *Around the World in Eighty Days*

（二）跨領域學習

　　在圖 5 中，被通緝的大野狼私闖「羊」宅，被警察逮捕，可教導法治概念。跨頁出現的「翠鳥」、警察局象徵和平標誌的「鴿子」等圖像，都是跨領域知識的呈現。

圖 5 *The Wolf and the Seven Little Goats*

七、　英文程度是必須考量的因素。根據 Halliday (1985) 的說法，一本英文圖畫書的難度，可由書中詞彙的密度及語文的複雜度來探討。把該書全部總字數當分母，再把單一次出現（即一字出現多次的字也當一次計）的總字數當分子，求出百分比，這就是詞彙密度（lexical density），密度愈高，愈不適合年幼的學習者。

　　至於語文的複雜度，Meek (1995: 6) 說：「大多數 EFL 初級的教科書都專注在現在簡單式，但生活是由敘事組成的，故事可教導孩子使用過去時態和未來時態。」Crystal (1987) 也強烈反對只以現在簡單式來溝通，因為這樣並不自然。

　　故事的確是習得動詞時態的最佳語境，在 Willems (2007) 廣受兒童歡迎的 *An Elephant & Piggie Book* 系列的 *There Is a Bird on Your Head* 一書中，幾乎動用了所有的句型（見表 1）：

表 1

直述句	There is a bird on your head (p.8).
否定句	I do not want three eggs on my head (p.34).
be動詞問句	Is something on my head (p.6)?
普通動詞問句	Do I have an egg on my head (p.28)?
進行式	The eggs are hatching (p.37)!
未來式	I will try asking (p.50).
過去式	It worked (p.53)!
完成式	They have hatched (p.41).
wh-問句	What are two birds doing on my head (p.16)? Where do you want them (p.45)? Why would two birds make a nest on my head (p.24)? How do you know they are love birds (p.21)?

但幼童在閱讀此書時，完全不會因為有著各式各樣的句型，影響對故事的理解。

對初學者而言，有意義的重複，有助於理解，可幫助他們在不知不覺中，自然習得真實語言的各種成份，如字彙、句法等。這樣的重覆，不會讓幼童覺得是枯燥乏味機械式的練習，反而能有效幫助記憶，產生自信心。

重覆有兩種型式，一是「完全的重覆」，一字不變；另一是「部份的重覆」，重覆句構的主體，只變化其中某部分，茲以 *Dave the Duck* 一書為例（見表 2）：

表2

完全的重複	部分的重複
• Boohoo!（六次）	• I can't find my <u>mom</u>.（九次）
• Stop the van! Let me out!（兩次）	• Look! It's my <u>mom</u>!（兩次）
• It's OK. Keep looking.（三次）	• No. It's a <u>hen</u>, not a duck.（四次）
• Where are you?（三次）	• Hey, I see my <u>mom</u> <u>on</u> the <u>quilt</u>.（兩次）
• Let's go! Quick!（兩次）	• Hey! That's my <u>mom</u> <u>in</u> the <u>sun</u>.（三次）
• Let's drive on!（兩次）	• It's a <u>seal</u> <u>in</u> the <u>sun</u>.（兩次）
• Dave and Oz drive on.（六次）	• I'm not your <u>dad</u>, silly duck. Go away!（兩次）
• Thank you, Oz.（兩次）	• I can see a <u>kid</u> <u>in</u> the <u>tree</u>.（兩次）
	• I love you, <u>Mom</u>.（四次）
	• Thank you for <u>the glasses</u>.（兩次）

八、 選用涵蓋多元智能的圖畫書。在*Dave the Duck*這本為EFL初學者編寫的教材中，多元智能的運用展露無遺，茲闡述如下：

（一）語文智能（linguistic）：以簡單、重覆的句型，搭配有寓意的故事情節和精美的圖像，讓孩童容易理解，自然習得識字，並培養讀寫萌發力（early literacy）。

（二）空間智能（visual/spatial）：如圖 6 與圖 7，藉由「動手做」車子和眼鏡，讓孩子看圖思考、完成作品。

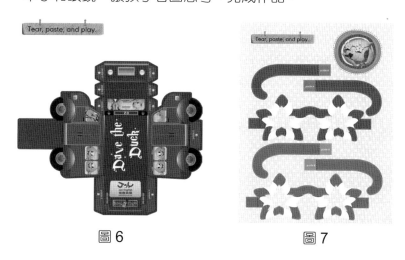

圖 6   圖 7

（三）音樂智能（musical）：如表 3 及圖 8，搭配歌曲熟悉的旋律，不但幫助孩子重述故事，同時培養孩子察覺、區辨並掌握聲音、旋律和節奏的能力。

表 3

Quack, Quack, Quack!（曲調取自《醜小鴨》）
$\frac{4}{4}$ 5 5 <u>53</u> 6 丨 <u>66</u> <u>6·3</u> <u>55</u> 5 丨

圖 8

（四）肢體動覺智能（bodily/kinesthetic）：如圖 9，以插畫方式呈
　　 現歌曲舞步，讓孩子伸展肢體。

圖 9

（五）人際智能（interpersonal）：走失了，懂得請求他人的協助。

（六）內省智能（intrapersonal）：懂得表達自己的情緒，並感謝他
　　 人的協助。

九、　圖畫書不一定要有結局。現實生活中，許多事情沒有標準答案，結
　　 局未必盡如人意，但非黑即白，沒有灰色地帶的結局，只會扼殺孩
　　 子的創意，圖畫書是提供孩子體驗沒有結局最好的媒介。作者曾在

以童話故事為主軸編寫的教材中，採用開放（open-ended）的結局，留給思考想像、摸索學習、自編自導的空間，鼓勵孩子合作討論、嘗試共同創作結局。

沒有結局的故事 從圖像預測下一個故事

圖 10 為 *Goldilocks and the Three Bears* 的圖畫故事，在小熊床上睡覺的金髮女孩，受到驚嚇後跳出窗外，差點撞上迎面而來穿著紅色斗篷的女孩，身後的樹幹旁，還有一隻大野狼，由此可猜測接下來的故事為 *Little Red Riding Hood*。

在每個故事的最後預留伏筆，為下個故事鋪陳有用的轉折情節，讓孩童預測故事，增加閱讀的趣味。

圖 10 *Goldilocks and the Three Bears*

十、 圖畫書要靠作者與繪者的巧思來吸引孩童。若能把文字圖像的高潮延宕至最後才出現，其驚喜與震撼更能引發反思和對話，產生更多的詮釋與探討。

不同的構圖技法 協助發展「空間智能」

搭配故事劇情呈現不同的視角。閱讀圖 11 的 *Jack and the Beanstalk*，須把下方圖片轉成左下右上的視角，表示主角順著豆藤往上爬，其中 up 一字以樓梯狀呈現，協助孩童理解 up 的意思。圖 12 的 *Alice's Adventures in Wonderland* 則須以左上右下的方式閱讀，

表示主角往下掉入樹洞。圖 13 為 *The Wolf and the Seven Little Goats* 的封面與封底，呈現門內與門外的景觀。

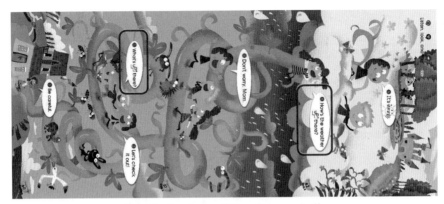

圖 11 *Jack and the Beanstalk*

圖 12 *Alice's Adventures in Wonderland*

圖 13 *The Wolf and the Seven Little Goats*

創意引發議題與思索討論的空間

圖 14 為 *The Country Mouse and the City Mouse* 最後的頁面，黑黑的影子手上為什麼拿著一支叉子？盤子上那些綠綠的東西是什麼？原來是豆子，由此可預知下個故事就是 *Jack and the Beanstalk*。

圖 14 *The Country Mouse and the City Mouse*

用「驚喜頁」強化圖畫書的功能

圖 15 為 *The Three Little Pigs* 驚喜頁的設計。左圖為未拉開時的頁面，中圖為往上拉開一層的圖像，展現壁爐上豐富的擺設，繼續往上拉開後的右圖，就是大野狼跳下煙囪的透視圖，這種拉頁的設計，帶給孩童大大的驚喜。

圖 15 *The Three Little Pigs*

十一、在 EFL 的情境中，初學者的語文能力有限，要以圖像吸引其注意力，再提供有意義的線索，協助孩童理解文本的內容。圖像呈現故事的風格與調性，透過視覺的刺激，引發孩子觀察力、想像力和創意思考。

美學素養的真實呈現

栩栩如生、富含藝術價值的圖像，能提昇孩子的美學素養。圖 16 隱藏了模擬世界著名藝術家文森·梵谷（Vincent van Gogh）的肖像。*The Scream*（吶喊）這部「表現主義」的代表作，也被巧妙地融入圖 17 中。

圖 16 *Goldilocks and the Three Bears*   圖 17 *Cinderella*

故事中有故事

在圖 18 的 *Hansel and Gretel* 中，畫家融入 *The Three Little Pigs* 的故事當背景，造成「故事中有故事」的特殊效果，並以大野狼最後被三隻小豬抬回家的意外結局，激發孩童改編故事的動機。

圖 18 *Hansel and Gretel*

打破刻板印象 創造多樣思維

童話故事中，大野狼就是壞蛋，為了打破刻板印象、不束縛孩童的想法，也讓大野狼有改過自新的機會，在圖 19 的 *The Three Little Pigs* 中，大野狼從破壞者轉型，還為自己蓋了一間很堅固的房子。

圖 19 *The Three Little Pigs*

觀察力與想像力的培養

圖 20 的樹群中，藏著大野狼的腳，像這樣的細節，可培養孩童的觀察力。書名 *Little Red* 的字型設計，為台灣原住民的圖騰，讓孩童認識並欣賞不同的部落文化。故事最後的畫面，大野狼用膠帶貼肚子自我療傷，小紅帽盡釋前嫌，分享食物，展現同理心。這頁「無字書」，雖不見文字，但張力強大。

圖 20 *Little Red*

本節提及選取文本的要素，花了不少篇幅探討圖像的表現，因為目前多數的研究仍偏重在文字部分，對圖像所營造的構圖、氛圍、巧思及功能，著墨不多。期盼孩童在接觸圖畫書時，能從不同的觸角來學習。

**Connecting Theory and Practice:
The Role and Use of Picturebooks in Foreign
Language Teaching and Learning**

1.4 教學訣竅
Teaching Tips

將英文圖畫書融入幼兒園主題課程，讓孩子在輕鬆愉悅的氣氛中，接受豐富的英語文輸入。老師以英語和幼童對話，幼童可自在地使用英語或中文，老師再用英語重述孩子所要表達的訊息，也可讓孩子重覆練習。老師的主要角色不在「教」，而在引導幼童主動去探索學習，讓幼童「自然而然接觸英語」（林佩蓉，2004）。

說故事前，可先和孩子討論一套既定的模式，讓他們養成習慣，這對班級經營十分有效。老師可以特殊的裝扮（穿故事圍裙、大斗蓬、戴假髮、小丑的高鼻子、高腳帽、卡紙做的黑框眼鏡、髮箍等），或道具（大玩偶、手偶或魔棒），設定某個「故事角落」，白板降至地板高度，讓孩子圍坐成半圓，以戲劇化的音調喊出Story Time，讓孩子準備好進入「聽故事」的情境。

說故事給學齡前的孩子聽，是一項挑戰。最好有大書，或大型的道具，先讓孩子看圖、再說故事，與孩子一起互動，讓他們上台動手操作，一起參與說故事的歷程。幼兒不識字，必須由老師或家長述說故事，加強對聲音的認知（phonemic awareness）。英文是拼音文字，著重聲音的認知，常說故事給孩子聽，可幫助他們儲存聲音的記憶，提高辨音識字的敏感度，日後從聲音進入文字，更易理解。Dr. Seuss (1963) 出版的*Hop on Pop*一書正是「聲音＋圖像＋意義＋識字」的經典之作。

對幼兒說故事，要用問問題的方式來連貫劇情，避免用敘事的口吻。不一定要一字不漏唸出圖畫書中的文字，有經驗的老師會適時修正自己的語言，或換用語詞，或簡化故事，或重新組織，以符合孩童的年齡、程度與需求。

有繪畫潛質的老師可邊說邊畫，加深孩童理解及記憶故事的順序。會說故事的老師就像全方位的演員，按照故事的情節和角色人物的個性，善用眼神接觸與面部表情、誇大的手勢和動作，變化音調高低、聲音大小及語

速，展現故事的張力。

也可以在說故事的過程中，創造音效，如拍手、彈指、踏腳、吹口哨或誇大擬聲字的音（如：Cock-a-doodle-doo!），用木魚、響板、鈴鼓等樂器，或錄好的聲音，來塑造故事的氛圍。若秩序失控，可先停頓一下。不要忽視暫停的威力，適時賣個關子，可以達到戲劇效果，比如：How many dwarfs? Let's count! One, two, three, four, five, six...，先暫停一會，再冒出seven!，製造課堂的高潮。

可對鏡模仿練習，呈現表演力道。比如要教導「不可亂丟玩具」的觀念，可與玩具對話，問問玩具的感覺：Are you hurt? Are you OK?，讓孩子化身故事角色，培養同理心，激發學習動力，讓教學輕鬆有效率。

運用多感官來探索世界，是最真實的學習：「觀看」圖畫書中的圖像和文字；「觸摸」不同材質的設計，如燙金、燙銀、磨砂、絨毛、不織布等；「傾聽」帶讀者說故事；運用點讀筆邊點邊聽，還可用來仿說錄音，增加學習的趣味與成就感，且不受時空的限制，在玩樂中不知不覺達到重覆練習的效果。另外，還有為圖畫書規劃的應用軟體（App），內建有聲書、活動、影片、遊戲等豐富的內容。好的軟體還具備綠色護眼功能，有利管控使用時間，搭配圖畫書，讓學習效果加乘。

對於程度較好、年齡稍長的孩子，在老師大聲朗讀後，也可採取師生共讀（shared reading）的方式：老師邊說故事、邊指著字，協助孩子認字；或可說出出現多次的字，要孩子從圖畫書中找到該字；更可說出人或物的名稱，由孩子看圖指出；或排列出現的先後順序；更可從故事的內容中，提出「閉鎖性」和「開放性」的問題，確認孩子是否理解，以*Snow White and the Seven Dwarfs*為例：

一、 先問Yes/No問題

　　　Is she Snow White?（老師可協助提示，邊答邊做動作，比如點頭或搖頭。）

二、 選擇性問題，把答案置於or之後

Is she the Bad Queen or Snow White? She is Snow White.

三、 開放性問題

Who is she? She is Snow White/the Bad Queen.

傳統的圖畫書教學是以老師為中心，以單向的輸出為主。但研究顯示，多樣為孩童設計的活動，讓他們主動參與，成效會更好。老師可鼓勵學生覆述、吟唱等口語行為，增強上課時的口頭參與度。好的圖畫書會自然嵌入重複的情節與句型，不但不會讓孩童厭倦，反而能降低學習的焦慮，藉由重複輸入的過程，達到字彙與句型練習的目的，培養孩童重述故事的能力與自信。

幼童要重述整個故事並不容易，可用下列幾種方式與技巧來協助他們，建立不怕犯錯、願意開口的勇氣，大幅提昇說的技能：

一、 老師先開頭說故事，留下某些關鍵字，讓孩童說出來，或用選擇的方式問答，讓孩童勇於嘗試開口說英語。

二、 老師繪圖提示故事的先後順序與內容，輔助孩童按圖說出大概的情節。

三、 老師針對人、事、物、時、地提出wh-類的問題，由孩童志願舉手回答，或先指定程度較佳者回答，依照回答的內容組成整個故事，也可把題目寫在白板上，方便學習較慢的孩童記住故事發展的順序。

四、 如果故事太長，可分組練習某段情節，請同組中每人說一句，以故事接龍的方式，完成整個故事。

五、 老師若有能力把整個故事編成歌曲或歌謠，那就是最高境界了。透過熟悉的曲調，很快就可把整個故事背唱出來，更可加上肢體動作，加速理解文字、熟悉單字句型。針對認知成熟度或英文程度較佳者，可進一步探討情意方面的問題，如人物的個性、喜歡某個

角色的原因、對某個情節的感覺與想法，可隨時加入反思的問題，
如：

Q: Do you like Snow White?

A: Yes, I do.

Q: Why?

A: She is kind/friendly.

Q: Do you like the Bad Queen?

A: Yes, I do./No, I don't.

Q: Why?/Why not?

A: She is strong/powerful/mean/cruel.

沒有標準答案的問題，充滿了多元想像的空間，激發孩童的創造力與思辨
力，以自身的經驗和詞彙語法來表達意見和感情，改編情節或增加角色，
重述自己版本的故事。即使只用簡單的詞彙，或不完全正確的語法，但只
要能大膽說出來，就是突破。

至於文法句構，許多圖畫書中有很多自然的語法呈現，以*The Little Witch*
這本圖畫書為例，故事中的小魔女太溫柔了，媽媽覺得她無法成為稱職的
魔女，便對她說 "You are too good to be a witch!"。隨著故事情節的發
展，閱讀者自然能理解這句話的意義，進而學到too...to...的句法。對邏
輯分析、解構能力尚未成熟的孩童來說，最有效的文法學習工具還是圖畫
書。

最後可就圖畫書中印象最深刻的角色或情境，做角色扮演，或以圖聯想，
自行創作繪圖、並寫出相關的字彙或句子。更可仿傚原書，改編撰寫屬於
自己的圖畫書，遇有不會的字，再請老師代寫或補充修正即可。

另外值得一提的是入校「親子共學」。學齡前的孩子，最需要安全感，透

過親子共學，不但讓家長有機會近距離觀察孩子課堂上的舉動，並適時陪伴孩子解決問題、共同完成任務，累積足夠的成功經驗，為未來自主閱讀鋪路。課後也因瞭解課程內容，知道如何與孩子互動，使學習效果倍增。

透過精美、有趣、有意義的圖畫，培養孩童閱讀的興趣和習慣。針對主題，找到對的圖書，延伸各式各樣的活動及多元媒材，讓不同學習風格的孩子，找到適性的學習方式，享受學習的過程，增加對英文的好感度，這就是使用圖畫書最大的效能了。

Chapter 1

**Connecting Theory and Practice:
The Role and Use of Picturebooks in Foreign
Language Teaching and Learning**

1.5 教學實例
Teaching Examples

一般來說，圖畫書教學歷程分成before storytelling、while storytelling 和after storytelling三階段。為使老師理解，本章採用 *The Three Little Pigs*、*Alice's Adventures in Wonderland* 和 *Little Red Riding Hood* 三個童話故事和三種不同年齡與程度的教學，分別呈現說故事前、說故事中及說故事後的教室場景及真實的對話：

一、 Before Storytelling

　　故事書：*The Three Little Pigs* (U1)

　　呈現：Story Time ＋ Tic-Tac-Toe ＋ Listen & Read ＋ Role Play

（一）為「故事時間」做準備

　　　老師與幼兒圍坐地板上，老師戴上手偶，並與手偶一起吟唱故事開場歌謠，讓大家準備好聽故事。

（二）認識書名和角色

　　1. 秀出圖畫書的封面，指著書名逐字指讀，再帶幼兒複誦一次。

　　2. 秀出封面和封底的圖片，鼓勵幼兒說出看見的東西（中英文皆可）。

　　　問答內容參考如下：

> 透過觀察封面和封底圖片，讓幼兒對故事的角色和大意有初步的認識，產生好奇心，激勵其聆聽和閱讀故事的動機。

　　　（1）認識三隻小豬和豬媽媽

　　　　　A. 指著封面上的三隻小豬並說：Look! The pigs are on the tree. Let's count how many pigs there are.。

　　　　　B. 伸出手指頭，帶幼兒一起數封面上的小豬並說：One, two, three. There are three pigs.。

　　　　　C. 指著三隻小豬眼睛注視的方向，做出「看」的動作並問：What are the three pigs looking at?。

　　　　　D. 先讓幼兒猜猜看，再逐一指著封底上的天鵝、貓

咪、小鳥、大野狼和熱氣球裡的豬媽媽問：Are they looking at _____ ?

E. 最後指著熱氣球裡的豬媽媽說：I guess they are looking at Mama Pig.。

F. 邊說、邊做「飛吻」的動作並說：See? Mama Pig is blowing kisses to them.。

（2）認識大野狼

A. 指著樹上的兩隻貓咪說：Look! The two cats are on the trees.。

B. 做出「害怕」的動作並發出「喵嗚」的哭聲說：They are very scared so they are crying. Who is helping them?。

C. 指著大野狼說：The wolf is helping the cats. He is the Big Bad Wolf.，再引導全班複誦the Big Bad Wolf。

D. 接著說：The wolf is good now, but in the past, he was very bad.（以大拇指往上表示good，往下表示bad。）What happened? Let's read the story, and we'll see.。

3. 指著書名頁上三隻小豬分別擁有的東西，先讓幼兒說說看那些是什麼東西，並推測三隻小豬喜歡做的事，然後邊做動作、邊告訴幼兒：

The pig has a piece of watermelon. He likes to eat watermelons.（做吃西瓜的動作。）

The pig has a basketball. He likes to play basketball.（做投籃的動作。）

The pig has a book. He likes to read books.（做看書的動作。）

4. 帶幼兒看著牆壁上的「井字遊戲（tic-tac-toe）」，並說：Look, tic-tac-toe! The three little pigs like to play tic-tac-toe. Do you know how to play tic-tac-toe? Let's play!。

（三）認識「井字遊戲」的遊戲規則

1. 在白板上畫一個井字，秀出兩枝不同顏色的白板筆，讓一個幼兒當代表與老師猜拳，贏的人先選一枝白板筆，並決定要畫O或X。

2. 從猜拳贏的人開始，在井字中挑選任一空格，填寫選定的O或X，最先畫出「三個成一線」者為贏家，老師引導全班為其歡呼：Wow! You're good!。

3. 重複上個步驟兩到三次，讓不同的幼兒與老師一起玩「井字遊戲」。

（四）教學小叮嚀

1. 本故事設定三隻小豬的名字分別為Tic、Tac、Toe，他們最喜歡一起玩的遊戲就是「井字遊戲（tic-tac-toe）」，因此說故事前先帶幼兒玩此遊戲，有助其理解故事。

2. 透過「玩中學」來確認幼兒是否瞭解遊戲規則，避免過多的解釋。

3. 找反應較快或會玩「井字遊戲」的幼兒，與老師共同示範。

二、 While Storytelling

故事書：*Alice's Adventures in Wonderland* (U11)

呈現：Storytelling ＋ Role Play

（一）呈現故事

1. 呈現故事背景，引發學習動機。

利用角色扮演來複習上一單元的故事，由老師扮演貓小姐，

學生分成兩組分別扮演主角Abby與Nick。互動方式參考如下：

老師：（將上一單元的教學海報貼在白板上，戴上貓小姐的頭套，用嬌細的聲音說。）Where are you going?

學生：（以手勢和嘴型引導學生說。）We don't know. Where can we go?

老師：（在路的遠處畫一個城堡。）You can go to the castle.

學生：（以手勢和嘴型引導學生說。）Where's the castle?

老師：（一邊指著東邊一邊說。）It's in the east.

學生：（以手勢和嘴型引導學生說。）Thanks a lot, Ms. Cat.

老師：No problem.

2. 按照單元頁和教學海報上的三個場景，依序說故事。

第一個場景	以看圖說話和角色扮演的方式，呈現Nick與Abby遇到新朋友帽子先生、三月兔和睡鼠小姐；與學生互動，讓其瞭解「邀請」和「答謝」的情境。

（將教學海報貼在白板上，秀出左邊 1/3 的圖。）

老師：On their way to the castle, they see somebody sitting by a table. Let's get closer to see who our new friends are.（拿出帽子先生、三月兔小姐和睡鼠小姐的頭套，邊秀邊說。）They are Mr. Hatter, Ms. March Rabbit and Ms. Mouse. Let's say hi.

學生：Hi there.

老師：（指著圖。）Look! They're having a tea party. Mr. Hatter is very friendly, so he asks Abby and Nick to join the party.（戴上帽子先生的頭套，手拿著一

杯飲料，坐在教室前某張椅子上，對學生說。）Hi there. Come and have a seat.（以手勢邀請一個學生坐到自己身旁，假裝和他分享手中的飲料，並以手勢和嘴型引導出列的學生說。）Thank you very much.

（邀請不同的學生出列，呈現「邀請」和「答謝」的情境。）

第二個場景＋第三個場景	以看圖說話與問答的方式，呈現大家在享受下午茶時想喝飲料配蛋糕的情境。

（秀出教學海報左邊 1/3 的圖。）

老師：（指著帽子先生、睡鼠小姐和三月兔小姐前面的桌子。）Look! What are they doing there? There's a big table. What is on the table?（讓學生自由猜測，可使用中文，再適時引導其以英語複誦。）

（秀出下午茶長桌和甜點的圖片。）

老師：Wow! There's some yummy food on the table.（指著桌上的蛋糕問）What are those?（讓學生自由回答，待有學生說出 cake 後。）You're right. Let's have a bite.（帶著全班一起張大口假裝吃蛋糕。）Mmm... it's yummy, but I'm thirsty... I need something to drink. What can I drink?（讓學生看著下午茶長桌和甜點的圖片自由回答。待有學生說出茶或果汁後，一邊拿出裝著綠茶、紅茶、奶茶茶包、胡蘿蔔汁和柳橙汁的杯子，一邊說。）Yes, there's some green tea, black tea, milk tea, carrot juice, and orange juice.

（秀出整張對話教學海報。）

老師：（一邊指著每個角色一邊說。）See! Mr. Hatter, Ms. Mouse and Ms. March Rabbit are having

tea time. Mr. Hatter asked Abby, Nick and Fifi to
join them.（拿著裝綠茶茶包的紙杯。）Mr. Hatter
wants a cup of green tea.

（秀出green tea閃示卡的圖。）

老師：（引導學生複誦。）A cup of green tea.（拿著裝紅
茶茶包的紙杯。）Abby wants a cup of black tea.

（秀出black tea閃示卡的圖。）

老師：（引導學生複誦。）A cup of black tea.（拿著裝奶
茶茶包的紙杯。）Nick wants a cup of milk tea.

（秀出milk tea閃示卡的圖。）

老師：（引導學生複誦。）A cup of milk tea.（拿著裝胡蘿
蔔汁的杯子。）Ms. March Rabbit wants a glass
of carrot juice.

（秀出carrot juice閃示卡的圖。）

老師：（引導學生複誦。）A glass of carrot juice. And
Ms. Mouse wants...（假裝睡著打呼。）She is
sleeping! What does she want?（讓學生自由猜
測，待有人說出orange juice後，拿出裝柳橙汁的
杯子說。）You're right! She feels sleepy, but she
still wants a glass of orange juice.

（秀出orange juice閃示卡的圖。）

老師：（引導學生複誦。）A glass of orange juice.（指著
實體飲料。）How about you guys? What do you
want to drink?（讓學生自由舉手回答後，指著海報
上開心享用下午茶的角色們。）They look happy.
It is great to have tea time. Do you want to have
tea time?

學生：Yes!

老師：Mmm... We can have tea time on Day 24.

學生：YA!

（二）　呈現句子

指著教學海報上的 Abby、Nick、帽子先生、三月兔小姐與睡鼠小姐，用不同的聲音說話，邊說邊將句型條貼在白板上。

三、　After Storytelling

故事書：*Little Red Riding Hood* (U9)

本單元為「小紅帽」故事的結尾，故事為「開放式結局」。雖然課本中沒有呈現結局，但可藉由「大野狼張嘴大笑」和「窗外拿槍闖進的獵人」圖片，與學生討論可能的結局；討論時可使用英語，也可使用中文。備課時須多準備相關詞彙，當學生使用中文表達時，能立即用英語說出學生的意思，引導其覆誦學習，並將完整的故事呈現在下一單元的「闖關活動」中。

呈現：Drawing＋Acting＋Role Play

（一）呈現故事

1. 呈現故事背景，引發學習動機

（請一個學生到教室外面，然後把門關上，引導其與教室內的學生進行以下的對話。）

學生 1：（敲門。）

老師：（以手勢和嘴型引導全班說）Who is it?

學生 1：It's (student 1's name).

老師：（以手勢和嘴型引導全班說）Come in!

學生 1：（開門走進教室。）

（換不同學生到教室外，重複進行以上對話，直到學生們熟悉為止。）

　　2. 按照教學海報上的三個場景，依序說故事

| 第一個場景 | 以角色扮演的方式，讓學生理解故事的情境。 |

（將教學海報貼在白板上，只秀出左邊 1/3 的圖。）

　　　　老師：（在白板上畫一個房子，寫上 Grandma's house。）
　　　　Look! It's Ruby's grandma's house.

（戴上 Ruby 的頭套，敲敲屋子上的門。）Knock! Knock! Knock!（用嘴型和手勢引導學生說）Who is it?（用嘴型和手勢引導學生說）It's me, Grandma.（用蒼老而顫抖的聲音說。）Come in.（做出開門、進門的動作。）

| 第二個場景 | 以角色扮演的方式，讓學生理解故事的情境。 |

（露出海報中間 1/3 的圖。）

　　　　老師：Ruby opens the door and Abby, Nick and she go into the house.（邊說邊拿出 Abby、Nick 和 Ruby 的頭套放在白板上的房子裡。在白板上畫一張大床，把偽裝成奶奶的大野狼頭套放在床上，再將 Ruby 的頭套戴在頭上。）Are you OK, Grandma?（換上偽裝成奶奶的大野狼頭套，用發抖的聲音說）Yes, I am.（換上 Ruby 的頭套，對全班說）Everyone, is my grandma OK?

（讓學生自由回答。）

| 第三個場景 | 以角色扮演和看圖說話的方式，呈現大野狼露出真面目的樣子。 |

（露出海報右邊 1/3 的圖。）

　　　　老師：（戴著 Ruby 頭套，盯著大野狼看。）Is that you, Grandma?（邊說邊指著大野狼的頭、嘴巴和耳朵。）Look! Your head is big. Your mouth is big.

Your ears are big.（對著全班問）Everyone, is that my grandma?

（讓學生自由回答，直到有學生說No.。）

老師：（很恐懼地說）That is not my grandma. Who is that?

（讓學生自由回答，直到有學生說The Big Bad Wolf。）

老師：（一隻手拿著大野狼的頭套、一隻手拿著偽裝成奶奶的大野狼頭套。）Oh! You're right! That is the Big Bad Wolf! Ah!（一邊大叫一邊抱頭轉圈，再指著海報上大笑的大野狼）And the Big Bad Wolf says...（用嘴型和手勢引導學生說）Hahaha! Do Abby, Nick and Ruby run away?（雙手手掌攤開，放在身體兩側，做出「不知道」的表情。）I don't know.（指著窗戶外的獵人。）Does the hunter help them?

學生1：The hunter cuts the Big Bad Wolf's belly.

學生2：The hunter uses his gun to kill the Big Bad Wolf.

學生3：The hunter 打「110」報警了！

老師：Oh, you mean the hunter calls the police. Can you repeat that again?（引導學生說出自己的想法，若學生無法用英語表達，可讓其以母語發表，再用簡單的英語引導該生複誦一次。）

（二）呈現句子

指著教學海報上的Ruby和大野狼，用不同的聲音說話，每說完一句，就將該句的靜電貼紙貼在海報上。

（三）教學小叮嚀

    1. 本故事的字彙及句型並不難，但要引導學生討論結局較難，不須限定學生只用英語，可讓其以中文表達想法，適時教導其英語說法，才不會讓學生因受限於所知詞彙而失去參與學習的意願和興趣。

    2. 本單元圖畫中隱藏著下一個故事《夏綠蒂的網（Charlotte's Web）》之線索；在海報右邊可看見蜘蛛夏綠蒂正從天花板垂吊下來觀看屋內的情況。這部分不需要教，讓學生自行觀察與猜測，如猜中了會很有成就感。

參考書目 References

Ausubel, D.P. (1960). The use of advance organizers in the learning and retention of meaningful verbal material. *Journal of Educational Psychology*, *51*(5), 267-272.

Bader, B. (1976). *American picturebooks from Noah's ark to the beast* within. New York: Macmillan.

Brown, D.H. (2001). *Teaching by principles: An interactive approach to language pedagogy* (2nd ed.). New York: Longman.

Cianciolo, P.J. (1997). *Picture books for children.* Chicago: American Library Association.

Crystal, D. (1987). *The structure of language in child language, learning and linguistics* (2nd ed.). London: Edward Arnold.

Debes, J.L. (1969). The loom of visual literacy: An overview. *Audiovisual Instruction*, *14*(8), 25-27.

Early, M. (1991). Using wordless picture books to promote second language learning. *ELT Journal*, *45*(3), 245-251.

Fang, Z. (1996). Illustrations, text and the child reader: What are pictures in children's storybooks for? *Reading Horizons*, *37*(2), 130-142.

Fischer, S. (2017). Reading with a crayon: Pre-conventional marginalia as reader response in early childhood. *Children's Literature in Education*, *48*(2), 134-151.

Fung, Y-Y. (2004). *EFL story time with picture books: An alternative approach for kindergartens in Taiwan* (Unpublished M.A. thesis). Southern Taiwan University, Tainan, Taiwan.

Gardner, H. (1983). *Frames of mind: The theory of multiple intelligences*. New York: Basic Books.

Ghosn, I.K. (2002). Four good reasons to use literature in primary school ELT. *ELT Journal*, *56*(2), 172-179.

Gombrich, E. (1961). *Art and illusion: A study in the psychology of pictorial representation* (2nd ed.). Princeton, NJ: Princeton University Press.

Goodman, K.S. (1967). Reading: A psycholinguistic guessing game. *Journal of the Reading Specialist*, *6*(4), 126-135.

Gove, M.K. (1983). Clarifying teacher's beliefs about reading. *The Reading Teacher*, *37*, 261-266.

Griffith, P.L., Beach, S.A., Ruan, J., & Dunn, L. (2008). *Literacy for young children: A guide for early childhood educators.* CA: Corwin Press.

Hendrickson, J.M. (1992). *Storytelling for foreign language learners.* Classroom guide. (ERIC Document Reproduction Service No. ED355824)

Halliday, M. (1985). *Spoken and written language.* Victoria, Australia: Deakin University.

Huck, C.S., Helper, S., & Hickman, J. (1987). *Children's literature in the elementary school classroom.* New York: Holt, Rinehart and Winston.

Krashen, S.D. (1981). *Principles and practices in second language acquisition.* Oxford: Pergamon Press.

Krashen, S.D. (1997). *Foreign language education: The easy way.* Culver City, CA: Language Education Associates.

Krashen, S., & Bland, J. (2014). Compelling comprehensible input, academic language and school libraries. *Children's Literature in English Language Education, 2*(2), 1-12.

Lim, F.V., & Tan, K.Y.S. (2017). Multimodal translational research: Teaching visual texts. In Seizov O. & Wildfeuer J. (Eds.), *New studies in multimodality: Conceptual and methodological elaborations* (pp. 175-200). London, UK: Bloomsbury.

Liu, H.W. (2016). *Pave the way for young EFL learners in Taiwan: A motivational picture book program* (Unpublished M.A. thesis). National Taipei University of Technology.

Liu, Y.T. (2015). Enhancing L2 digital reading for EFL learners. *English Teaching & Learning*, *39*(2), 33-64.

Mayesky (2012). *Creative activities for young children* (10th ed.). Belmont, CA: Wadsworth Cengage Learning.

McKay, P. (2006). *Assessing young language learners.* UK: Cambridge University Press.

Meek, M. (1995). The critical challenge of the world in books for children. *Children's Literature in Education*, *26*(1), 5-22.

Nikolajeva, M. (2006). Word and picture. In C. Butler (Ed.), *Teaching children's fiction* (pp.106-151). New York: Palgrave Macmillan.

Nikolajeva, M. (2013). Picturebooks and emotional literacy. *The Reading Teacher, 67*(4), 249-254.

Nuttall C. (1996). *Teaching reading skills in a foreign language classroom* (2nd ed.). Oxford: Heinemann.

Owens, W.T., & Nowell, L.S. (2001). More than just pictures: Using picture story books to broaden young learners' social consciousness. *The Social Studies*, *92*(1), 33-40.

Painter, C., J.R. Martin and L. Unsworth (2011). Organizing visual meaning: Framing and balance in picture-book images. In Dreyfus S., Hood S., & Stenglin M. (Eds.), *Semiotic margins: Meanings in multimodalities,* 125-43. London: Continuum.

Pantaleo, S. (2018). Learning about and through picturebook artwork. *The Reading Teacher*, *71*(5), 557-567.

Perez, M. M., Van Den Noortgate, W., & Desmet, P. (2013). Captioned video for L2 listening and vocabulary learning: A meta-analysis. *System*, *41*(3), 720-739.

Ray, B. (1993). *Look I'm still talking: A step-by-step approach to communication through TPR stories.* Bakersfield, CA: Blaine Ray Workshops.

Schwarcz, J. (1982). *Ways of the illustrator: Visual communication in children's literature.* Chicago, IL: American Library Association.

Schouten-van Parreren, C. (1989). Vocabulary learning through reading: Which conditions should be met when presenting words in texts. *AILA Review*, *6*(1), 75-85.

Seeley, C. & Ray, B. (1998). *Fluency through TPR storytelling.* Berkeley, CA: Command Performance Language Institute.

Sheu, H.C. (2008). The value of English picture story books. *ELF Journal*, *62*(1), 47-55.

Sipe, L.R. (1998). Picturebooks as aesthetic objects. *Literacy Teaching and Learning*, *6*(1), 23-42.

TED. (2009). *Oliver Sacks: What hallucination reveals about our minds* [Video file]. Retrieved from https://www.ted.com/talks/oliver_sacks_what_hallucination_ reveals_about_our_minds/transcript

van Kraayenoord, C.E., & Paris, S.G. (1996). Story construction from a picture book: An assessment activity for young learners. *Early Childhood Research Quarterly, 11*(1), 41-61.

Yu, X. (2012). Exploring visual perception and children's interpretations of picture books. *Library & Information Science Research, 34*(4), 292-299.

Zahar, R., Cobb, T., & Spada, N. (2001). Acquiring vocabulary through reading: Effects of frequency and contextual richness. *Canadian Modern Language Review, 57*, 541–572.

林佩蓉（2004）。Peggy's 育花園：英語學習在幼兒教育的定位與可行路徑。幼教簡訊，第 25 期，頁 12-14。

清水真弓（2010）。わが子を「英語のできる子」にする方法。東京都：大和出版。

鄒文莉（2009）。兒童英語教學 13 堂課。台北：三民書局股份有限公司。

引用的圖畫書

Geisel T.S. (Dr. Seuss) (1963). *Hop on Pop*. New York: Random House.

Hutchins, P. (1968). *Rosie's walk*. New York: Macmillan.

Preussler, O. (2015). *The little witch*. NYR Children's Collection

Willems, M. (2007). *There is a bird on your head!* New York, NY: Hyperion.

黃玉珮（2012）。*Alice's adventures in wonderland*. 台北：佳音事業。

黃玉珮（2012）。*Around the world in eighty days*. 台北：佳音事業。

黃玉珮（2011）。*Cinderella*. 台北：佳音事業。

黃玉珮（2012）。*Dave the duck*. 台北：佳音事業。

黃玉珮（2011）。*Go ahead!* 台北：佳音事業。

黃玉珮（2011）。*Goldilocks and the three bears*. 台北：佳音事業。

黃玉珮（2011）。*Hansel and Gretel*. 台北：佳音事業。

黃玉珮（2012）。*Jack and the beanstalk*. 台北：佳音事業。

黃玉珮（2020）。*Little red*. 台北：佳音事業。

黃玉珮（2011）。*Snow White and the seven dwarfs*. 台北：佳音事業。

黃玉珮（2011）。*The country mouse and the city mouse*. 台北：佳音事業。

黃玉珮（2020）。*The three little pigs*. 台北：佳音事業。

黃玉珮（2011）。*The wizard of Oz*. 台北：佳音事業。

黃玉珮（2020）。*The wolf and the seven little goats*. 台北：佳音事業。

Chapter 2

外語教學法的理論與實踐
Foreign Language Teaching Methodology: Theory and Practice

佳音英語輔訓部

Foreign Language Teaching Methodology:
Theory and Practice

2.1 文法翻譯法
The Grammar-Translation Method

緣起 Origin

「文法翻譯法」是德國人於十九世紀時創立，行之有年；當時，它最主要目的在於教導學生欣賞閱讀希臘、拉丁等古典文學。藉由欣賞外國文學作品，讓外語學習變成邏輯思考訓練（training of logical thought）和心靈鍛鍊（mental discipline），這也是台灣學生從小到大都經歷過的外語教學法。

教學原則 Teaching Principles

以下就「文法翻譯法」對各語言範疇的教學原則做概述：

對四種語言技能的訓練

「文法翻譯法」認為，書寫技能的訓練比聽說技巧更為重要（Literary language is superior to spoken language.），學生是否能流利使用「目標語」做口語溝通，並非本教學法的重點。以口語來說，本教學法使用母語的頻率比目標語還高。因此，課堂上較少有針對目標語聽說或發音的教學活動，學生學習外國書寫文字最重要的目的，就是能欣賞另一個文化中的文學或藝能活動。

書寫系統

在學習目標語的書寫系統時，學生須能確切知道目標語中每個字在母語中的對應字，不論是意義對應字或同音、同形字。本教學法認為，任何語言間，都應該能找到相對應的字。因此，在採用本教學法的課堂中，經常出現母語跟目標語之間的翻譯練習。

母語和目標語之間的翻譯訓練

支持本教學法的老師認為，不論是句子或單詞，兩種語言之間的翻譯練習，將有助學生記憶或理解，老師會幫助學生歸納、整理目標語和母語

之間書寫系統的異同。例如：字尾有 **-ty** 的英文字，在西班牙文中常變成以 **-dad** 做結尾，老師會針對此規則介紹：

英文		西班牙文
possibili*ty*	→	possibili*dad*
obscuri*ty*	→	obscuri*dad*

文法教學

採用「演繹式教學」，也就是直接明確介紹文法規則，讓學生記憶、背誦並嘗試應用。「演繹式教學」在台灣的英語教學環境中很常見，優點是可在最短時間內讓學生瞭解規則（如第三人稱現在式單數動詞要加 s），但並非所有文法及其例外都可以如此清楚說明。如學生過度依賴老師提供文法規則，則有可能被剝奪成為主動學習者（autonomous learner）的機會。

老師的角色 Roles of the Teacher

老師是課堂中的權威，課堂中的互動皆由老師主導，並裁決學生答題的對錯。

對學生錯誤的態度 Views on Students' Errors

當學生犯錯時而不自知，或不知如何訂正，老師會立即提供正確答案。

評量方式 Assessment

評量方式大多針對以下兩種能力：

一、評量學生在母語和目標語之間的翻譯能力。

二、評量學生對各單元文法規則的熟悉度及其應用能力。

背景 Background

學生為中高程度的英語學習者，已認識一些基礎英文字彙。本節課的
教學重點為關係代名詞。

教學步驟 Teaching Procedures
暖身活動 Warm-Up

課堂一開始，老師先讓學生將學過的英文單字和
中文翻譯做配對：

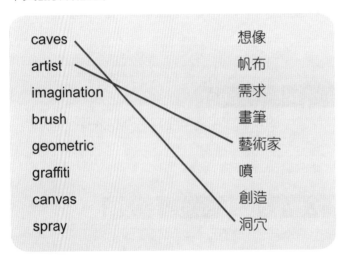

- 學生是否能夠正確地將課文內容翻譯成母語，是本教學法評量學生理解和學習成效的方法。

課堂活動一、課文介紹 Introduction to the Lesson

Focus training not on colloquial communicative ability, but on translation skills for text comprehension.

（完成連連看活動後，老師請班上學生輪流朗讀課文。）

老師：Jay, please read the first five sentences. Joe, read the next five sentences.

Jay：What is art? Art is human creation that requires skill and imagination. Many of the artists during this time chose common everyday objects to paint.

Joe：Many artists in Monet's time moved away from drawings that looked like photos.

老師：很好，剛剛唸的課文內容有沒有問題？

Joe：Monet是誰？

老師：他是十九世紀末的偉大畫家，擅長捕捉室外景色光影。還有其他的問題嗎？

Jay：我不懂 object 這個字的意思。

老師：Object 就是「物件」。好，如果沒有其他問題，

- •「文法翻譯法」強調母語和目標語之間文章內容的翻譯練習，不著重口語溝通能力。

- • 目標語的口語溝通並不是課堂教學重點，所以老師不會使用全英語上課。課堂中，母語使用比目標語還多。
- •「文法翻譯法」的課文內容通常和文學藝術相關。
- • 學生遇到問題或生字時，老師會用母語來解釋。

我們來看課文下方的練習題，這些題目都要用英文回答。我們先一起做第一題，接下來你們再自己完成其他題目。

（老師提示學生 1 唸第一題。）

學生 1： According to the text, what does art creation require?

（老師提示另一個學生回答。）

學生 2： Art creation requires skill and imagination.

老師： 很好。現在兩兩一組，繼續討論並完成課文下方問題。

（學生討論後，老師隨機請幾位學生說出答案。）

- 在「文法翻譯法」中，課文相關問題都是從可直接得到答案的「理解性」問題開始。
- 在「理解性」問題後，通常會出現涉及「個人意見」問題。
- 最後的問題多和學生個人經驗相關。由此可知，「文法翻譯法」中，問題的安排有順序性：理解性問題→個人意見問題→個人經驗問題。

課堂活動二、單字動動腦 Vocabulary Brainstorming

Help students remember new vocabulary by using their first-language equivalents (if any) and by associating the new words with their antonyms and synonyms.

完成討論活動後，老師發給每人一張紙，分為上下兩部分，上半部列出課文中的新單字，下半部則列出部分新單字的反義字：

These words are taken from the text you have just read. Give the Chinese translation for each word. （以下是從課文中選取的新字彙，請填上中文翻譯。）

century _____	in detail _____
religious _____	gracious _____
sculptor _____	fancy _____
love _____	cautious _____
arrogant _____	out of reach _____
abstract _____	graffiti _____

The following words all have antonyms in the text, find the antonym for each word. （請在課文中找出下面單字的反義字。）

| loathe _____ | concrete _____ |
| within reach _____ | plain _____ |

老師帶領全班一起練習，當學生無法回答時，老師直接提供答案。

練習結束後，老師提醒學生-ious 通常為形容詞字尾，其用法近似中文形容詞「的」，再讓學生尋找課文中有-ious字尾的單字，把這些字翻成中文。

- 老師以母語中的同義字來幫助學生記憶新單字，並讓學生在學習新單字時一併記憶其同義字及反義字。

- 單字和文法都是「文法翻譯法」的重點。本教學法的支持者認為不同的語言間仍存有相對應的字彙，若能找到對應字彙，便能使目標語的新字彙更深刻地「附著」或「記憶」在現成的母語字彙上。因此，課堂中最常練習翻譯、尋找同義字或反義字。

- 「文法翻譯法」採用的內容常與文藝有關，字彙也會稍顯艱澀。

- 除了請學生注意母語和目標語間的對等字，老師也會適時提醒兩種語言書寫系統間的對等特徵。

課堂活動三、文法動動腦 Grammar Brainstorming

Teach grammar rules explicitly and applying rules deductively.

介紹單字後，老師開始進入文法重點：關係代名詞 who、that、which 的用法，並先說明關係代名詞的概念及其用法規則。

老師：關係代名詞 who、that、which 的功能很類似連接詞 and、or、but，都是用來連接兩個句子。

例：

Tom redesigned <u>the building</u>.

<u>The building</u> was built twenty years ago.

第一個句子 Tom redesigned the building. 可獨立存在，稱為主要子句；後面的子句叫做形容詞子句，由關係代名詞 which 連接，用來進一步形容主要子句中的名詞（又稱為先行詞）。先行詞可以是主要子句中的主詞 Tom，或是主詞之外的名詞片語 building。

• 形容詞子句用來形容主要子句中主詞以外的名詞片語：

Tom redesigned <u>the building</u>.（主要子句）

<u>The building</u> is a masterpiece.

→ Tom redesigned <u>the building</u> which is a masterpiece.

• 形容詞子句用來形容主要字句中的主詞：

<u>Tom</u> redesigned the building.（主要子句）

<u>Tom</u> built the building twenty years ago.

→ <u>Tom</u> who built the building twenty years ago redesigned it.

• 老師以「演繹式教學」教文法，學生要能熟記這些規則，講解規則時主要以母語進行，舉例時才使用英文。

• 除了規則外，老師也會提供例子幫助學生理解。

當形容詞子句所形容的先行詞是「人」的時候，關係代名詞須用 who。

例：I have a friend <u>who</u> speaks English very well.

如果所形容的先行詞是「一般事物」，關係代名詞可用 which。

例：The book <u>which</u> is on the desk is mine.

當形容詞字句所形容的先行詞是序數（the first）、最高級修飾詞（the tallest）、限定或唯一的人事物（the only），關係代名詞一定要用 that。

例：He is the funniest person <u>that</u> I have ever seen.

再補充說明，其實也可在限定狀況之下使用 that。

例：The book <u>that</u> is on the desk is mine. (There is only one book on the desk and the book is mine.)

聽完老師對本課文法重點的講解後，老師要求學生在下列句子裡填上適當的關係代名詞：

I saw a man _____ has brown hair.

The building _____ is located on West 120th Street is designed by me.

The only British person _____ I know is a teacher.

做完練習後，老師和學生一起討論答案，把每個句子試著拆解成兩個句子。若學生答錯且無法即時訂正，老師會提供解答。

- 「文法翻譯法」中的練習、互動和活動，都是根據老師指示來進行，老師是課堂中的權威。

- 老師講述規則時也要隨時補充例外的情況。

課堂最後，老師發給每個學生一張紙，列出作業內容，包括：

• 背誦本課單字及其翻譯，並使用每個單字造句。

• 寫出本堂課所學到的關係代名詞用法規則。

• 文法和單字是教學和評量的重點，老師出的作業也著重字彙和文法規則練習。

應用層面	聽	說	讀	寫	字彙	文法
適用程度	★	★	★★★★	★★★★	★★★★★	★★★★★

「文法翻譯法」在字彙、文法的應用上，值得五顆星評價。採用本教學法的課堂中，常有母語和目標語的翻譯練習，兩種語言對照，可有效幫助學生在短時間內發現兩種語言文法結構上的差異，或利用母語去理解不熟悉的目標語字彙，特別是比較抽象的字彙。老師也常帶領學生尋找相關字（近義字、反義字），或是聯想語音、字形上的類似字。

就字彙而言，「文法翻譯法」在短時間內，對目標語初學者提供有效的學習環境。此外，老師採取「演繹式教學」，把重點集中在文法規則的說明。

字彙、文法的教學，皆以讀寫模式為主，再加上本教學法認為，書寫技能比聽說技能更為重要，學生是否能流利使用目標語溝通，並非教學重點，課堂上少有針對聽講或發音的教學活動，故本教學法在讀寫方面的應用得到四顆星的同時，聽說能力只得到一顆星。

對象 Target Students

認知能力：國中

語言程度：高級

注意事項 Reminders

一、本教學法認為，書寫技能的訓練比聽說技巧更重要，課堂上較少涉及聽力活動或發音練習，學生口語能力較差。若課堂教學重點是口語溝通能力，本教學法便不適用。

二、本教學法重視母語和目標語間的翻譯，學生母語的字彙程度和認知能力的高低，會直接影響施行成效，建議待學生國中或達到高級數時再採用。

三、本教學法相信，任何語言之間都可找到相對應的字彙或清楚的文法規則，但如學生過度依賴老師提供的翻譯和規則，會讓學生成為被動的學習者。本教學法最適合的對象是已有一定語言基礎和思考能力的學生，也較適用於學習抽象的字彙或文法。

應用活動一 In-Class Activity 1

應用層面：字彙

背景

　　學生為九年級程度中上的英語學習者，老師要以「文法翻譯法」中「不同的語言之間一定存在對應字彙」的概念，在尚未進行文章教學前，先做字彙教學。

內容

outer space, interest, subject, program, above, astronaut, a few, in order to, earth, weightless, drop, float, tie, dry, past, dried, add ... to ..., even though

教學步驟 Teaching Procedures

一、請學生打開課本，老師一一帶唸字彙並翻譯。

二、挑選幾個字彙，計時讓學生分組討論其近義字或
　　反義字，讓每組分享答案，如無法作答則由老師
　　提供答案。

教學實例 Classroom Scenario

老師：各位同學，現在打開課本翻到第五課的閱讀篇。
　　　我們先學字彙，outer space，跟著我唸一次，
　　　outer space。

學生：Outer space。

老師：Outer是「外面的」，space是「太空或空間」，
　　　outer space是「外太空」的意思，有沒有問
　　　題？

學生：沒有。

老師：那我們繼續。Interest，跟著我唸一次，
　　　interest。

學生：Interest。

老師：Interest是「興趣」，可當動詞也可當名詞，這
　　　裡是當名詞。接下來的單字是subject，複誦一
　　　遍。

（依此類推，進行到weightless。）

老師：Weight是重量，字尾有-less表示「無」，
　　　weightless就是「無重力的」。以前學過的
　　　careless也是一樣的原理。

（把所有字彙教完。）

老師：現在大家都學會這些字彙了，接下來我會挑五

- 目標語的口語溝
  通並不是教學重
  點，老師上課時
  使用的母語比目
  標語還多。

- 除了字彙的翻譯
  解說，老師也會
  提醒或教導變化
  規則，加強比較
  和複習。

個字彙，你們分組討論這些字彙的近義字或反
義字，計時五分鐘，五分鐘後要上台寫出討論
的結果。

學生：老師，如果討論不出來怎麼辦？

老師：沒關係，到時候我會補充。好，現在拿起
筆把這五個字彙圈起來，subject、float、
weightless、dried、drop。分組、計時五分
鐘，開始！

（學生分組討論，老師將黑板分為五個區塊，最上方分
別寫上挑選出的字彙以利學生上台書寫。五分鐘後。）

老師：時間到。第一組先派五個人上台寫下討論出的
相似詞或相反詞，有多少寫多少，之後換第二
組，依此類推，重複的就不用寫了，開始。

（第一組上台將討論的字彙寫出。）

老師：好，換第二組補充。

（第二組上台補充。）

老師：沒有人寫出float的相反詞，float是漂浮，相反
詞就是下沉sink，大家寫下來，順便把其他字
都抄起來。這些字彙的中英文都要背熟，下次
上課要小考。

教學小叮嚀 Teaching Tips

一、建議挑選動詞、名詞或形容詞，讓學生較好發揮。

二、如學生程度不佳或字彙過於艱澀，可讓學生查字
典，確保活動進行無礙。

- 除了翻譯外，尋
找近義字和反義
字也是常見的字
彙教學活動，目
的在使目標語的
新字彙更深刻地
附著在已建立的
母語字彙上。

- 本教學法多以紙
筆測驗來評量學
生的學習成效。

應用活動二 In-Class Activity 2

應用層面：文法

> 背景
>
> 　　學生為九年級程度中上的英語學習者，老師以「文法翻譯法」中的「演繹式教學」概念，進行文法教學。
>
> 內容
>
> 　　連綴動詞後面要加形容詞，例：
>
> Nicky looks excited.
>
> This idea sounds great.
>
> I feel hungry.
>
> The food smells good.
>
> The milk tastes sour.

教學步驟 Teaching Procedures

一、將文法規則寫在黑板上，並加以解釋。

二、一一舉例，讓學生理解並記憶。

三、設計練習活動，測試學生的理解能力。

教學實例 Classroom Scenario

老師：各位同學，今天我們要學的文法是「連綴動詞的後面加形容詞」（邊說邊將規則寫在黑板上），開始前，記得以前學過「一般動詞後面加副詞」這個規則嗎？誰可以舉例解釋？

學生 1：I study English happily.。因為study是一般動詞，所以要用happily副詞來修飾一般動詞。

● 以「演繹式教學」教授文法，課堂一開始，老師就會清楚說明文法規則。

老師：很好。今天我們要學連綴動詞，它和一般動詞不同，後面要加形容詞。我們來看看什麼是連綴動詞。連綴動詞就是和五官有關的動詞，（邊說邊拼寫在黑板上）像是 look 看起來、sound 聽起來、feel 感覺起來、smell 聞起來、taste 嚐起來。全班一起唸一次（邊說邊指著黑板上的單字），連綴動詞 look、sound、feel、smell、taste，後面要接形容詞。

學生：連綴動詞 look、sound、feel、smell、taste，後面要接形容詞。

老師：連綴動詞 look、sound、feel、smell、taste，後面要接形容詞。Nicky looks excited. 尼克看起來是興奮的。Excited 是形容詞，用來修飾連綴動詞 look。大家唸一遍，Nicky looks excited.。

學生：Nicky looks excited.

老師：下一個例句 This idea sounds great. 這個主意聽起來不錯。Great 是形容詞，用來修飾連綴動詞 sound。全班唸一次，This idea sounds great.。

學生：This idea sounds great.

老師：下一個例句是 I feel hungry. 我覺得肚子餓。Hungry 飢餓的，是形容詞，用來修飾連綴動詞 feel。全班唸一次，I feel hungry.。

學生：I feel hungry.

老師：Feel 的用法比較特別，補充兩個句子，Eating ice cream makes me feel good in

- 為確保學生可順利學會新的文法，老師會快速複習相關文法概念，確定學生清楚既有的觀念後，再介紹新的文法規則。

- 講解規則時，主要以母語進行，並要求學生複誦並熟記。

- 舉例時會使用目標語，且要求全班複誦。

summer. 夏天吃冰淇淋讓我感覺很棒，還有 I feel well. 我身體健康。第一句feel後面的 good是形容詞，符合文法規則；但在第二句中，以well表示身體健康是固定用法，在這邊不將well解釋成good的副詞，I feel well. 是表達身體狀態不錯的常見說法，但除了well之外，feel後面主要還是接形容詞。

- 講述規則時，老師也要隨時說明例外。

（依此類推教完所有的連綴動詞並舉例。）

老師：現在大家都知道連綴動詞後面要加形容詞，接下來來做填充練習，記得動詞要適時做變化。

（將題目發給學生或寫在黑板上，計時讓學生自行作答。）

good	well	angry	angrily	eat	taste

Something smells _____. What are you cooking?
Miss Wang looks _____. What happened to her?
The cookie _____ great. May I have one more?

（時間到，帶全班對答案。）

老師：一起唸第一題。

學生：Something smells good. What are you cooking?

老師：答案是good沒錯，有誰可以說明？

學生：Smell是連綴動詞，後面要接形容詞。

老師：很好。接下來讀第二題。

學生：Miss Wang looks angry. What happened to her?

老師：很好，最後我們看第三題，一起唸一遍。

學生：The cookie eats/tastes great. May I have one more?

老師：這題有人答tastes、有人答eats，正確答案應該是tastes。在這個句子中，great是形容詞，前面的動詞要用連綴動詞，如果一般動詞就要配上副詞，所以答案是tastes而不是eats，這樣瞭解了嗎？今天的作業就是把這個文法和例句背熟，下次要小考。

- 當學生答錯且無法即時訂正，老師會直接提供解答。

- 作業著重文法規則的練習和熟背。

教學小叮嚀 Teaching Tips

一、「文法翻譯法」適用較抽象的文法觀念，如連綴動詞。

二、並非所有文法或其例外都可以用「演繹式教學」清楚解釋說明。

應用活動三 In-Class Activity 3

應用層面：閱讀

背景

　　學生為中上程度的國中英語學習者，老師要以「文法翻譯法」所標榜的「學習外文最重要的目的，是能欣賞另一種文化內涵」，來進行閱讀教學。

內容

　　"The Strangest House on Earth"

教學步驟 Teaching Procedures

一、請學生輪流朗讀默讀文章，可視篇幅長短分段閱讀；每段朗讀默讀結束後，讓學生自由發問，由老師回答，發問及回答皆可使用母語。

二、老師先帶學生做一兩題練習題，接著將學生分組，由學生自行完成其他練習題。

三、隨機點選學生分享答案和意見。

教學實例 Classroom Scenario

（課堂開始，老師讓學生分段默讀文章。）

　　老師：這篇文章共三段，大家專心默讀第一段，一個人唸兩句，等一下有問題可以發問。若不懂文意，文章旁邊有中文翻譯。

（第一段：The Winchester Mystery House is very strange. It has 160 rooms, 13 bathrooms, 6 kitchens, 40 stairways, 2,000 doors, and 1,000

● 目標語的口語溝通能力不是本教學法的教學重點，老師不以全英語方式上課。

windows. If you don't think that's strange, there's more. The house has windows on the floor, a door that opens to a 2.5-meter drop into the kitchen sink, and a stairway that goes up to the ceiling. Another stairway has 425-centimeter stairs. Who built this house? Why?)

老師：你們對於剛剛唸讀的這段課文有沒有問題？

學生：Winchester 和 mystery 是什麼意思？

老師：Winchester 是一位美國有名的軍火製造商，在接下來的段落會讀到；mystery 是「神祕的」。還有其他問題嗎？

學生：The house has windows on the floor, a door that opens to a 2.5-meter drop into the kitchen sink, and a stairway that goes up to the ceiling. 我看完翻譯還是不太懂。

老師：整句的意思是，房子的地板上有窗戶，有扇門打開後會直落到 2.5 公尺下方的廚房水槽，還有一座直通天花板的樓梯。沒有其他問題的話，繼續默讀下一段。

（學生繼續默讀第二段，仿上述方式讓學生發問並由老師回答問題，直到讀完整篇文章。）

老師：我們一起看課文下方閱讀測驗第一題。David，請唸第一個問題。

David：What is strange about the Winchester Mystery House?

老師：Cindy 請回答。

Cindy：Because the house has windows on the floor, a door that opens to a 2.5-meter drop

● 使用本教學法的課堂中，學生提問或老師回答都使用中文，母語使用比例比目標語高。

● 採用本教學法時，問題呈現是有順序性的，一般都是從課文可直接得到答案的「理解性」問題開始。

into the kitchen sink, and a stairway that
goes up to the ceiling.

老師： 很好，現在兩兩一組，一起討論後面的題目，
並寫下答案。

（討論後，老師隨機請幾組學生分享答案。）

● 在「理解性」問
題之後，通常會
有涉及學生「個
人意見」的問題，
最後則是和學生
個人經驗相關問
題。

應用活動四 In-Class Activity 4

應用層面：寫作

> 背景
>> 學生為中上程度的國中英語學習者，已完成文
>> 章的閱讀部分，本寫作活動為閱讀後的延伸練
>> 習。
>
> 內容
>> "A Travel Plan of Taiwan"

教學步驟 Teaching Procedures

一、將寫作題目寫在黑板上，針對題意、句型及回答
方向，以中文加以解說。

二、讓學生開始作答，學生可發問，由老師解答。

教學實例 Classroom Scenario

老師：這篇文章介紹台灣一些觀光景點，相信大家
都已經看懂了。現在開始寫作練習，題目是
"Recommend a Sightseeing Spot in Taiwan."
推薦一個台灣的觀光景點。先把題目放在一個
方塊中，周圍畫幾個小圈，寫幾個問題在裡面，

做為寫作的提示與參考方向，如：想想自己去過哪些地方？有哪個地方值得推薦？

1. What and where is it?

2. When and with whom did you go there?

Recommend a Sightseeing Spot in Taiwan

3. Why do you recommend it?

老師：我用墾丁來回答第一個問題，可以用這個句型：I recommend <u>Kenting</u>. It's located in the <u>south</u> of Taiwan. 我推薦墾丁，它位在台灣南方。你們依據自己要寫的地點，替換畫底線的字就可以了。

學生：老師，課本只有介紹東西南北四個方位，那「中部」怎麼說？

老師：中部是central，所以要寫成 It's located in the central of Taiwan. 有沒有其他問題？沒有的話，計時一分鐘，寫好後看第二個題目（邊寫邊解說）。第二題的句型是：I went there with <u>my family</u> <u>two years ago/on May 18, 2019</u>. 。用「with＋人」表達和誰去，再指出時間點。回答這個問題是在陳述過去的事件和經驗，所

- 老師將題目用中文翻譯，確認學生理解，通常還會提供適當提示，引導學生寫作方向。

- 老師針對每個提示提供一個句型並解說，如公式般讓學生替換套用。過程中有問題可直接用中文發問，由老師提供英文解答。

86

以用過去式。過去式時間的表達方式有兩種：如果不記得確切日期，可以從現在往前大略推算一段時間後加上 ago。如：I went there two years ago.；如有確切日期就直接寫出精確時間點，如：I went there on May 18, 2019.。

（進行第二題，學生繼續自由發問，老師協助學生將中文翻譯成英文。）

老師：現在來看第三個問題，回答句型是：I recommend this place for three reasons. <u>First, the weather is always nice there. Second, it's a great place for surfers. Third, there are a lot of interesting shops.</u> 先想想推薦的原因有幾個，之後分別說明這些原因。現在開始，根據提示寫出一篇短文。有問題隨時可以發問。

（針對第三題，老師繼續協助學生將中文翻譯成英文，直到學生作答完畢。）

老師：好，今天的作業就是將針對三個提示所做的回答加上題目，組合成一篇文章。

- 在運用本教學法的課堂寫作活動中，學生不知如何用英文表示時，可用中文提問，由老師翻譯成英文。當老師針對學生的寫作錯誤做出訂正，仍以英文為主。「讀寫目標語」是本學習法最著重的語文技能；只要不是翻譯練習，都以目標語呈現。

參考書目 References

Larsen-Freeman, D. (2004). *Techniques and principles in language teaching.* New York: Oxford University Press.

Richards, J., & Rodgers, T. S. (1986). *Approaches and methods in language teaching.* New York: Cambridge University Press.

Foreign Language Teaching Methodology:
Theory and Practice

2.2 直接教學法
The Direct Method

緣起 Origin

顧名思義，「直接教學法」提倡在教室中直接以目標語或目標語來溝通或教學。傳統的「文法翻譯法」往往過度強調母語在目標語學習時的重要性，並且過於強調文法知識的記憶（linguistic knowledge）。在這樣的學習方式下，學生常無法有效運用所學的字彙或文法知識來溝通。

「直接教學法」特別針對「文法翻譯法」的缺點，從一開始就很重視學生聽說口語溝通能力的培養，拒絕填鴨式的文法規則教學，強調語言的自然學習。因此，本教學法又叫做Anti-Grammatical Method。

教學原則 Teaching Principles

「直接教學法」認為，目標語學習要成功，要遵循母語的學習模式。

「直接教學法」的支持者強調，學習母語時，也是先學會聽說，再去學習文字的讀寫，因此，在學習目標語時，聽說能力應比讀寫能力更為優先，也就是說，學生對發音很熟悉後，老師才教導他們如何認字閱讀和書寫。

「直接教學法」從一開始就很重視精確發音，並認為，四種語言技巧的學習順序是：聽→說→讀→寫，若同時強調四種技巧，會對學習造成困擾。這樣的思考邏輯，也表現在課堂活動操作上：聽寫活動（dictation）是「直接教學法」常使用的教室活動，老師會要求學生先專心聽一次內容，聽第二次時，再寫下所聽到的課文。

此外，為讓目標語學習環境更接近母語學習環境，「直接教學法」還對課堂教學提出三點具體建議：

一、課堂中禁用母語

「直接教學法」的支持者認為，目標語學習也應將學生其他語言（母語）的干擾減到最低：老師不用母語來解釋、翻譯或分析，如老師允許學生遇到溝通困難時就依賴母語，那就剝奪了學生學習以目標語溝通的機會。

二、避免文法規則的解釋或記憶

在母語學習環境中，即使不特別去記憶或是分析文法規則，也能從單純的自然接觸中習得母語文法規則。在學習目標語時，老師也應以跟母語同樣的方式使學生習得文法：

- 提供學生大量的範例（examples）和語料（input materials），讓學生自然而然從每天所接觸的資訊中直接歸納出文法（inductive way of learning grammar）。目標語學習者的文法或字彙有限，並不代表認知能力也受限，他們也可和母語學習者一樣，去歸納學習目標語的語法。

- 老師在課堂上不分析或說明文法，因為文法一旦以「規則」（rules）的形式儲存在記憶中後，就無法與「意義」直接連結（direct association between language form and meaning），所學到的知識便無法自動轉化為立即可用的溝通資源。

三、對單字的重視遠遠勝過文法

老師不會僅以「單字表」（discrete vocabulary list）的方式呈現字彙，會儘量將單字呈現在有意義的句子或段落中。這樣學生才能將單字的自然使用情境一併儲存在「活用字庫（active vocabulary）」中，單字也不會成為一堆看到才認得，但無法立即在溝通過程使用的零碎（消極）字彙（passive vocabulary）。在和學生互動的過程中，老師應隨時注意學生是否能把單字正確應用在完整句子中。

老師的角色 Roles of the Teacher

老師雖主導大部分的課堂活動，但他們在教室中扮演的角色，卻是學生的夥伴（partner），而非權威的指導者。當某個學生有疑問時，老師可選擇自己回答，或請其他學生回答（teacher-to-student interaction or student-to-student interaction），問題的答案可同時來自老師和學生。

在本教學法中，老師不使用母語，學生有疑問時，老師儘量以示範代替解釋或翻譯。換句話說，老師要有極佳的創意、豐富的想像力、表達能力、臉部表情和肢體動作，更要有足夠的活力，隨時應付學生的疑問。

當學生犯錯但不自覺，或不知如何訂正錯誤，老師會立即提供正確答案。

對學生錯誤的態度 Views on Students' Errors

在使用本教學法的教室中，學生的錯誤都會「立即」被更正。但值得注意的是，錯誤訂正也可由學生自己提供；當學生犯錯時，老師有以下兩種選擇：

一、「明示」錯誤之處，讓學生自行訂正。

二、老師直接訂正。

老師直接訂正時，儘量不要針對犯錯的學生，而是帶著全班練習。學生自行訂正時，老師可應用以下的技巧來明示學生錯誤：

一、提高錯誤之處的語調。

二、重複學生的句子，但是在錯誤處前停下來。

三、讓學生在正確答案和錯誤處間做選擇。

評量方式 Assessment

「直接教學法」中沒有明確說明最適合的評量方式，但有鑑對聽說技巧的重視，口頭訪問、對話或聽講練習，都是可應用在本教學法的評量方式。

想一想 Further Thoughts

「直接教學法」的中心思想，是創造和母語學習環境一樣的目標語習得環境。但母語和目標語習得有先天差異，故許多人質疑「直接教學法」是否真能有效幫助目標語學習者達到和母語人士一樣或類似的流利程度。

舉例來說，母語學習通常不受其他語言的干擾。反觀目標語學習者，母語對目標語的干擾隨時存在；即使老師完全以目標語教學，也無法保證學生的目標語習得不受母語干擾。母語和目標語的學習環境已有明顯差異，是否能借助「外力」幫助目標語學習者達到同樣的學習環境，仍有待實證。

另外，人類通常在左右腦尚未完成分邊（lateralization）前就學習母語，這時的語言學習通常涵蓋整個大腦。但在學習目標語時，大腦通常已完成功能分邊。對目標語學習者來說，語言學習通常依賴左大腦。換言之，母語學習者和目標語學習者，在語言的「內在」學習機制上，已有了質的差異。就算老師儘量縮小母語和第二外語學習的「外在」環境差異，內在生理學習機制上的差異，可能仍無法讓目標語學習者達到近似母語使用者的流利程度。

就課程安排而言，「直接教學法」主要以主題和情況來安排設計各單元內容；缺點是老師可能會缺乏一套有系統的方式來介紹文法。

就教學程序而言，本教學法強調書寫能力應在聽寫能力之後，但現今已有許多語言研究證明，學習新字彙時，若能同時教導單字的發音及書寫，更能深化學習者的記憶。因此，聽、說、讀、寫能力的培養是否該「循序漸進」，仍是未定議題。

背景 Background

學生為初級英語學習者。在課堂中，老師要教導學生如何在車站中看懂英文時刻表並根據資訊購買車票。重點句型：

How much does it cost for a round-trip/single-journey ticket to...?

教學步驟 Teaching Procedures

暖身活動 Warm-Up

老師：What do you see in this picture?

學生：A timetable.

老師：*There is* a timetable in the picture.

學生：I also see a...

學生：*There is* a...

- 本教學法中，課程安排皆以主題（如氣候、地理等）或狀況（如銀行辦事，超市購物）為主，不以文法結構（linguistic structures）為導向。這個觀點和重視文法結構教學而較不注重字彙的「聽說教學法」相反。

- 在「直接教學法」中，老師要隨時提醒學生以完整句回答或互動。

課堂活動一、課文朗誦接力 Reading Relay Activity

Comprehending text: Facilitate students' comprehension using real objects, visual aids, gestures without mother tongue.

暖身活動後，老師請學生看一篇有關高鐵的文章，並教導學生如何看懂英文票務資訊，學習以英文購票。

老師先請學生輪流朗讀課文中句子，每人一次只唸一句。老師也在黑板上掛高鐵路線圖和高鐵時刻表，學生每唸一句，老師就藉著掛圖幫助學生理解每句話的意思。課文內容如下：

The Taiwan High Speed Rail runs at a speed of over 300 km/hr. Before it was built, it took five hours to travel from Taipei to Kaohsiung by train. Now it only takes eighty minutes. Although the tickets are a bit more expensive, it gets you to places in no time.

學生 1：The Taiwan High Speed Rail runs at a speed of over 300 km/hr.

學生 2：Before it was built, it took five hours to travel from Taipei to Kaohsiung by train.

- 「直接教學法」不使用母語，而以實物、視覺輔助教具、手勢、身體語言等方式，幫助學生理解。
- 「直接教學法」認為Language is primarily speech，課堂一開始通常會有課文朗讀活動，讓全班在閱讀課文之餘，也不忘聽說技巧練習。
- 「直接教學法」嚴禁使用母語，老師是否能善用教室內實物或照片來輔助教學，會直接影響學生的理解情形。

課堂活動二、問答／對話練習（老師主導）Dialogue

Comprehension Check: Replacing explanation and/or translation with demonstration.

在使用「直接教學法」的課堂中，唸完課文後，老師通常會馬上檢驗學生對課文內容的理解（confirmation check on students' comprehension），用英文問大家是否有問題。以下情況為學生詢問圖中高鐵時刻表上south-bound和north-bound的意思。

學生1：What are the meanings of the words "south-bound" and "north-bound"?

（老師在高鐵路線圖上比劃南北方向，幫助學生理解south-bound跟north-bound。）

老師：Now, do you understand these two words?

學生1：Yes, I do.

老師：Any other questions?

學生2：Yes, I've got one more question. What does the word "barrier gate" mean?

老師：This is a barrier gate.（邊說邊指著圖中的刷卡閘門，讓學生瞭解這兩個字的意思。）Now, do you understand the meaning of "barrier gate"?

- 為了讓學生能直接連結「語言」和「意義」，當學生對課文或單字有疑問時，老師儘量以「展示」（show）或「示範」（demonstrate），來取代翻譯或解釋。

- 老師要隨時確認學生是否瞭解教學中的每個環節。

- 「直接教學法」認為，語言學習的目的在於溝通；而溝通技巧的培養，除了知道要如何回答問題，還要練習如何問問題。

- 老師以圖示的方式取代翻譯或解釋，讓學生直接連結字義和語言符號。

學生2：Yes, I do.

（當所有學生都問完問題後，為了確認學生對課文的理解，老師利用掛圖問問題。）

老師：Are we looking at a picture of a timetable?

學生：Yes.

老師：Please answer the question in a complete sentence.

學生：Yes, we are looking at a picture of a timetable.

老師：What time does the earliest train leave Taichung?

（老師指著時刻表上第一班車的資訊，幫助學生理解。）

- 為減輕學生的負擔和焦慮，老師以 yes/no question 提問，並把學生可能的回答（此處即 a timetable）包含在問句中。

- 老師隨時注意學生是否以完整句回答問題。

- 老師根據課文內容使用句型詢問學生，目的在於：一、確認學生對課文內容的理解、二、一併呈現句型和使用的自然情境，讓學生自己歸納整理出文法。

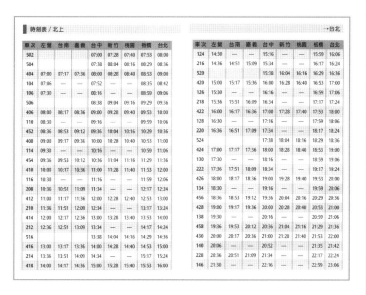

學生：The earliest train leaves Taichung at 7 a.m.

老師：What time does the second earliest train leave Taichung?

學生：The second earliest train leaves Taichung at 7:38 a.m.

老師：How much does it cost for a single-journey ticket from Taipei to Taichung?

學生：It cost NT$700 dollars.

老師：It *cost*?

學生：It *costs* NT$700 dollars.

老師：How much does it cost for a round-trip ticket?（邊說邊在高鐵路線圖兩個車站間來回比劃。）

學生：A round...

（老師發現有幾個學生不太會唸 round-trip 這個字，就帶著全班繼續練習，然後示意學生回答這個問題。）

學生：A round-trip ticket costs NT$1,400 dollars.

老師：Excellent!

- 本課重點文法句型為問句形式，學生得聽懂老師的問句，才能正確回答老師的問題，這是另一種評量學生學習的方式。
- 學生犯錯時，老師儘量提供機會讓學生自我訂正（self-correction）。
- 「直接教學法」非常重視發音精確，老師要隨時糾正或幫助學生唸出有困難的單字。當有人發音錯誤或不流利時，老師不會把其當作個別問題，會針對該問題帶著全班練習。

課堂活動三、問答／對話練習（學生主導）Dialogue

Practicing target grammatical patterns: Initiate a conversation where obligatory use of these patterns provides the teacher an opportunity to assess students' mastery of the patterns.

上述的對話練習後，老師隨機挑選幾個學生，發給他們從不同高鐵車站發車的車票樣本，把車票上的車資、發車和到達時間欄留白（如圖 1）：

- 老師帶領學生使用重點句型對話，觀察學生是否能正確使用該句型，同時獲得評量學習成效的機會。
- 活動基本上是資訊分享（information gap）的對話活動，意即對話的兩方分別持有資訊。

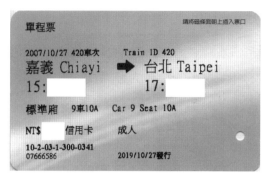

圖 1

拿到車票的學生要轉身背對黑板，不能看黑板上的時刻表和車資掛圖，並要應用剛剛練習的重點句型，詢問車票空白處的資訊。

學生 1：What time does the earliest train leave Chiayi?

全班：The earliest train leaves Chiayi at...

學生 1：How much does it cost for a single-journey ticket from Chiayi to Taipei?

課堂活動四、填空練習 Fill-In-The-Blank

Fill in the blanks: Use this controlled exercise to help students practice the target grammatical patterns.

對話活動後，老師在投影片上列出幾個句子，讓學生做填空練習。

A: _____ does the earliest train leave Chiayi?

B: The earliest south-_____ train leaves Chiayi at 6:30 a.m. The earliest north-_____ train leaves Chiayi at 7:00 a.m.

A: Okay, _____ for a round-trip ticket from Chiayi to Banciao?

B: It costs NT$1,400.

規則。如學生無法作答，老師可提醒學生之前練習過的課文對話內容。

課堂活動五、聽寫練習 Dictation

課堂的最後為聽寫活動（dictation）：老師把剛練習的課文內容當成聽寫活動題材。第一次聽寫練習時，老師以平常說話的速度和語調將課文內容唸一次，學生只需聆聽；第二次練習時，學生將老師朗讀的內容寫下來；老師第三次朗讀時，學生比對已寫下的內容和老師所唸的課文內容，並做修正。

● 老師儘可能在一個單元結束前，給予學生聽、說、讀、寫四種技巧的練習機會。但要特別注意，讀寫通常擺在最後，因為「直接教學法」認為，聽說技巧應比讀寫技巧優先。

應用層面	聽	說	讀	寫	字彙	文法
適用程度	★★★★★	★★★★★	★★★	★★	★★★★	★★

使用「直接教學法」的課堂，只能使用目標語，不論教授新內容、進行練習活動或評量，學習者都要以目標語和老師進行口語溝通，完成老師要求之任務。學習者在聽說方面的練習相當充分，故本教學法在聽說兩項應用層面，達到最高五顆星。相較之下，讀寫訓練則遠不及聽說的訓練。

在訓練口語溝通時，本教學法強調營造「情境」。這種精神也大量應用在字彙教學上：老師不零碎地呈現單字，且為了加深字彙學習深度，會使用各種輔助教具，幫助學習者瞭解字義，並讓學習者接觸單字在日常溝通中各種應用的句型和情境。故在字彙面向，「直接教學法」的適用程度也相當高。

對象 Target Students

認知能力：幼稚園到國中

語言程度：初、中、高級

注意事項 Reminders

一、「直接教學法」的最大特色是完全以目標語進行教學，不論學習者的認知年齡和語言程度，都不會改變這項基本原則。老師可依據年齡和程度，提供多元輔助教具、運用肢體表演及豐富的例子，讓學習者理解課程內容。

二、本教學法禁用母語，抽象的字彙有時很難藉由老師的說明、舉例、示範或表演，讓學生理解，甚至可能耗時過多，造成無效能之教學。老師的英語表達能力是否如母語般流暢，也是影響本教學法成效的重要因素。

三、如班級人數過多，老師可能無法充分掌握學生運用目標語練習的狀況，故較不適合使用「直接教學法」。

應用活動一 In-Class Activity 1

應用層面：聽、說

背景

學生為國小一年級初級英語學習者，老師利用「模擬實際情況」及「角色扮演」的方式，進行「聽、說」教學。

內容

Ms. Lin: What's your name?

Jim: I'm Jim.

Tina: Wow! Miss Lin, you're tall.

Ms. Lin: Yes, I am.

教學步驟 Teaching Procedures

一、在名牌寫上英文名字。

二、實際測量學生身高，呈現「高」的意義。

三、設計數個真實情境，讓學生不斷練習。

教學實例 Classroom Scenario

老師：（指著自己的名牌。）I'm Susan.（指著任一位學生。）What's your name?（指著

學生的名牌，引導學生回答 I'm _____.）

學生 1：I'm <u>Billy</u>.

老師：（指著另一位學生。）What's your name?

學生 2：I'm <u>Sandy</u>.

老師：<u>Billy</u> and <u>Sandy</u>, stand up and come here.（用手引導兩位學生來到台前，拿出量尺測量兩個學生的身高，並寫在黑板上。）<u>Billy</u> is 140 cm. <u>Sandy</u> is 142 cm. <u>Sandy</u> is tall.（說到 tall 這個字時，誇張地用手比出很高的樣子。）Everyone, say, "Wow! <u>Sandy</u>, you're tall."

老師：Thank you, Billy. Please go back to your seat.（引導 Billy 回到座位上。）What's your name?（指著另一位學生，此時要選比 Sandy 高的學生。）

學生 3：I'm <u>Kate</u>.

老師：Okay, <u>Kate</u>. Please stand up and come here.（以量尺量 Kate 的身高。）<u>Kate</u> is 145 cm and <u>Sandy</u> is 142 cm. Who is taller? <u>Sandy</u> or <u>Kate</u>?

學生：<u>Kate</u>.

老師：That's right. Everyone, say, "Wow! <u>Kate</u>, you're tall!"

學生：Wow! <u>Kate</u>, you're tall!

老師：<u>Kate</u>, you say, "Yes, I am."

Kate：Yes, I am.

（老師繼續挑選更高的學生出來進行練習。）

- 本教學法相當重視老師的表達能力，呈現新單字時，老師要像演戲般運用肢體、表情，將字義和句義表達出來。

- 完全使用目標語，不斷使用真實情境讓學生「聽懂」、引導學生「會說」本課的目標句型，是「直接教學法」教授文法句型的方式。

應用活動二 In-Class Activity 2

應用層面：聽、說、字彙

背景

　　學生為國小四年級中級英語學習者，利用已學
過的句型What do you I like? I like _____s.
進行字彙練習。本活動以問答方式，同時運用
聽、說、讀、寫四種語言技能。「直接教學
法」認為，字彙須呈現在有意義的句子或段落
中，在教字彙時，教師會把字彙融入句型或情
境中，不會單獨呈現。

字彙

plum, pear, mango, guava

教學步驟 Teaching Procedures

一、讓學生在紙上寫下自己喜歡的一種水果。

二、老師發問，學生依照自己所寫答案回答。

三、由全班發問，選出一位反應較快的學生當鬼作答，
　　若手中答案和鬼所答相同，則須交換座位，當鬼
　　的學生也加入，未能找到座位者，就要當鬼。

四、換座位時，須提醒學生將手中答案紙留在桌上，
　　做為下一位學生的答案紙。

教學實例 Classroom Scenario

老師：I like <u>mangos</u>.（指著黑板上的單字，並在紙上寫下此單字。）How about you, Susan?

學生1：I like <u>pears</u>.

老師：Good.（將紙發給此生。）Please write down pears on this paper.（面對所有學生。）How about the other students? What do you like?

學生2：I like <u>plums</u>.

學生3：I like <u>mangos</u>.

老師：Good job! Please pass the paper. Each person gets a piece of paper. Write down what you like on it—like what Susan and I just did.（拿起自己和學生Susan的紙條展示給全班看。）Have you all finished?（在教室內來回走動，觀察學生是否全部完成。）Hold the paper like this.（雙手握住答案紙，字面朝外，放在胸前。）Please ask me the question: "What do you like?"

學生：What do you like?

老師：I like <u>mangos</u>. Betty and Tim like <u>mangos</u>, too. Right?

學生：Yes.

老師：Betty and Tim, put your paper on the table.（做出將答案紙放在桌上的動作。）Please change seats and I'll find a seat, too.（跑到Betty的座位，問學生。）Can Tim sit on his seat?（搖頭示意。）

● 在完全使用目標語的課堂上，進行任何活動，都須以「示範」取代「解說」，確保每個學生都能理解老師要求。

● 書寫新單字的目的，不是要將單字背熟，只是提供多一種練習。

● 雖然是單字的練習，但「直接教學法」不會單獨練習背誦單字，而是將單字放入有意義的句型中練習，確保學生能活用字彙。

學生：No!

老師：Can Betty sit on Tim's seat?（點頭示意。）

學生：Yes, she can.

老師：So, who has no seats?（指著Tim。）

學生：Tim!

老師：Who has to answer the question?

學生：Tim!

老師：That's right! Let's try again! Tim, please come here. Everyone, let's ask, "What do you like?"

學生：What do you like?

Tim：I like guavas.

老師：Look at your paper. If it shows "guavas," please change seats quickly!（在旁協助，引導學生快速換座位。）Who is still standing?

學生：Henry!

老師：That's right. Let's ask Henry the question!

學生：What do you like?

（繼續進行數次，直到學生能順利辨別答句與答案紙是否相同，決定是否需要換座位。）

教學小叮嚀 Teaching Tips

一、若要將單字放入句型中練習，務必使用先前教過且符合單字運用的句型，減少學生要同時熟悉新單字及新句型的焦慮。

二、只有在第一次或第二次示範時，老師須參加活動，

接下來，老師最好在旁觀察學生的發音及回應是否正確，以達充分練習之目的。

應用活動三 In-Class Activity 3
應用層面：聽、說

> **背景**
>
> 　學生為國中一年級的高級英語學習者。本活動依據「直接教學法」中「先聽說、後讀寫」的觀念，以配對練習方式加強聽說能力。
>
> **內容**
>
> 　"A Beautiful Body"

教學步驟 Teaching Procedures
一、先由「老師問、學生答」的方式練習。

二、把學生分為兩人一組，一人為A、一人為B。

三、學生A至台前領取題目並記下內容，回座和學生B一同舉手，由最快舉手的學生A說出問題、學生B回答。

教學實例 Classroom Scenario
老師：Listen to my question carefully. If you know the answer, please raise your hand. Do many Africans think being fat is beautiful?（選最快舉手的學生先回答。）

學生1：Yes.

老師：Please answer it in a complete sentence.

學生1：Yes, many Africans think being fat is beautiful.

● 以目標語進行「問答練習」，是「直接教學法」培養學生聽說能力的常見方式。

老師：Very good. Listen to the next question. Why do they think to be fat is beautiful?（可選較不常發言的學生回答。）

學生 2：They think to be fat is you are rich.

老師：Hmm... They think to be fat *is* or *means* you are rich?

學生 2：They think to be fat means you are rich.

老師：Excellent!

（問答練習數次後，進行分組活動。）

老師：I'm going to do an activity. I need two students in a group. One is A, and the other is B. Now, can you find a partner?

學生：Yes!

老師：A, please raise your hand.（以指令確定學生是否完成分組及決定 A、B 的角色。）
A, please come here and pick a piece of paper. Memorize the question, leave the paper here, and then go back to your seat. Tell your partner the question. If B knows the answer, please raise your hand with your partner. Ready? Go!

（學生們依照指令，記下問題後回座，和組員舉手搶答。）

老師：Kelly and Lynn, you're the first. Please tell us your question and answer.

Kelly：What is the easiest way to be a more nice person?

- 「直接教學法」要求學生以完整句回答問題。

- 遇到學生回答錯誤，老師不直接說出正確答案，多以暗示方式引導學生察覺自己的錯誤。

- 紙上問題也是以目標語呈現，在培養聽說能力之餘，也提供讀的練習。

Lynn：The easiest way to be a nice person is to be more kind and confident.

（學生對confident的發音有問題，老師不直接指正該生，而是引導全班一起練習這個字。）

老師：Please repeat after me. Confident.

學生：Confident.

老師：Good job.

- 「直接教學法」相當要求發音精確，老師只要發現學生發音不夠清晰或不夠流利，便立即帶領全班練習。

教學小叮嚀 Teaching Tips

教室內的任何指令都須以目標語進行，老師須將活動步驟詳細拆解，多以示範代替解說流程，一步步引導學生，活動才能進行順利。

參考書目 References

Larsen-Freeman, D. (2004). *Techniques and principles in language teaching.* New York: Oxford University Press.

Richards, J., & Rodgers, T. S. (1986). *Approaches and methods in language teaching.* New York: Cambridge University Press.

**Foreign Language Teaching Methodology:
Theory and Practice**

2.3 聽說教學法
The Audio-Lingual Method

緣起 Origin

本教學法是於 1945 年，由美國密西根州立大學一位名叫 Charles Fries 的人所創立，故又稱為「密西根式教學法」（Michigan Method）。又因本教學法採用大量「（聽說）反覆練習」（drills）的教學模式，讓學生藉由不斷的口語重複，對目標語中的字彙和句型，達到滾瓜爛熟的程度。

這樣的教學觀有點像學手排車，一開始要記住各排檔位置，並學習如何在換檔時切換離合器。但經由不斷練習後，自然可以不經思考切換檔位。這樣反覆操練的學習方式也非常類似軍中在訓練戰鬥技能的方式，因此本教學法又被稱為「軍隊式教學法」（Army Method）。

教學原則 Teaching Principles

本教學法主要建立在心理學「行為學派」（Behaviorism）的理論基礎上。該理論學派認為，語言是一套有系統的「語言習慣」（habit）。不論對母語或目標語學習者來說，語言學習只有藉由不斷「增強」（reinforce）和「反覆練習」（repeat），正確的語言習慣（habit formation）才能在腦中根深蒂固。

課堂活動通常會著重在老師的示範和學生的模仿及反覆練習。每課通常只有一個文法重點，且通常會以簡短對話帶出此文法重點。老師會在介紹對話前，將此文法重點寫在黑板上，接下來，老師會把對話從頭到尾唸一到兩次。第一次唸時，學生著重傾聽老師的示範發音，並不跟著唸；第二次開始，老師帶學生逐句重複對話，直到學生可以把課文中的每一句話熟記於心。每次的重複練習，老師皆會先提供正確的發音示範（correct modeling），學生的首要任務就是想辦法精確模仿老師的示範（mimicry）。

在下課之前，老師通常會再帶全班回到課文對話內容：老師先唸一次課文，學生再重複唸一次。在經歷一節課的反覆練習後，學生此時應已能熟練且精確地唸出課文對話。

在「聽說教學法」中，最主要有幾種反覆練習技巧：

一、倒推練習技巧（backward build-up drill）

老師：Train station.

學生：Train station.

老師：To the train station.

學生：To the train station.

老師：Going to the train station.

學生：Going to the train station.

老師：I'm going to the train station.

學生：I'm going to the train station.

二、句型代換練習（substitution drill）

老師：He is going to the train station.

學生：He is going to the train station.

老師：The post office. He is going to the post office.

學生：He is going to the post office.

老師：The subway station.

學生：He is going to the subway station.

當學生都很熟練後，老師可以同時抽換句型中的地點和主詞，也就是所謂的多重代換練習（multiple-slot substitution drills）。

老師：Tom. The supermarket.

學生：Tom is going to the supermarket.

老師：We. Park.

學生：We are going to the Park.

三、句型轉換練習（transformation drill）

做句型轉換練習時，老師會先示範原始句型，接著再示範如何轉換成其他句型，像是把直述句轉換成問句。

老師：You can ask a question by saying: "Is he going to the train station?"

除了以上三種反覆練習外，根據反覆練習時的人數運用，又可細分為：

四、個別練習（individual drill）

視班級情況，老師可以帶著程度稍弱的學生單獨唸；若人數較多時，就抽點部分學生單獨練習。

五、齊聲練習（choral drill）

全班或全組一起齊聲覆誦。

不論是哪一種反覆練習，老師都要隨時注意並維持學生回答的速度，鼓勵學生快速正確地進行代換或轉換練習。

從以上教學原則和常用課堂技巧描述可發現，在「聽說教學法」的課堂中，學生幾乎是不斷在做重複練習，從單字擴展到詞，再擴展到句子和對話。因為本教學法的支持者認為，學生在快速機械化的反覆練習中會逐漸「內化」（internalize）、「歸納」（induce）出文法重點。在本教學法中，通常沒有直接的文法規則解釋。

為幫助學生理解對話內容或歸納整理文法重點，老師會在課堂上大量使用動作或輔助教具（visual aids），但只會簡略介紹可能阻礙學生理解的重要單字（content words）。

就課堂語言的使用來說，本教學法支持者普遍認為，母語會成為學生學習目標語的主要障礙。因此本教學法鼓勵老師在教室中只使用目標語，學生在課堂中也絕對禁止使用母語。當學生的理解發生問題，老師會以肢體動作、輔助教具或舉例幫助學生瞭解。

針對四種語言技能的培養，本教學法支持者認為聽、說、讀、寫四種技能，應以「循序漸進」的方式培養，聽說能力的養成比讀寫能力的培養優先。

老師的角色 Roles of the Teacher

教學重點是以目標語提供「老師對學生」或「學生對學生」間反覆練習和模仿的機會；練習中，老師隨時針對發音（pronunciation）和語言結構（grammar）提供正確示範（modeling）。

對於學生正確的模仿，老師應不斷給予正面的肯定（positive feedback），來激勵學習動機。在本教學法中，老師控制大部分學習內容。

對學生錯誤的態度 Views on Students' Errors

本教學法將語言學習視為正確語言習慣的養成，學習過程中的錯誤會導致不正確的語言習慣。因此。在課堂上教學或練習時，老師會隨時糾正發音或文法錯誤。

評量方式 Assessment

本教學法的評量方式較不注重語用知識（如：針對某一情境，學生是否使用適當的用字遣辭去溝通）。評量重點通常在於學生是否熟悉某一文法規則（如：第三人稱單數所搭配的動詞通常要加 s），或能區別發音類似字（minimal pairs）的細微差異（如：vice vs. rice）。

背景 Background

學生的英語程度只有初級,已學過What is it? It is a/an... 之句型。

老師將教導以下句型:Is that/this/it a...? Yes, it is./No, it isn't.

教學步驟 Teaching Procedures
暖身活動 Warm-Up

Warm-up: From the very beginning, use the target language only.

一開始,老師先準備幾個已學過的字彙圖片和一兩個新單字的圖片;這些圖片事先經過電腦軟體處理,製造成如同馬賽克拼圖的效果:

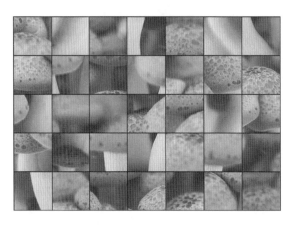

老師以之前學過的句型What is it?讓學生猜測圖中的東西,全程用英語跟學生互動,若學生說中文,老師就說English only, please.,示意學生只能用英語回答。

老師:What is it?

學生:Flower.

- 從一開始的暖身活動,就大量使用目標語,目的是減少學生被母語干擾的機會、培養學生以目標語思考和溝通的習慣。

- 母語被視為讓目標語進步的障礙,老師應儘量鼓勵學生以目標語溝通。

老師：No. What is it?

學生：Muuuuuuushroom.（無法正確發出mushroom的音。）

老師：Yes, it is a mushroom. Mushroom.

學生：Mushroom.

老師：A mushroom.

學生：A mushroom.

老師：It's a mushroom.

學生：It's a mushroom.

老師：How about this picture?

學生：地毯。

老師：English only, please.

學生：I don't know.

老師：It's okay. In this unit, we are going to learn how to say this term in English.

- 發現學生對 mushroom 這個字發音不熟悉，老師以「倒推練習技巧」來幫助學生練習這個字的發音。

- 本教學法強調全部以目標語教學。

課堂活動一、介紹課文 Introduction to the Lesson

Speech is basic to language than the written form; everyday speech is emphasized.

暖身活動後，老師開始進入課文。課文內容是兩個人以 Is this/that a...? Yes,... /No,... 的對話。

（老師先播放課文內容音檔，第一次播放時，學生靜靜聆聽，同時閱讀課文內容。）

老師：Listen closely.（以手勢示意學生注意聽，不須唸出。）

第二次播放時，學生模仿課文朗誦語調，試著「同步」跟著唸出課文內容（「同步」指的並不是分秒不差，而

- 課文內容以對話呈現，目的除表達目標語的溝通技巧，也讓學生熟悉正確的發音和文法知識。

老師請學生重複以上步驟，直到學生可以同步模仿唸出課文朗誦內容，沒有任何遺漏和停頓。

老師讓學生在不看課文內容的情況下，再多練習幾次同步模仿，直到學生可以不依賴課文內容，正確且流利「同步」唸出課文。

老師：Now, without looking at the text, read the words you hear as quickly and accurately as possible.（以手勢示意學生不要看課文內容。）

不斷重複的目的在於讓學生內化熟記主要句型結構；往後學生要說出、寫出類似句型時，可不經思考就理解或使用。

- 「聽說教學法」的支持者認為，錯誤是良好正確的語言習慣的絆腳石。

- 在「聽說教學法」中，文法句型結構比單字更為優先。老師通常不會花太多時間教導單字；新字彙通常是透過對話內容，讓學生自然而然去猜測或理解。

課堂活動二、介紹句型 Introduction to the Grammar Point

Introduce grammar through examples and drills.

學生熟悉課文後，老師開始介紹句型 this/that 的概念。在「聽說教學法」教室中，都是以大量反覆聽說方式，來介紹文法句型。

老師：（指著手上有書桌圖示的單字閃示卡。）A desk.（指著遠方的書桌並強調 that 的發音。）That is a desk.（示意學生跟著唸。）

學生：That is a desk.

老師：（站在學生身旁，指著手中書桌的單字閃示卡，強調 this 的發音。）This is a desk.（示意學生跟著唸。）

學生：That is a bat.

老師：（指著有段距離的黑板，示意學生以完整句回答。）A blackboard.

- 以大量反覆練習的方式來幫助學生記憶重點文法句型。

- 老師雖沒有明確地解釋 this is... 跟 that is... 的差異，但透過情境，學生可用歸納法知道兩字的差別。此外，透過單字閃示卡和實物，讓不斷重複的練習，成為有意義的練習。

學生：That is a blackboard.

老師：That is a blackboard.（發現學生並沒有很正確地唸出 blackboard，又帶著學生再唸一次。）

學生：That is a blackboard.

老師：（指著有段距離的粉筆，示意學生回答。）A piece of chalk.

學生：That is a piece of chalk.

（老師拿出有電腦圖示的單字閃示卡，示意學生依提示說出完整句。）

學生：This is a computer.

（接著從直述句練習轉換成問句練習。）

老師：（指著球棒單字閃示卡，表現出困惑的樣子。）Is this a desk?（自己回答。）No, it's a bat.（指著遠方的椅子並示意學生回答。）Is that a chair?

學生：Yes, it is a chair.

老師：Eraser.（指著閃示卡上的橡皮擦圖示，示意某生依提示發問。）

學生 1：Is this an eraser?

（老師指定另一個學生回答。）

學生 2：Yes, it is.

（老師指著遠方的鉛筆盒，指示另一位學生依提示發問。）

學生 3：Is that a pencil box?

（依此類推做練習。）

- 「句型代換練習」即是以照樣造句的方式抽換關鍵字，讓學生做代換。

- 精確的發音是本教學法重要的教學目標，任何不標準的發音，老師都要馬上糾正。

- 在「句子轉換練習」活動中，學生練習由直述句轉換成問句，第一次先由老師示範。

- 老師從「句子轉換練習」換成「代換練習」。練習代換時，老師指定不同學生回答，讓每個學生在限定的溝通情境（limited and controlled communicative context）中，有機會重複重要句型。

119

課堂活動三、文法結構練習 Grammar Practice

Student-student interaction is, in most cases, teacher-directed.

練習重點句型後，老師接著以活動方式強化學生練習重要句型，將全班分為幾個小組。

老師選擇幾個單字，在黑板上畫下這些單字所代表的物件。每次一筆一筆地畫。老師每畫一筆，每一組中的學生便可使用句型Is this/that a...? Yes, it is./No, it is not. 猜測老師所畫物件名稱。

　老師：What is it? Guess!（畫下第一條線，提示學生開始猜測。）

Jenny：Me! me!

　老師：Jenny.

Jenny：Is this a box?

　老師：（畫下第二條線。）No, it's not.

　Tim：Me! me!

　老師：Okay, Tim.

　Tim：Is that a bat?

　老師：（畫下第三條線。）No, it's not.

Jane：Me! me!

　老師：Jane.

Jane：Is this a desk?

　老師：Yes, it is. Jane got one point.

● 課堂中的學生互動通常由老師主導。

● 這個活動乍看之下似乎讓學生有「自發性」的練習機會。但活動其實是由老師畫線主導學生使用句型發問，是由老師主導的活動。

課堂活動四、字彙練習 Pass on a Message

Vocabulary teaching is kept to a minimum.

老師準備兩個紙箱，紙箱內分別放置一份附有圖片或照片的單字閃示卡。活動開始前，老師將全班分為A、B兩隊。每隊第一人面向黑板，其他人背對黑板。

老師：Line up and make two teams. Now, the first one in each team, please come over here.

老師抽出紙箱中的一張單字閃示卡，將該卡同時給每隊的第一人看，並在他們耳旁輕聲唸出該單字（老師可重複示範，直到學生熟悉正確發音為止）。

接著，老師以動作暗示第一位學生轉身在第二位學生耳邊輕聲唸出該單字。

第二位學生再跟第三位學生重複他所聽到的單字。持續此接龍，直到最後一位學生大聲對唸出所聽到的單字；如答案正確，該隊得一分。

老師：Very good! Team A got one point.（不論最後一位學生是否正確覆誦出該單字，老師都把單字閃示卡給所有人看，並帶著全隊再唸幾次。）

原第一位移到隊伍最後面，原來第二位學生成為第一位。老師重複以上步驟，一直到隊伍中每人都有機會當排頭及排尾。

進行以上步驟時，老師以英語說明，輔以動作幫助學生瞭解活動指令。

- 字彙在「聽說教學法」中的重要性，不如文法句型和語音知識。

- 「聽說教學法」強調聽、說、讀、寫等語言技能須循序漸進，字彙教學所佔比例較少。在字彙教學時，也遵循「聽說優於讀寫」原則，從單字語音練習開始。

- 「聽說教學法」的重複練習，不僅限機械式的重複，老師也可用遊戲方式，使其趣味化。

課堂活動五、聽寫練習 Dictation

Student-student interaction is, in most cases, teacher-directed.

為加強學生閱讀和書寫的能力，老師在課堂最後進行以下活動：

（老師再播放一次課文音檔，要求學生在進行同步聽說模仿練習時，不看課文，寫下他們所聽到的字。老師邊說邊示範。）

老師：Write down the words you heard while reading these words aloud.

（學生完成筆記後，老師讓學生比較他們所寫內容，然後再播放一次音檔。第二次聆聽時，重點放在疏漏的字。）

老師：Pay attention to the words that you missed and listen to those words again.

（重複以上步驟，直到學生在同步聽講時，可毫無困難地寫下所有課文中的字。）

● 在「聽說教學法」中，讀寫訓練通常在聽說訓練後。

應用 層面	聽	說	讀	寫	字彙	文法
適用 程度	★★★★★	★★★★★	★	★	★★★	★★★

「聽說教學法」（The Audio-Lingual Method, ALM）的原則為全程使用目標語來做口語反覆練習，讓學生在快速的口語重複練習中，「內化」和「歸納」正確的口語語言習慣。

老師在進行重複練習時，通常以口語為主、讀寫為輔，本教學法在聽說能力的適用性，給予五顆星的評價。

當學生在做重複練習時，老師一開始先從字彙著手；學生熟悉字彙之後，才慢慢進行到片語、句子的練習。學生在課堂上的重複練習幾乎都是由單字開始，促使學生在無形中熟記、累積單字量，進而達到學習單字的目標。因此，本教學法在單字教學的應用，也有三顆星評價。

本教學法沒有直接的文法規則解釋，但藉由不斷重複練習，幫助學生培養正確語言習慣，讓學生在潛移默化中建立完整的文法句構概念，在文法教學的應用也有三顆星評價。

對象 Target Students
認知能力：國小到國中
語言程度：初、中、高

注意事項 Reminders

一、「聽說教學法」採大量反覆的練習，培養學生學習目標語的正確習慣；適用對象從國小初級數至國中高級數。短期可達到加強聽力、增加字彙能力、訓練正確發音，長期可培養學生流利且準確地使用目標語。

二、熟能生巧（Practice makes perfect.）即為「聽說教學法」的最佳詮釋。

三、和「溝通式教學法」的理念和效果不同，「聽說教學法」較無法表達個人意見。

四、使用「聽說教學法」時，老師的錯誤或是不精確的示範，皆會造成學生不正確的語言習慣。老師須隨時注意本身教學示範的正確性，並糾正學生錯誤。

應用活動一 In-Class Activity 1

應用層面：聽、說、文法、句型

背景

  適用於具中級英文程度的學生。大小班級皆可進行，大班級可採分組方式進行。老師利用記憶遊戲，讓學生達到數字、食物和句型的練習或複習。

內容

  I want to buy two apples at the supermarket.

教學步驟 Teaching Procedures

一、複習食物及數量的說法。

二、把六到八個學生分為一組,圍成一個圈圈。如小班教學,則不需分組。

三、第一位學生用一句話說出自己要到超市買的東西,如 I want to buy two apples at the supermarket.。

四、第二位學生先重覆第一位學生的句子,再加入自己的句子,依此類推,一人一句輪流傳下去

教學實例 Classroom Scenario

老師:What can you buy at the supermarket?

學生:Apples, bread, chocolate...

老師:(將學生說的答案一一寫在黑板上。)Good. (指著黑板上的單字。)One apple, two...

學生:Apples!

老師:Excellent! I want to buy two apples at the supermarket.

學生:I want to buy two apples at the supermarket.

老師:Lucy, What do you want to buy at the supermarket?

Lucy:I want to buy three donuts.

老師:I want to buy three donuts at the supermarket.

Lucy:I want to buy three donuts at the supermarket.

老師:Everybody, let's make circles, I want six

- 老師採「問與答練習」(question-and-answer drill),讓學生聽到 food 和 supermarket 後,想出相關答案。

- 以「句型轉換練習」複習名詞的複數型態,可視情況舉更多例子練習。

- 以「齊聲練習」,引導全班學生複誦,也讓學生以完整句型單獨做問與答練習。

people in a group.（找一組學生圍圈圈示範。）Tina, you are the first one. What do you want to buy at the supermarket?

Tina：Eggs.

老師：How many eggs do you want to buy at the supermarket?

Tina：I want to buy five eggs at the supermarket.

老師：Okay. What does Tina want to buy at the supermarket, Kenny?

Kenny：Tina wants to buy five eggs at the supermarket.

老師：Good! How about you, Kenny?

Kenny：I want to buy three pears at the supermarket.

老師：Now, Judy, repeat the sentences they said and make your own.

Judy：Tina wants to buy five eggs at the supermarket. Kenny wants to buy three pears at the supermarket. I want to buy figs at the supermarket.

老師：Well done!

（依此類推，直到整組輪完。）

- 老師可採用「個別練習」糾正學生錯誤。

應用活動二 In-Class Activity 2

應用層面：聽、說、讀、文法、句型

背景

    利用大富翁遊戲，讓學生將日常生活中的動作，依時態和時間副詞造句。藉著分組競爭，將過程變得更刺激、更富趣味。此活動較適合學過基本時態及時間副詞的中級數學生。

內容

I watch TV every day.

教具

    遊戲紙盤數份、骰子和棋子數個

START / FINISH	see a movie	watch TV	clean the house	do homework

START FINISH	see a movie	watch TV	clean the house	do homework
back to start ⑲	on the weekend	every day		play the piano
surf the Net	usually	last Friday		move back 3 steps ⑥
go to school				water the flowers
read magazines	next month	tomorrow		bake a cake
move two steps forward ⑮	tonight	once a year		go mountain climbing
play basketball	dance	take a bath	listen to the radio	go swimming

教學步驟 Teaching Procedures

一、將二至四個學生分成一組（視班級人數而定，最多不超過四個），發給每人一種顏色的棋子。

二、發給每組一個遊戲紙盤，將遊戲紙盤中間的時間牌一個一個剪下，疊成一疊，正面朝下。

三、依照大富翁玩法，由第一位學生開始擲骰子，擲出的數字決定棋子移動的格數。

四、第一位學生生抽一張時間牌，依據停留格子上的動詞提示造句。例如：骰子擲到五，格子上的動詞為 play the piano，學生抽到的時間牌為 last Friday，就要造出 I played the piano last Friday.。

五、學生輪流進行，造出正確句才可前進，反之則停留在原地，先到終點者為贏家。

教學實例 Classroom Scenario

老師：I need four people in a group. Each group gets a paper board. Please cut the time cards into 8 pieces from the middle of the board. Turn over the time cards. Everyone, get a place marker. Now row the die.（邊講解邊做動作。）What number is it?

學生：Five!

老師：Go to the fifth square! Play the piano.

學生：Play the piano.

老師：（翻出時間牌給學生看。）Play the piano last Friday.

- 讓學生看到骰子數字後做出反應，可達到問與答練習效果。

- 先將完整句拆解成幾個部分，由後往前將句子循序漸進完整唸出，此為「倒推練習技巧」。

學生：Play the piano last Friday.

老師：I played the piano last Friday.

學生：I played the piano last Friday.

老師：Well done! Let's try again.（擲骰子。）One! See a movie!

學生：See a movie!

老師：（翻時間卡給學生看。）See a movie tomorrow!

學生：See a movie tomorrow!

老師：I will see a movie tomorrow.

學生：I will see a movie tomorrow.

老師：Excellent!

- 可用遊戲紙盤上的不同動詞，可協助學生做「句型代換練習」。

- 依照每次翻出不同的時間卡，可以協助學生做時態的「句型轉換練習」。

應用活動三 In-Class Activity 3

應用層面：聽、說、文法、句型

背景

利用口耳相傳的方式，練習關係代名詞。此活動句構觀念較為複雜，適用於高級數學生。如要將活動應用在中低級數的教學上，套用適合該程度的句型即可。

內容

She is a beautiful girl who has long hair.

教具

明星的圖片或海報

教學步驟 Teaching Procedures

一、拿出多張明星照片或海報，讓學生用完整句來描述。

二、讓學生練習用關係代名詞，將兩句合併。

三、老師將正確的句子寫在紙條上，並把黑板上的句子全擦掉，再把明星圖片貼在黑板上。

四、將全班分組，請每組第一位學生到台前，小聲向其唸出一個句子，讓他們回去傳給各組別的第二位學生，以接力方式口耳相傳。

五、最後一位學生聽完，跑到黑板前，先拿到該句子所描述的明星照片，且大聲正確地複誦者，得分。

教學實例 Classroom Scenario

老師：（拿出明星照片。）Do you know who they are?

學生： Yes. He is Jay. She is Jolin.

老師： Very good. Can you introduce them for me by using "who?"（指著周杰倫。）For example: He is a talented musician who composes many songs.（唸到who時可以提高音調以示強調。）Who wants to try?

學生1：（指著蔡依林。）She is a singer who also dances well.

老師： Very good. Repeat the sentence after me when I erase it! She is a singer who also dances well.

學生： She is a singer who also dances well.

● 以不同的形容詞或描述法介紹人，但不脫離關係代名詞的句型，此為「句型代換練習」。

老師： He is a talented musician who composes many songs.

學生： He is a talented musician who composes many songs.

老師： Let's play a game. The first person from each group has to come to the front. I will tell each person the same sentence quietly. Then each person passes the sentence to the person behind him or her. Do this as quickly as possible. All right?

學生： All right.

老師： （把明星圖片貼在黑板上，將每組第一位學生叫到台前，小聲對他們說出第一個句子。）She is a singer who also dances well.

學生 1： （回到隊伍中，對學生 2 說。）She is a singer who also dances well.

學生 2： （對學生 3 說。）She is a singer who also dances well.

學生 3： （對學生 4 說。）She is a singer who also dances well.

（待句子傳到最後一位學生。）

老師： The last student comes to the board and gets the picture. Who is she?

最後一位學生：（取下照片。）She is Jolin.

老師： Good job! One point for your group.

（以此方式重複進行。）

- 以口耳相傳的方式，讓每個學生都可以練習同一個句子，做到「個別練習」。

131

參考書目 References

Larsen-Freeman, D. (2004). *Techniques and principles in language teaching.* New York: Oxford University Press.

Richards, J., & Rodgers, T. S. (1986). *Approaches and methods in language teaching.* New York: Cambridge University Press.

Foreign Language Teaching Methodology:
Theory and Practice

2.4 默示教學法
The Silent Way

緣起 Origin

「默示教學法」是由 Dr. Caleb Gattegno 所創立。他認為，最好的外語學習方式，就是藉著母語經驗，學習目標語言的形式（form）、意義（meaning）和功用（function）。「默示教學法」的最終目標就是讓學生成為獨立、自主且負責的學習者。

教學原則 Teaching Principles

很多人對「默示教學法」有疑惑，「沈默」如何能成為外語學習或教學的推手？在傳統的語言教室中，習慣看到老師扮演教室裡傳道、授業、解惑的角色。老師通常是教室內的權威、制度規矩的制定者，學生則是知識的被授予者或規矩的遵守者。在這樣的環境中，學習往往由老師的教學觀點來掌控。

在「默示教學法」中，學生才是教室裡的主角，教室內任何活動都應該以「學習」為本位。要達到此目的，老師要學習「靜默」、退下舞台。當學生成為教室裡的主角時，老師才能從課堂的指揮者（conductor）成為觀察者（observer），進而有機會參與學習、仔細觀察個別的學習狀況。

同時，老師的靜默也可訓練學生成為更積極主動的學習者。老師靜默的時候，學生為了瞭解老師的一舉一動，就得更注意上課的流程和老師非口語的輔助教學。學生對課堂活動的注意力（attention），是促進學習的必要條件。此外，當老師不再是所有活動的主導者時，學生得靠自己的背景知識去掌握、理解另一個語言的規則。

Gattegno 強調，老師的靜默並不代表老師在教室內一直是無聲的角色（A teacher can be silent without being mute.）。在「默示教學法」的課堂中，老師的靜默是有時機性的，當學生自己可以找到答案時，老師

就靜默，不示範、也不直接給答案，迫使學生成為自主的語言學習者（autonomous learners）。老師還是有可能會使用母語或目標語來解釋活動程序與流程，但使用母語的比例會隨學生程度的進步而減少。

口語上的靜默，讓非口語（non-verbal）的引導更顯重要。通常老師會運用以下兩種方式來進行非口語部分的教學：

一、視覺教具

聲音顏色對照表（sound/color chart）

Sound/color chart是一個黑底色板。色板裡頭有許多長方形色塊，每個色塊裡的顏色都代表某個母音或子音。老師可把母音和子音都放在色板上，每一個音都有一個特定的顏色，學生只要看到某個顏色就可立即聯想到顏色的相對發音。

音板（fidel）

Fidel是sound/color chart的延伸版。相同發音的字母拼音標示成相同顏色，並被列在同一群組中。練習多次後，學生只要看到顏色，就會自動聯想到相對發音。

字板（ESL word chart）

經過聲音和顏色的聯想訓練後，對於不熟悉的單字，學生也能藉由字板中的呈現方式，迅速正確唸出單字的發音。

彩色積木（colored cuisenaire rods）

老師需要一套有效的教具來幫助年幼或外語初學者理解抽象的概念，彩色積木就是基於這樣的需求而產生。彩色積木通常由十種不同顏色、不同長度的木條所組成。老師可應用這些積木來代表抽象的數字或顏色，讓抽象概念具體化。老師也可應用積木來表示日常生活中的物件（如：樓梯、座椅），或表達空間概念（如：街道的相對物置、介系詞），甚至主詞、動詞和名詞，並藉由積木排列來表示文法句構。

二、手勢

除了使用音板、字板和積木，老師也可使用手勢做為「默示教學法」之輔助。例如，在教導[ɪ]和[i]兩個母音間的差異時，可藉由唇形和手勢來提示正確的發音位置和力道：藉由拉開手掌來表示[i]必須比[ɪ]更長。不論哪種方法，目的都是希望利用學生的「已知」來助其學習理解目標語中的「未知」。

並非只要使用音板、積木這些視覺教具，就算是「默示教學法」。是否為「默示教學法」，在於老師是否能退出教室舞台的中心，營造以學生為主的學習環境（subordination of teaching to learning），讓學生積極主動地去嘗試、實驗目標語。

老師的角色 Roles of the Teacher

採取「默示教學法」的老師在課堂上不多話，但他們面對的挑戰卻因此更為吃重，因為得靠非口語方式來刺激學生學習語言的感官、提升學生對目標語的敏感度和學習動機。

老師在採用「默示教學法」的過程中，須不斷提供回饋（feedback），「間接」幫助學生修正目標語知識，例如，當[i]的音發得不夠長時，老師不直接提供示範，而是以手勢提示學生要把音拉長。

「默示學習法」認為，知識學問是不能「被教導的」，老師唯有先喚醒學生本身對語言規則的知覺（awareness），才能助其自己取得知識。

對學生錯誤的態度 Views on Students' Errors

在「默示教學法」中，學生的「錯誤」被視為必要的過程，反應學生學習的不全或不正確，老師應善用所觀察到的錯誤資訊，針對這些問題進行未來課程的設計和規畫。

當學生犯錯或遭遇困難時，老師不給予批評，而會讓學生先從同儕間尋求幫助。即使老師須針對錯誤處「出聲」，也不會直接示範，而是給予學生暗示，讓他們自己歸納正確的發音、用法或意義。

評量方式 Assessment

正式的測驗在「默示教學法」課堂中較為少見，因為老師平常就隨時在觀察、評量學生的學習成就。老師在評量時著重的不在於學生是否完美學習某文法句型或某單字，而是觀察學生是否有穩定的進步。

背景 Background

學生為國小英語初學者。老師利用「默示教學法」教導學生英語母音、子音及文法。

教學步驟 Teaching Procedures
暖身活動 Warm-Up

老師走進教室後,把音板掛在黑板上,音板上陳列母音、子音的發音及其在書寫系統中各種可能的拼法。

老師掛完插圖後,靜靜走到圖表前以指揮棒(pointer)一行一行指著圖表左上角的前五行,重複三次後停下來看著全班,以手勢示意同學臆測他在做什麼。

全班一片寂靜,老師又重複兩次剛剛的動作,再次示意全班猜測,還是沒有人說話。

老師再重指一次;不過,此次老師指到第一行時,說了 [æ];指第二行時,以唇形做出 [ʌ] 的唸法;指第三行時,老師沒有做出任何的暗示,但學生已可猜測這行代表的是另一個母音 [ɪ],並齊聲唸出;老師指第四、第五行時,學生齊聲唸出 [ɛ] 及 [ɑ]。

學生知道那五行所代表的發音後,老師以指揮棒指 [ɪ] 的區塊,以手勢和唇形示意這個音要稍短一點。提示完後,老師再以指揮棒重指著 [ɪ] 的區塊,示意學生重唸數次。

- 音板是「默示學習法」的基礎教員,老師利用它教導目標語中的發音。

- 老師在課堂上只在必要的時候說話,尤其是在學生可自己意會的情境下。老師靜默時,可驅使學生更專注於老師的每個非口語動作。

- 「默示教學法」認為,在外語發音上要進步,就得專心聆聽自己發音上的問題;當老師以非口語方式幫助學生修正錯誤,學生才能把耳朵空下來,聆聽自己的發音。

依此模式，老師帶領學生認識圖表上大部分區塊所代表的母音和子音。如學生不能正確發出各區塊所代表的音，老師立即以手勢、口型、動作幫助學生。有系統地介紹圖表後，老師隨機點選圖表上的發音區塊，確認學生都能熟記圖表各區塊所代表的發音。

- 觀察學生是否能指出正確區塊，讓老師可立即、迅速評量學習狀況。當學生需要幫助，老師鼓勵學生彼此提供協助。

課堂活動一、拼讀練習
Learning Phonetics Using the Silent Way

介紹圖表後，老師以手勢指著台下的 Tim，然後在圖表上依序指出代表 [t]、[ɪ]、[m] 的區塊。指完這些區塊後，老師以手勢鼓勵大家練習，幾秒鐘的寧靜後，坐在 Tim 身邊的學生大聲唸出 Tim。

老師點頭微笑，但依不發一語。老師接著用班上其他人的名字，讓學生練習圖表裡母音和子音的拼讀。

- 以學生的名字當成拼讀練習的材料，可增加學生的學習動機，亦可減少拼讀練習時的困難。

課堂活動二、拼讀練習
Learning Language Concepts: Nouns

以學生的名字做完練習後，老師拿出一組彩色積木，隨意抽了一個木條，然後在黑板的彩色圖表上依序點出了代表[r]、[ɑ]、[d]發音的區塊，暗示木條英文的發音。老師重複這個動作數次後，示意學生唸出來，某些學生嘗試唸出[rɑd]，老師以手勢示意全班再唸一遍。確認全班對rod的發音都沒有問題後，老師將學生的注意力引導到黑板上音板代表的區塊，並做出[ɑ]的嘴型，老師隨即將嘴巴稍微合攏，做出[ə]的嘴型（這是學生還沒學過的音）。

- 利用學生對音板的知識，老師可讓學生很快拼讀新單字。
- 老師利用學生的已知的 [ɑ]，教導學生未知的 [ə]。
- 每個人都有自己的學習進度，老師必須體認學生會有個別差異。

重複做出嘴型數次後，老師以指揮棒指著代表[ə]的區塊，以手勢示意學生發[ə]這個音，由於有位學生對老師的口型提示不是很清楚，所以老師陪他多練習幾次[ə]這個音。

教導 [ə]這個音後，老師接著以指揮棒連續點了彩色圖表上代表[ə]、[r]、[ɑ]、[d]四個音的區塊，並以手勢鼓勵學生唸出來。一個坐在角落的學生嘗試唸出[ə rɑd]。老師把指揮棒交給他，示意他指出a rod發音所代表的區塊，該生正確指出對應a rod發音的區塊。

之後，老師陸續將指揮棒交給其他學生，讓他們做同樣的練習。

確認全班學生都熟悉和a rod發音相對應的顏色區塊後，老師將學生的注意力引導到掛在黑板上的另一個字板。

老師一邊指著字板上的文字a rod，一邊指著剛剛練習音板表上對應[ə]、[r]、[ɑ]、[d]顏色區塊。由於學生對每個顏色所代表的發音都很熟悉，馬上就聯想到[ə rɑd]就是字板上a rod的發音。

老師確認大家都理解後，從桌上拿起藍色積木，並在音板上按照順序點出a blue rod三個字的發音，由於學生對每個顏色和其所代表的發音都很熟悉，很熟練唸出[ə blu rɑd]，並知道這個發音就代表藍色積木。

老師接下來將指揮棒交給一個學生，以手勢示意他在音板上指出對應a blue rod三個字發音的顏色區塊。

藉由這樣的練習，學生瞭解a blue rod代表的意義和

- 在「默示學習法」中，不論學生是否正確掌握老師的提示，老師都不給予口語上的鼓勵或批評。因為，口語上的回饋會讓學生更依賴老師，影響學習自主性。

- 在學生熟悉音板顏色和其相對發音後，老師可將書寫文字中的每個字母都依彩色拼字表上的色彩呈現。如此一來，即使是不熟悉的新單字，學生也能臆測可能的發音。

- 錯誤不但是學習的必經過程，更能讓老師知道還有什麼地方須加強。

發音。依照同樣方式,老師陸續介紹a green rod、a brown rod、a red rod等字的發音、書寫和意義。過程中,老師只要一發現學生發音不正確,便以手勢、唇形等方式,請學生馬上修正。

課堂活動三、指令練習 Applying Hand Gestures to Learn Language Concepts: Imperatives

老師從桌上的彩色積木中,抽取紅色積木放在旁邊,同時說出Remove a red rod.(Remove是全班都還沒有學過的單字)。

全班都沒有反應,老師又做了一次示範:一邊抽出綠色積木,一邊說 Remove a green rod.。做完動作後,老師對一位學生說Remove a brown rod.,這個學生把棕色積木從桌上的積木堆中移除。

老師接著以手勢要這位學生向身旁同學下指令,這位學生對隔壁的同學說Remove a black rod.。在老師的示意下,大部分學生都有機會以這個句型對其他同學下指令。

學生都已明瞭意思後,老師以這此基礎來介紹連接詞and的概念。老師一邊抽出黃色積木,一邊說 Remove a yellow rod,緊接著抽出黑色積木,並說 and a black rod.(說到and這個字時,稍稍加重語氣)。

老師觀察到,學生似乎對連接詞and的使用仍並不熟悉,於是再給另一個例子,老師一邊抽出黃色積木和

- 在「默示教學法」中,老師在課堂中講話時,會避免重複。因此,學生必須聚精會神專心聆聽,避免漏掉任何資訊。

- 練習應該在有意義的情境下進行,避免無聊枯燥的重複練習。

綠色積木，一邊說 Remove a yellow rod and a green rod.。經過兩次的示範，學生已能意會連接詞 and 的用法。

課堂活動四、課後討論 Discussion

課堂最後，老師以中文詢問學生對這堂課的感想。有些學生說記不得某些顏色所代表的發音是，因此常跟不上。有些學生說上課就像在玩遊戲。

傾聽所有學生的感想後，老師告訴他們，下次上課要繼續針對發音語調（intonation）做練習。

衷心感謝

* 課後討論能幫助老師匯集學生學習資訊，當做未來教學參考。另一方面，邀請學生發表感想，亦強化學生的學習責任感。

 賽能股份有限公司提供資料

應用層面	聽	說	讀	寫	字彙	文法
適用程度	★★	★★★★★	★★★★★	★	★★★★	★★★★

「默示教學法」強調學生應主動探索與學習，老師在課堂上必須保持一定的沉默，僅用手勢、臉部表情、嘴型及輔助教具來引導學生學習，扮演輔助角色。學生雖不會聽到老師直接示範發音、單字及句型的實際唸法。但老師會不斷製造機會，讓學生主動嘗試發音，聆聽自己的發音；當學生發音不正確時，老師會給予提示，調整發音。

這樣的訓練立意頗佳，但由於老師不直接示範發音，聽力輸入來源是學生自己，在摸索與建立目標語發音的過程中，頗為耗時。在聽力訓練的應用，僅給予兩顆星評價。

另一方面，在例子中可看到學生閱讀色板上的文字、符號，並根據老師的提示，主動找出正確發音，並嘗試唸出來，老師提供許多練習，在說與讀的應用上，給予五顆星評價。

就字彙和文法句型來說，老師不講解字彙或文法規則，但積極透過各種教具，創造有意義的情境，讓學生在仔細觀察後，自行理解字義，並找出各種句型及文法規則。在字彙和文法規則，可各給予四顆星的評價。

應用「默示教學法」時，事前的教案設計、教具準備及教室管理，都相當重要。

對象 Target Students

認知能力：國小到國中

語言程度：初、中、高級

注意事項 Reminders

一、本教學法強調學生靠逐漸增長的分析及理解力去學習，同時，老師也會運用母語，提供學習協助。學生對老師所提供的資訊，理解力會隨著年齡而增加，故本教學法適用於各種認知能力以及不同語言程度的學生。

二、本教學法旨在培養學生主動學習及勇於嘗試新事物的信心，不論在發音、單字、文法句型等規則，老師都要細心引導，讓學生透過老師的指示及各種線索，主動思考並歸納出正確的語言發音與使用規則。老師千萬不能直接說出答案，以免養成學生依賴老師解決的習慣。

應用活動一 In-Class Activity 1

應用層面：說、讀

> 背景
>
> 　　國小三年級、已學過A-Z聲音字母口訣，且熟悉各單音子音唸法的學生。為幫助學生主動探索學習目標語的發音，老師運用「默示教學法」原則，製作發音字母海報等明顯的視覺刺激物品，鼓勵學生主動探求最適切的發音規則與方法，並提供拼字練習機會。
>
> 內容
>
> 　　母音字母a、e、i、o、u
>
> 　　a: cat, ant, cap
>
> 　　e: egg, bed, hen

教學步驟 Teaching Procedures

一、將字母與發音練習海報貼在黑板上。

二、老師不主動帶領學生唸單字，而是針對每個母音做出嘴型，讓學生根據老師的嘴型，摸索出正確發音，並做拼字練習。

三、過程中，老師除了用嘴型表示外，也可加入手勢指示帶領學生探索學習。如果學生答對，老師亦不給予明顯的鼓勵與稱讚，僅以眼神表示肯定，並帶領學生按照進度繼續學習。

教學實例 Classroom Scenario

老師指著海報上的 a，用表情與動作詢問學生。老師指指自己的嘴唇，做出 [æ] 誇張明顯的唇型，嘴角儘量往兩邊拉開，用手勢指示學生嘗試發音。學生剛開始小聲地嘗試，不敢大聲地說 [æ]。

老師用眼神肯定學生，並用手勢請學生大聲一點。學生更勇於嘗試發音，但在模仿老師的嘴型發音時，把聲音拉長。老師用手勢表示 [æ] 是短音，請學生再唸一次。如此時學生已經會唸 [æ]，就進行下一個母音的教學。

老師接著指 cap，仍示範 [æ] 的嘴型，讓學生嘗試唸出整個單字。學生小聲嘗試，老師用眼神肯定學生，並用手勢請學生大聲一點。

學生受到鼓勵，清楚而大聲地唸出 [kæp]。老師比出三的手勢，指著 cap，指示學生唸三次：[kæp-kæp-kæp]。

老師接著指 ant，仍示範 [æ] 的嘴型，讓學生嘗試唸出

- 在練習的過程中，老師不主動發出聲音，而是由學生找到正確發音後，彼此學習。除了課本內容單字，也可帶入生活周遭常遇到的英文單字，以增加教室英語運用能力。

- 老師不必一次教五個母音，可根據學生的吸收能力，自行調整教學內容的多寡。

- 學生嘗試發音後，老師可讓學生多唸幾次，確認自己的發音是否正確。過程中，老師完全不做任何發音示範，僅以手勢、嘴型及口頭的說明，讓學生自己找出正確發音與拼音。

整個單字。學生勇敢嘗試，老師用眼神肯定學生，並用手勢請學生大聲一點，同時隨時注意學生發音是否精準。

學生受到鼓勵，清楚而大聲唸出[ænt]。老師比出三的手勢，同時指著cat，並指示學生唸三次[ænt-ænt-ænt]。

老師接著指cat，仍示範[æ]的嘴型，讓學生嘗試唸出整個單字。學生勇敢嘗試，老師用眼神肯定學生，並用手勢要學生大聲一點，同時隨時注意學生發音是否精準。

學生受到鼓勵，清楚而大聲唸出[kæt]。老師比出三的手勢，指著cat，指示學生唸三次：[kæt-kæt-kæt]。

老師再指一次cap、ant、cat，用手勢指示學生把三個字再唸一次：[kæp-ænt-kæt]。

為了增加學習成就感，老師可以在黑板上寫下hat，不再用嘴型做示範，直接指示學生做拼音與發音嘗試。

當學生已很清楚地抓到a的發音方式，老師可以進行下一個發音教學，指著e，並做出[ɛ]的嘴形，要注意[ɛ]和[æ]的差異，嘴角不要往兩邊拉太開，用手勢要學生嘗試發音。

學生剛開始小聲嘗試，老師用眼神肯定學生，並用手勢要學生大聲一點。

學生會混淆[ɛ]和[æ]的發音，老師在黑板上畫側面口腔形狀簡圖，以手掌表示舌頭在口腔中的位置，先指著字母a，請學生唸[æ]，此時可加一些輔助說明。

老師：唸這個音的時候，舌頭要壓低，嘴唇儘量往兩邊拉開，再試一次。

● 學生很難掌握短母音發音上的差異。老師除了以嘴型示範，亦可加入手勢，甚至圖解舌頭位置，提供學生更多參考，讓他們可以順利探索出正確的發音。

老師繼續在黑板上的口腔簡圖中，以手掌表示舌頭在口腔中的位置，指著字母e要學生唸[e]，可輔助說明。

老師：唸這個音的時候，舌頭要往上一些，嘴唇自然張開。

確定學生都可主動、自覺找出正確發音後，再重複練習幾次，即可開始拼字練習。

教學小叮嚀 Teaching Tips

一、學生透過主動探索與學習，獲得高度成就感，學習的自信與主動性都會相對提高，學生在老師的靜默暗示帶領下，快速學習、大量吸收，老師可加快或增加學習內容。

二、如遇到比較困難的地方，要放慢速度，給予學生足夠的時間去摸索並找到正確的發音方式。

三、學生須已學過 26 個字母的聲音與字母口訣，方可利用「默示教學法」，個別深入認識五個短母音，並學習拼字和發音。

四、老師可於課前製作字母發音海報，減少課堂的書寫時間。

- 學生主動找出唸短母音的方式後，會表現出一定的自信及能力，老師可加快呈現及練習速度，讓學生更有成就感。

- 提供學生發音暗示，並給予他們足夠的時間，透過暗示去摸索、尋找正確的發音方式。

應用活動二 In-Class Activity 2

應用層面：說、讀

背景

  學生為已學過許多課內外的單字，也有基本「主詞＋動詞」文法觀念的國中一年級生。為幫助他們主動探索學習單複數的文法規則及其運用，老師可運用「默示教學法」原則，製作單字卡、複數字尾字卡和s/es音標卡，透過字卡排列，讓學生主動找到並歸納出可數名詞單複數之規則，搭配句型使用。

內容

  map, desk, clock, chair, pen, computer, box, watch, orange

  It is a _____. They are _____s.

教學步驟 Teaching Procedures

一、將單字卡、句型條、複數字尾以及s/es的音標卡貼在黑板上。

二、教學過程中，老師加入清晰的手勢，帶領學生探索學習，主動歸納文法規則。學生正確說出單複數句型時，老師不做明顯的鼓勵與稱讚，僅以眼神表示肯定，並繼續帶領學生按照學習進度，熟練文法規則。

三、當學生答錯時，老師不說出正確答案，而是給予提示，直到學生重新歸納，主動找出正確文法規則。

教學實例 Classroom Scenario

（老師不唸單字，而是指著黑板上的單字，以手勢請學生唸一次。）

學生：Map, desk, clock, chair, pen, computer, box, watch, orange.

（老師拿出一枝筆，以手勢要學生說出相對應的單字，指著 It is a ＿＿＿＿. 句型條，引導學生使用完整句。）

學生：It is a pen.

（老師拿出兩枝筆，將 s 的字卡放到 pen 字卡後方，以手勢引導學生。）

學生：Two pens.

（老師拿出三枝筆，將筆拿到字卡前方，以手勢引導學生。）

學生：Three pens.

（老師指著 map 的字卡，手指比一，以手勢引導學生。）

學生：A map.

（老師指著 map 的字卡，手指比二，以手勢引導學生。）

學生：Two maps.

（老師多換幾個單字及數量，讓學生多做幾次代換練習，確認學生已能分辨單複數用法，即可帶入句型。老師拿出 They are ＿＿＿＿s. 的句型條及三枝筆，以手勢引導學生以完整句回答。）

學生：They are three pens.

（老師指著一張椅子，引導學生以完整句回答。）

學生：It is a chair.

● 此時老師已經將字卡以及句型條貼在黑板上。

（老師指著三張椅子，接著指著They are _____s.的
句型，引導學生以完整句回答。）

學生：They are three chairs.

教學小叮嚀 Teaching Tips

一、在教導新的文法規則時，建議以學生學過的單字
　　做示範，並做代換練習。

二、在本教學法中，學生可從老師使用字卡或句型條
　　演練的過程中，歸納出正確的文法句型。

三、除了課本單字外，亦可帶入生活周遭的英文單字，
　　豐富學習應用，並增加趣味。

四、由於這個程度的學生已有很好的歸納與理解力，
　　老師在呈現文法規則時要有條理，讓學生有清晰
　　脈絡可做歸納。

參考書目 References

Larsen-Freeman, D. (2004). *Techniques and principles in language teaching.* New York: Oxford University Press.

Richards, J., & Rodgers, T. S. (1986). *Approaches and methods in language teaching.* New York: Cambridge University Press.

**Foreign Language Teaching Methodology:
Theory and Practice**

2.5 反暗示教學法
Desuggestopedia

緣起 Origin

「反暗示教學法」是由保加利亞心理學家 George Lozanov 於 1970 年代創立，是所有外語教學法中最晚創立的。本教學法與本書另一章節中介紹的「群體語言學習法」皆相信，學習外語最大的障礙在於心理。缺乏安全感和自信心時，會讓外語學習者裹足不前，限制學習潛能。

Lozanov 堅信使用反暗示教學法的學習速度是其他傳統學習法的三到五倍，老師應幫助學生忘卻（desuggest）學習焦慮，讓學生可在沒有壓力和最放鬆的環境下學習外語。

教學原則 Teaching Principles

Desuggestopedia 這個字是由 desuggestion（反建議／反暗示）和 pedagogy（教學法）這兩個字組合而成，本教學法原來的英文名稱為 Suggestopedia。因 Lozanov 認為語言學習的成敗在於老師是否能營造輕鬆的外語語學習環境，過程中，老師要隨時透過教室佈置、上課氣氛與上課方式等來「暗示」（suggest）學生，語言學習應是輕鬆愉快的。

支持本教學法的學者認為，要降低學習焦慮要和提高學習成效，須從學生的潛意識（subconsciousness）著手，才能帶來最快最大的學習效果。相反的，任何想直接從外語學習者「意識層面」著手的學習或教學方式，都無法有效降低學習焦慮。 因此，老師的教學不應透過有意識的暗示，而要針對淺意識層面做「反暗示」教學。基於這樣的想法，本教學法就被改名為 Desuggestopedia。

為了營造輕鬆的學習氣氛，教室內的佈置和桌椅通常都充滿明亮顏色，這和一般傳統教室中以白色為底的佈置不一樣。採用「反暗示教學法」

的教室中，常可看到國外民俗風情或風景圖片，四周牆壁也會有文法重點輔助海報。處處充滿學習元素，學生即使在下課時間都可從環境佈置中自然學習（learning with peripheral attention）。

本教學法亦大量運用音樂、戲劇、遊戲、藝術欣賞，希望藉由輕鬆的藝文活動，將外語學習者情緒上的心結（affective filter）減到最低；在教室內，也常看到節奏樂器、戲劇道具等東西。

Lozanov認為，「反暗示教學法」成敗關鍵在於學習者是否有足夠的目標語字彙，故本教學法特別著重單字學習。另一方面，老師雖不會逃避討論文法規則，但會儘量減到最低。

對於母語在教室中的使用，本教學法抱持寬容態度。老師可謹慎使用母語來釐清或解釋課文中的疑義，在必要時做母語和目標語間的翻譯。

就程序來說，本教學法的活動大致分為三個階段：

一、開場白（introduction）

老師以輕鬆活潑的（playful）方式打招呼。在此階段，會以角色扮演的方式，讓每個學生選擇不同的名字或身分（new language ego），使用目標語來表達自己。

二、資料接收期（receptive phase）

在此時期，學生主要在消化吸收課文內容，老師常以音樂為輔，朗誦課文給學生聽。主要會使用的兩種音樂教學技巧為：

（一）主題音樂（the active concert）

一開始老師讓音樂節奏主導課文朗讀，配合音樂的節奏緩慢地朗誦課文，學生邊看著課文，邊琅琅上口。

音樂是由大腦右半部負責，語言由大腦左半部負責，如外語學習者左右大腦都受到刺激，就可增加學習效果。

在運用主題音樂時，Lozanov建議老師選擇播放浪漫時期早期（early Romantic period）的古典音樂，如：莫札特。

（二）背景音樂（the passive concert）

　　第二次，老師以正常速度朗誦課文，此時的音樂只是背景音樂，老師不跟著音樂節奏閱讀課文，而是隨著內容或情節改變速度。此時，學生不看課文，專心聽老師朗誦。老師朗讀的速度，能讓學生偶爾停下來做筆記。

　　在應用背景音樂時，Lozanov建議老師播放巴洛克（Baroque）時期的古典音樂。

三、創意激發期（the activation phase）

　　這個時期，老師可用藝文活動幫助學生練習課文，根據活動內容和形式，可再細分成兩部分：

（一）基礎創意激發（primary activation）

　　在此階段，老師通常會讓學生（小組或個人）閱讀課文對話，輪流用不同個性、情緒或情境來詮釋課文。

（二）進階創意改寫（creative adaptation）

　　在此階段，老師進一步以戲劇、歌曲或遊戲等不同方式，幫助學生對課文內容做活潑的應用練習。

老師的角色 Roles of the Teacher

老師在課堂上是學生尊敬和信任的知識來源與權威，但應隨時以鼓勵、肯定學生，並以不同的方式「暗示」語言學習是愉悅的過程和經驗。為讓學習模式維持在最佳狀態，老師應隨時利用各種技巧（戲劇、音樂、圖畫）營造放鬆的環境，讓學生在「不知不覺」中吸收學習。

老師應積極參與所有課堂活動，主導課堂大部分互動，但隨著學生程度提升，老師應逐漸讓學生主導教室內的互動。

對學生錯誤的態度 Views on Students' Errors

學生在課堂上的錯誤通常會馬上被訂正，但老師訂正錯誤時要溫和，避免學生心理不舒服。

評量方式 Assessment

考試被認為是增進學習焦慮的幫兇，而焦慮又是「反暗示教學法」中最大的學習障礙。故本教學法通常不以測驗方式來驗收學習成就，而是以學生在課堂上的各種表現做為評量基礎。

背景 Background

重點句型：What would you like to be? I'd like to be a...

字彙：businessman、actor、professor、wish、vocational

教學步驟 Teaching Procedures
暖身活動 Warm-Up

老師播放莫札特交響曲，在教室內掛了一幅美國地圖、數張美國各州的風景海報，以及單字文法重點掛圖。

活動一開始，先告訴學生，這堂課很有趣，不要擔心表現，只要參與課堂上的活動，就會自然學到東西。

暖身活動前，老師為全班學生每人準備一張不同的臉譜圖畫／照片，並準備相同數目的英文名牌，分男生和女生名字，置於桌上。

老師：There are many pictures of faces on the desk. Pick one picture and pick a name to go with the picture. Next, use the pictures and name tags that you picked, introduce "yourself" to the class.

學生介紹完新身分後，老師請學生把面具和名牌別在胸前，並告訴他們從今以後，要以新身分在課堂上發言。

老師：This name will be your name in this class. I will call you by this name.

● 「反暗示教學法」認為，古典樂具有助學生放鬆，忘卻學習新語言的焦慮，達到事半功倍的效果。

● 不論學生原來個性如何，藉由讓學生挑選屬於個人的面具和名字，得以重建新身分。有了新身分，不論在課堂上犯了什麼學習錯誤，都是屬於新身分的錯誤。藉由這樣的心理暗示，老師可幫助學生消除害怕犯錯的心態。

課堂活動一、資訊交換與接受
Information Exchange and Reception

配合音樂旋律朗誦課文 The Active Concert

Students and teachers match their reading to the rhythm and pitch of the music of the early Romantic period.

老師播放音樂，在樂聲中，把20頁的課文發給學生，以下為第一頁內容：

（左邊頁面）　　（右邊頁面）

左邊頁面分為上下兩半部：上半部是單字或文法的中文註解，下半部是中文翻譯。右邊頁面則是英文課文。老師一開始先大略解釋單字和文法，把重點放在單字。

接下來，老師對著全班再唸一次課文，請學生在聆聽時，如遇到不懂之處，就看著課文翻譯或左頁的註解。在唸課文前，再次提醒學生放輕鬆。

老師第一次朗讀時，以默劇、手勢、表情幫助學生理解，並配合音樂緩緩唸出課文內容。老師以緩慢速度閱

- 老師帶著學生唸課文，配合早期浪漫時期的音樂節拍朗讀，以音樂節拍幫助學生捕捉外語的音調與節奏。

- 在典型「反暗示教學法」課堂中，課文通常頗為冗長。

- 只要能幫助學生理解，「反暗示教學法」允許母語翻譯，不論是在教材中，或老師的課堂解說，都可視狀況使用母語。但隨著學生目標語程度提升，老師會逐漸減少使用母語。

- 單字教學是「反暗示教學法」的基礎。

- 老師要隨時肯定學生潛力、提醒學生輕鬆學習。老師可提醒學生，需要時可參閱課文翻譯或注釋。

讀，時而停下，讓學生有充分時間參閱課文翻譯或註釋，甚至做筆記。

在背景音樂中朗誦課文 The Passive Concert

Students and teachers read the text, with pre-Classical or Baroque music serving as background music.

第二次朗讀課文時，老師播放巴洛克時期的音樂，但不再配合音樂速度朗誦，而是把音樂當成背景，朗讀速度由課文內容而定。

此次朗讀，請學生放下課本，也不須再跟著老師唸，專注聆聽老師朗讀即可。

- 音樂在「反暗示教學」中佔有非常重要角色。尤其是古典音樂的節奏，具有放鬆效果，可讓學生從「意識面」的學習切換到「潛意識」層次的學習。

- 「反暗示教學法」認為，只有在潛意識狀態，外語學習才能達到最佳的效果。

課堂活動二、創意激發活動 Creativity Activation

基礎創意激發 Primary Activation

Value and encourage students' own interpretation of the materials.

（經歷兩次朗讀活動，學生已對課文內容有大概瞭解，老師這時指定班上幾個學生針對課文中不同段落進行角色扮演。）

老師：Mary, Jenny, Joe, and Anny, you are going to play the roles in the dialogue. But remember that you are very sad. So, you have to read the dialogue with a very sad voice.

（第一組學生練習完對話後，老師繼續指定另外一組學生練習，這次，他們必須以興奮語氣及情緒來演練。）

老師：Bob, Sam, Adam, and Rick, it's your turn

- 老師透過各種活動，積極鼓勵學生對課文內容做詮釋。進行戲劇活動時，學生有機會以各式情緒和角色表達或練習。

- 在「反暗示教學法」中，「新鮮感」是維持學習動機主要來源。同樣的對話內容，要避免機械式重複練習，讓學生以不同詮釋達到不同效果，亦可增加趣味性。

to play the roles in the dialogue. This time, read the dialogue with a very happy voice.

進階創意改寫 Creative Adaptation

Bring students' creativity and experience into their own learning.

（老師將全班分成幾個小組，繼續角色扮演。但這次給予更多創意空間；老師告訴學生，他們即將參加話劇比賽，劇本就是課文。）

老師：Imagine that you are attending a drama contest. The dialogue will be your script. Each of you will work in a group of four. Think of a way to win the drama contest.

- 老師在課堂上要積極地將學生經驗和創意帶進學習活動中。
- 融入個人經驗的學習才能持久，戲劇活動給予想像（fantasy）發揮空間，讓學生以自己的方式將所學應用至有意義的情境。

課堂活動三、問答遊戲 Game Time

The state of infantilization, which can be made possible through playing games, is a desirable state for language learning.

角色扮演活動後，老師要求全班站成一個圓圈，手握一顆球站在中央，把球隨機丟給圍成圈的學生。丟球前，老師會問問題，或要求學生翻譯課文部分內容，接到球的學生得回答問題。

學生如沒有正確回覆老師的問題，老師可柔聲糾正學生的錯誤。

- 「反暗示教學法」認為，老師在課堂上也要積極透過各種活動（如遊戲），激發外語學習者的赤子之心（infantilization）。

- 「反暗示教學法」強調，學習不應有壓力，但糾正學生錯誤時，要注意語調和態度，不要影響學生的學習情緒。

應用層面	聽	說	讀	寫	字彙	文法
適用程度	★★★★★	★★★★★	★★★	★★	★★★★★	★

「反暗示法教學法」藉由大量聽、說和讀的練習，幫助外語習得，學習者須具備基本閱讀能力及理解力，母語的翻譯在課堂上是被允許的。

字彙學習是「反暗示教學法」的基礎，因此在聽、說和字彙能力的培養，給予五顆星的評價。

不過，「反暗示法教學法」不以考試或繳交書面報告的方式，而以學生課堂表現做評量，因此在寫的方面給予兩顆星。

「反暗示教學法」相信，最棒的語言學習模式應該在「不知不覺」（unconscious learning）中習得，故會應用古典音樂，將學習者帶到「潛意識」的學習情境。課堂中，老師會讓學生自然而然地藉由學習環境，透過各類藝術欣賞來學習外語，討論文法的機會很少，在文法方面的應用只有一顆星。

對象 Target Students

認知能力：國小至國中

語言程度：初、中、高級

注意事項 Reminders

一、本教學法的精神在於透過學習過程的互動及教學活動的多元，使學習者忘卻負面的學習情緒及經驗，進而強化其信心，加強學習效能。本教學法的適用對象十分廣泛，老師可依本教學法之精神結合其他

教學法，降低初、中級學習者的學習焦慮。高級學習者可透過與老師和同學的互動及討論，自然使用已習得之外語。

二、氣氛的營造、背景音樂的選擇、教室的佈置、教案的設計、教具的準備及氣氛的掌握，對本學習法來說，都非常重要。

三、老師在課堂中，要隨時鼓勵、肯定學生的表現，並以不同的方式「暗示」學習是個愉悅的過程及經驗。

應用活動一 In-Class Activity 1

應用層面：字彙

> **背景**
>
> 學生是國小四至六年級的中級英語學習者，老師經由環境佈置及情境營造，讓學生在潛意識中認為學習是輕鬆有趣的事。
>
> **語言程度**
>
> 中級
>
> **內容**
>
> "Dandelion Wants a Home"

教學步驟 Teaching Procedures

一、把跟上課內容相關的動植物海報貼在教室四周牆壁。

二、課前播放浪漫時期早期的古典音樂，並準備數份動物圖卡。

三、學生在抽取圖卡時，老師除了朗誦文章外，唸到關鍵單字時，可加入圖片與學生互動。

- 浪漫時期（1820-1900）早期音樂具有放鬆情緒、身體的效果，可幫助忘卻學習新語言的焦慮，增加學習效果。

教學實例 Classroom Scenario

（播放浪漫時期早期的古典音樂。）

老師：Today I'll tell you a story about a dandelion.（拿出蒲公英的圖片。）Do you want to hear the story?（做出聽的樣子。）

學生：Yes!

老師：I'm a lonely dandelion.（雙手環抱自己，表現出寂寞的樣子，隨音樂節拍緩慢地敘說故事。）I'm looking for friends.（做出尋找的樣子，並隨意牽起一個小朋友。）I'm looking for a home.（拿出家的圖片。）I see some lizards.（拿出蜥蜴的圖片。）"Lizards, lizards, can you be my friends?" "No problem! We can be your friends!" says the lizards.（改變聲調，增加故事趣味性。）"Lizards, lizards, can your home be my home?"（拿著蜥蜴的圖片，走到沙漠的圖片前。）"We're sorry. You can't grow in the desert. It's too dry."（做出在太陽下被曬乾的樣子。）So I fly away. "Good-bye, lizards. I hope to find a home soon. Wish me luck!" "Good luck, dandelion!" say the lizards.

（以同樣的步驟介紹frog/chicken/bee/sunflower，將故事說完。）

老師：Isn't it a good story?

學生：Yes!

老師：Look, I have some cards. They are the

- 只要能幫助英語初學者理解，母語翻譯在本教學法是被允許的。

- 第一次閱讀課文時，老師可用手勢、表情幫助學生理解。

- 「新鮮感」是讓學生維持學習動機的主要來源之一。老師在活動的過程中，可多做變化，例如聲音表現、面部表情，都可以讓學生覺得有趣。

lizards, the frogs, the chickens...（介紹故事
中各種動植物，讓學生試著說出動物的英語。）
Now everyone, draw a card.（讓學生抽一張
圖卡。）If I say "sunflower," the person who
has the card with a sunflower needs to show
the card to everyone. Okay?

學生：Okay!

（老師再說一次故事，並播放巴洛克時期音樂為背景音
樂，請學生聽到老師唸到手上圖卡的代表字時，舉高
圖卡。）

老師：Wow, you did a great job. Now lizards, can
you sit here?（請手上持蜥蜴圖卡的學生坐
到沙漠海報前，其他角色依序坐到所屬場景
前。）Now I'm a lonely dandelion.（此時老
師將蒲公英面具戴上，跟著書中情節與學生互
動，用手勢及提示請學生回應。）I'm a lonely
dandelion.（雙手環抱自己，表現出寂寞的樣
子。）I'm looking for friends.（做出尋找的樣
子。）I'm looking for a home.（拿出家的圖
片。）Then I see some lizards.（拿出蜥蜴
的圖片。）Lizards, lizards, can you be my
friends?

學生：No problem! We can be your friends!（示意
學生回答。）

老師：Lizards, lizards, can your home be my
home?

學生：We're sorry. You can't grow in the desert. It's
too dry.

老師：So I fly away. Good-bye, lizards. I hope to find a home soon. Wish me luck!

學生：Good luck, dandelion!（接著以同樣步驟跟持有 frog、chicken、bee、sunflower、lady 的學生互動，將故事說完。）

老師：Who wants to be the lonely dandelion this time?

（鼓勵學生演出，並讓其他的學生交換角色圖片。）

教學小叮嚀 Teaching Tips

一、可讓學生模仿動物的姿態，增加課堂的趣味。

二、不用一次教完一個故事，可根據學生的吸收能力，自行調整教學內容的多寡。

三、挑選繪本時，除了要考量教學字彙的多寡，也要注意句型的重複性，讓學生更易理解故事內容。

應用活動二 In-Class Activity 2

應用層面：說、讀

背景

　　學生為國中一年級至三年級，老師準備一個故
事，讓學生在與老師及其他學生的互動討論
中，輕鬆自然地學習假設語氣的用法。

語言程度

　　高級

內容

　　"Linda's Dreams"

教學步驟 Teaching Procedures

一、將上課內容做成連環圖。

二、在上課前播放浪漫時期早期的古典音樂。

教學實例 Classroom Scenario

（播放浪漫時期早期的古典音樂。）

老師：Hello, class! Look at this picture.
　　　What do you see in this picture?

學生 1：A girl and a cow.

老師：Right! This girl is Linda, and today
　　　we are going to talk about Linda's
　　　dream. It's interesting and I'm sure
　　　you'll like it. Now let's start!

學生：Okay!

老師：If you cannot understand the words

- 使用圖片可讓學生輕鬆瞭解長篇課文及故事，降低學習焦慮。

- 透過圖片輕鬆互動，學生可更容易習慣目標語的環境，開始自然使用目標語。

I say, you can read the Chinese translation in your book. （開始唸。） Once upon a time, there was a little girl. Her name was Linda. She lived with her family, and they were very poor. （拿出 Linda 穿著破衣服站在破房子前的圖片。） One morning, Linda woke up early and milked the cow. （拿出 Linda 早晨擠牛奶的圖片。） After milking the cow, she took the milk to the market to sell it. On her way to the market, Linda daydreamed. （拿出 Linda 提著牛奶走到市場的圖片。） "If I sold the milk, I would make some money."

"If I had some money, I would buy a hen." （拿出 Linda 做白日夢的圖片。）

"If the hen laid some eggs, the eggs would turn into chickens." "When the hens grow up, I would have more eggs." （拿出 Linda 買母雞及許多蛋與小雞的圖片。） "If I sold the eggs, I would make a lot of money." "If I had a lot of money, I would buy many pretty dresses and diamond necklaces." （拿出錢、洋裝及鑽石項鍊的圖片。） "If I wore the dress, I would become the prettiest girl in town and the prince would want to meet me." （拿出 Linda

- 第一次閱讀課文時，老師隨著背景音樂使用圖片，並以表情幫助學生理解。學生如不懂，告知他們可參考教學內容所附的母語翻譯。

穿上漂亮洋裝的圖片及王子親 Linda 手的圖片。）"If the prince met me, he would kiss my hand and say, 'Would you like to dance with me?'（拿出 Linda 與王子跳舞圖片。）Then I would say, 'It would be my pleasure, Prince.' And I would bow."（拿出 Linda 穿著洋裝行禮的圖片。）Then she bowed. The milk fell, and she spilled the milk all over the ground. "Oh no!" she shouted, "Now my dreams are all gone."（拿出 Linda 哭泣、看著破碎牛奶瓶及滿地牛奶的圖片。）This is the story about Linda. Do you like it?

學生：No! She is a stupid girl.

（老師再說一次故事。）

老師：You've heard this story twice. Now put away your books and listen to me carefully. If what you hear is different from the story, raise your hand and let me know. Can you do that?

學生：Yes!

（老師第三次說故事，但故意說錯一些字或情節。）

老師：Once upon a time, there was a little girl. Her name was Linda. She lived with her family, and they were very rich.

學生：They were not rich. They were poor.

• 在活動的過程中，可隨著背景音樂改變聲音及臉部的表情，讓學生慢慢進入故事情境。

• 此時老師以正常速度說故事，音樂成為背景音樂。

老師：Good! You are right!（繼續說故事。）
One morning, Linda woke up early
and milked the goat.

學生：She milked the cow, not the goat.

老師：Yes! After milking the cow, she took
the milk to the market to sell it. On
her way to the market, Linda
daydreamed. "If I sold the milk, I
would make some money. If I had
some money, I would buy a horse."

學生：Linda would buy a hen, not a horse.
（依此方式將故事說完。）

老師：Students! You did a good job. And
now tell me if you were Linda, what
would you do?（將句型寫在黑板上幫助
學生造句。）

學生 1：If I were Linda, I would sell the cow to
make more money and buy more hens.

老師：That's an interesting idea! What else?

學生 2：If I were Linda, I would not daydream
while I was walking.

老師：Okay!
（讓班上學生都有機會表達意見。）

● 老師在課堂中隨
時以正面鼓勵的
方式肯定學生的
表現，讓學生覺
得學習的過程輕
鬆愉快。

教學小叮嚀 Teaching Tips

一、根據學生的吸收能力，老師自行調整教學內容的多寡及課堂用語的難度。

二、在刻意說錯故事、讓學生改錯的過程中，增加計分活動或分組競賽，增加課堂趣味性，並激發學生興趣。

三、改錯活動之後，可挑選幾個適合學生程度、好發揮的議題做討論。例："If you were a millionaire, what would you do?"

參考書目 References

Larsen-Freeman, D. (2004). *Techniques and principles in language teaching.* New York: Oxford University Press.

Richards, J., & Rodgers, T. S. (1986). *Approaches and methods in language teaching.* New York: Cambridge University Press.

**Foreign Language Teaching Methodology:
Theory and Practice**

2.6 群體語言學習法
Community Language Learning

緣起 Origin

「群體語言學習法」最先是由心理諮商專家Charles A. Curran創立，後來由其門生Jennybelle Rardin等人發揚光大。身為諮商人員，Curran在思考外語教學法原則時，最先考量學習者的心理層面：他認為，成人在學習外語時，最大的障礙往往來自對課堂環境的焦慮和不安，因此老師要能建立一個溫暖、沒有威脅性的學習環境，讓學生覺得他們的需要和感受有被接納和瞭解。

為了創造這樣的學習環境，Curran把諮商輔導人員（counselor）和當事者（client）的互動關係應用至教學過程中；老師在教學過程中扮演語言諮商師（language counselor）的角色，除了要隨時注意學生的學習需求外，還要細心體會學生的感受，幫助學生克服負面的情緒、瞭解學習動機，進而提供更正面的學習環境。這種關懷學習者感受的思考方式，和「反暗示教學法」很接近。

教學原則 Teaching Principles

「群體語言學習法」有兩大原則：

一、語言學習以人為始（Language is persons in contact; language is persons in response.）

在全人教育環境中，「老師和學生」及「學生和學生」間形成所謂的族群關係；老師關懷、接受學生的感受，兩者彼此信任，互相對話溝通。「群體語言學習法」即立基於這樣的精神，著重學生對於目標語的理解和口語溝通能力的培養。

每堂課通常都是從學生彼此間的對話開始，並以此對話當做上課的題材。教學過程中，老師隨時觀察詢問每個學生的需求和感受，幫助學生瞭解

自身的學習歷程，並在學生需要時提供「個人化」的協助。

二、學習應是充滿活力和創意的啟發過程（Language is a living and developmental process, which is dynamic and creative.）

如何讓群體成員的對話成為充滿創意和啟發的過程呢？關鍵在於獨特的課堂對話模式。採用「群體語言學習法」的教室，對話往往以學生有興趣的話題為主。每當有人舉手發言，老師會站在發言者的身後仔細聆聽；如在字彙、發音、或句型上遭遇困難，學生可用母語或目標語即時尋求協助。

針對學生的需求，老師會以目標語清楚示範正確的說法或發音。老師示範完畢後，學生模仿老師的示範；老師會錄下學生最完美的模仿（練習時不完美的模仿不會被錄下來）。這樣，每個人被錄下來的發言便可以集結成對話錄音，老師再根據對話內容來思考符合學生程度和興趣的外語教材。本教學法的上課題材就是一項具有創意的群體創作結果。

此外，採用「群體語言學習法」的老師，在思考教學活動時，會考量活動是否能提升：

一、安全感（security）

學習新語言時，任何教學活動都要考量到會不會威脅到學生的安全感。「群體語言學習法」中用來增進學生安全感的策略，包括：

- 課堂一開始，老師明確告知課堂的所有活動及程序，減低學生心中對的焦慮。此外，進行每個活動時，老師隨時提醒或告知學生進行該活動所需的時間；藉由資訊提供，讓學生更能掌握未知的學習活動。
- 對初級的學生來說，母語是最主要的安全感來源。在初級班中，老師可允許學生使用母語表達或尋求幫助。母語和目標語間的翻譯可讓學生更清楚目標語的語義，幫助初學者清楚講述心中感受和需求，進而產生安全感。
- 傳統的課堂中，老師往往站在所有學生的前方。Curran認為這樣容易

把老師塑造成知識權威的象徵。他建議把桌椅排列成半圓形，讓老師隨時在學生間走動，也方便老師站在學生後方，減少老師是權威的聯想。另一方面，圓形桌椅排列也讓學生彼此間的互動更為自然。

二、積極主動性（aggression）

Curran認為，學生應該成為積極主動的學習者，對自己的外語學習負責。

- 在「群體語言學習法」中，上課內容往往從學生的對話取材，由學生決定談話對象、主題和發言時機。老師根據學生對話內容，尋求可繼續深入探討的單字或文法結構，讓每個學生都有機會創造上課所用題材，成為主動的外語學習者。

- 本學習法鼓勵學生在遭遇困難時立即尋求幫助，但要讓學生自己決定在什麼時候尋求幫助、尋求協助的程度。

三、注意力（attention）

- 隨時縮小學生注意力的範圍，尤其是針對初級的學生。由於目標語不夠流利，初級學生常無法在課堂上適時集中注意力。為避免學習失焦，老師要提醒學生，一次只注意一個焦點，避免讓學生一邊聆聽課文朗讀，一邊抄寫課文。

四、內省力（reflection）

- 每個活動結束後，老師要求學生回想並談論感受。一方面除了讓學生思考自己的學習歷程，一方面讓老師有機會檢視學生的困難和問題所在。

- 讓學生有機會重複聆聽老師的課文朗讀，或聆聽自己課堂上的對話錄音。通常在聽錄音時，會覺得自己的聲音和平常不太一樣，也更能注意發音的問題。

五、記憶力（retention）

- Curran認為，要能夠串連和整合新舊知識，才能加深對新知識的記憶。教學內容要儘量以學生的背景知識帶出新知識。例如，當程度較低的學生尚不熟悉目標語中的新單字，老師就使用學生的母語來解

釋新字彙，做為新舊知識間的橋樑（to build a bridge between the known and the unknown），加深學生對新知識的印象。

- Curran 認為，對於過於生疏或太過熟悉的東西，學生都很難集中注意力。因此，老師要適當地讓學生重複練習剛教過的東西，但不必像「聽說教學法」一樣，讓學生把題材背到滾瓜爛熟。

六、分辨力（discrimination）

- 口語溝通能力可說是「群體語言學習法」的教學重點，老師平常就要訓練學生注意老師的口語示範，以及學生發音間的異同。

老師的角色 Roles of the Teacher

雖然老師和學生彼此熟悉又親近，但隨著學生目標語的進步，師生關係會從依賴到漸漸獨立。根據「群體語言學習法」的觀點，師生關係在語言學習過程中會經歷五個階段，老師的角色就是在學生外語成長的這五個階段中，幫助學生瞭解和表達。

第一階段：如同嬰兒期，學生完全依賴老師提供語言上的協助。
第二階段：學生開始漸漸使用目標語中的簡單辭彙。
第三階段：學生已不必常依賴老師提供語言素材。
第四階段：學生已能獨立使用目標語溝通，但是目標語的知識仍待加強。
第五階段：學生目標語的知識和熟悉度已和母語使用者差不多。

對學生錯誤的態度 Views on Students' Errors

在本教學法中，文法或是發音的錯誤，通常透過以下兩種方式處理，不論哪種方式，老師的角色都不具威脅性：

一、老師在重複學生所說的過程中，提供正確示範，讓學生自己去發現老師和自己的異同（self-awareness）。
二、不確定自己所說是否正確時，學生可主動要求老師像翻譯軟體一樣不斷重複。

評量方式 Assessment

「群體語言學習法」並未明確指定或推薦某種評量方式，但不論使用何種方式評量，都要符合學習法的精神，也就是不影響學生學習情緒或產生焦慮。

即使老師必須以考試評量學習成就時，也要儘量使用整合式的評量題庫（integrative tests），避免彼此毫無關聯的試題（discrete-point tests）。除了測驗形式外，老師亦可鼓勵學生自我評量學習成果，讓學生更加瞭解自己的學習歷程。

背景 Background

學生初學英語，字彙十分有限，班上使用仍大量使用母語，老師常得翻譯、示範目標語的用法。

「群體語言學習法」的教學步驟比其他的教學法更具「次序性」（sequence），其步驟可分為五個階段，每個步驟所須時間，視學生的學習狀況而定：

一、暖身（warm-up）

二、對話錄音（recorded conversation）

三、對話回想（reflection）

四、對話謄寫（transcription）

五、語言分析（language analysis）

教學步驟 Teaching Procedures
暖身活動 Warm-Up

一開始，老師先介紹自己，並請大家自我介紹。接下來，老師以母語告訴大家課堂中會做的活動：首先會展開集體對話，可談論任何想談的事情，老師會幫助他們將對話內容翻譯成目標語。對話內容稍後會被抄錄成目標語文字稿，老師再針對文字稿的字彙或文法結構，帶領大家做練習。

說明課堂活動的內容後，老師要求學生將桌椅排成有缺口的半圓（如圖2）：

- 馬蹄型的座位安排，讓老師不再是權威象徵，老師可隨時退至學生身後。

- 在初級班上課時，老師仍大量使用母語說明活動，有效減低學生的不安全感。

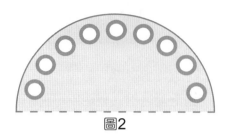

圖2

老師用母語告訴學生，等會大家可以聊聊有興趣的話題，並先給他們五分鐘，思考想要談的議題或想法。

- 課堂上的桌椅排列對學習者都有心理影響，馬蹄型的桌椅安排有助營造不具威脅感的學習空間。
- 暖身活動時，要求學生事先思考上課對話議題，才不會在稍後對話（錄音）時無話可說，或還浪費時間去思考該說什麼。

課堂活動一、對話錄音 Conversation Recording

老師：你們待會有五到十分鐘的時間暢所欲言。要發言的請舉手，我會走到你身後幫你。把想說的話用中文說出來，我會幫你們一小段一小段翻成英語，你再一小段一小段模仿我說的話。如果你需要再聽一次，用手勢讓我知道。等你可以正確模仿我翻譯的英語句子，我就會將你的話錄下來。這樣，被錄下來的每句話聽起來都是流暢的句子。活動結束後，我們再一起聽錄下來的對話。

（一開始約有一分鐘的沉默，但老師並沒有催促學生發言。不久，班上最活潑的學生 Alan 舉手要求發言。）

Alan：那個 MP3 Palyer 真酷！

老師：A cool MP3 player.

Alan：A cool...（有點結巴。）

老師：A cool MP3 player.（老師在 Alan 身後拍拍 Alan 肩膀。）

Alan：A cool MP3 player.

老師：That's a cool MP3 player.

- 老師在每次活動開始前都會明確告知活動的時間和程序，把學生的不安全感降到最低。因為這班是初級班，老師仍大量使用中文說明。
- 「群體語言學習法」常採用學生對話內容做為上課教材，這樣的取材方式可融入學生有興趣的話題和相關單字，但也增加學習的不可掌控性。老師沒有辦法產生較有系統的課表（structured syllabus）。
- 根據 Rardin 的說法，老師除了可站在學生身後幫助減低焦慮，也可視狀況拍拍學生的肩膀、安撫學生。不過，還是得視學生的年齡、性別、文化來思考適用性。

Alan：That's a cool MP3 player.

（老師覺得Alan這次的模仿很不錯，於是錄下這次模仿的錄音。Joan接著舉手想要發言，老師走到Joan身後。）

Joan：你的MP3是哪裡買的呢？

老師：Where did you get it?

Joan：Where did you get it?

（Joan雖然說出了整句，但並不是很有自信，於是老師再重講一次，讓Joan模仿。）

老師：Where did you get it?

Joan：Where did you get it?

（Joan這次模仿得還不錯，於是將此次模仿錄下來。Jade舉手準備發言回答，老師走到Jade身後。）

Jade：我昨天在賣場裡花1,000元買的，它在特價。

老師：I bought it at the mall yesterday for only NT$1,000. It was on sale.

（老師覺得Jade程度比較好，也較有安全感，所以一次就給了兩個句子的翻譯。）

Jade: I bought it at the mall yesterday for only NT$1,000. It was on sale.

（Jade第一次就很正確重複老師的翻譯，於是老師把Jade的模仿錄下來。Joe舉手回應剛剛Jade的回答。）

Joe：NT$1,000？根本是搶劫！

老師：NT$1,000? That's a rip-off!

Joe：One...

（老師察覺到Joe沒辦法說出完整句，於是一個字一個字示範正確的英語說法。）

- 在「群體語言學習法」中，當學生需要時，老師就要扮演翻譯軟體的角色，提供發音示範。

- 老師必須隨時察覺學生個別情緒和能力差異，調整給每個人的語料長度。

- 對程度較不好的學生，老師隨時調整示範句子長度。

老師：One.

　Joe：One.

（老師覺得這個音發得不錯，於是按下錄音鍵並示意Joe再唸一次。）

　Joe：One.

（Joe說完後，老師停止錄音。）

老師：Thousand.

　Joe：Thousand.

（老師覺得這個音發得不錯，於是按下錄音鍵並示意Joe再唸一次。）

　Joe：Thousand.

（Joe說完後，老師停止錄音。）

老師：Dollars.

　Joe：Dollar.

老師：Dollars.

　Joe：Dollars.

（Joe這次正確地說出dollars這個字。老師示意Joe再唸一次，並開始錄音。）

老師：That's.

（老師此時按下錄音鍵。）

　　Joe: That's.

（老師在示範下一個字前停止錄音。）

老師：A.

（老師按下錄音鍵。）

　Joe：A.

（老師在示範下一個字前停止錄音。）

老師：Rip-off.

（老師按下錄音鍵。）

- 學生犯錯時，老師不直接訂正學生的錯誤，而是（重複）給予正確示範，讓學生自己去發現老師和自己的異同。

Joe: Rip-off.

（老師按停止鍵。）

老師：還有五分鐘，你們可以好好利用時間聊聊想說

或想問的問題。

（接下來五分鐘，學生又陸續聊其他主題，包括音樂

和最近流行的電視廣告，老師以同樣形式錄下這些談

話。）

課堂活動二、對話回想（一） Reflection 1

（結束對話錄音活動後，老師請同學談談對活動的想

法。）

老師：現在我們花五分鐘來談談的剛剛對話活動。

Alan：老師，我其實都不記得剛剛說過的英語。

老師：好，我瞭解。所以你覺得剛剛的對話方式沒有

辦法讓你學英語？

Alan：對。

老師：沒關係，不要擔心語言的部分，只要記得溝通

過程中如何以另一種語言跟人互動的感覺。其

他人還有什麼感想？

Joe：我跟Alan一樣，沒辦法記住翻譯，但我覺得對

話方式滿好玩的，老師就像翻譯軟體一樣。

老師：沒錯，我就像翻譯軟體，在你們需要時給予協

助。在這個階段，你們只要能仔細聆聽別人的

話就好，我們以後一定有機會溫習剛剛會話中

的單字和句型。現在我們重聽一次剛剛錄下來

的對話內容，把注意力放在你自己的部分。每

播放一個句子，我就會按下暫停鍵。當你聽到

- 關懷瞭解學生的
情緒與需求，是
老師課堂上隨
時都得做的功
課。面對學生的
意見或反應，老
師要表現出接受
（accepting）的
態度。老師不會
像醫生一樣去診
斷學生的問題或
「開處方」，規定
學生一定要做什
麼，只會告訴學
生思考的方向。

自己的句子，就用中文大聲說出那句話的意思。如果忘了也沒關係，其他同學如果記得，就一起幫忙回想。

（說明活動規則後，老師開始播放對話錄音。幾乎每個學生都可以輕易地記起他們模仿的英語句子在母語中的意思。）

- 每次進行新活動，老師在告知學生活動內容之餘，也要思考是否有足夠資訊，讓學生瞭解活動重點。

課堂活動三、對話內容抄錄 Transcription

讓學生回憶之前的對話內容後，老師重放一次錄音。和上個活動相同，在每句後暫停，並在黑板上寫下英語句子，並標示號碼：

1. That's a cool MP3 player.
2. Where did you get it?
3. I bought it at the mall yesterday for only NT$1,000.
4. You paid NT$1,000? That's a rip-off!

老師寫完所有句子後，在某些字下面畫底線，並問學生是否知道這些字的中文意思。

等了幾秒鐘，沒有人主動回答；老師於是在畫上底線的字下方寫上中文翻譯。

- 在句子前面標號，學生如對某句有問題，便可迅速指出。

課堂活動四、對話回想（二）Reflection 2

老師完成翻譯後，告訴全班他會把課文唸三次；第一次，學生只要專心聽就好；第二次，學生要閉起眼睛來聆聽；第三次，學生試著跟老師唸。

- Curran 認為過於生疏或過於熟悉的東西都會讓人分心，這就是課文只唸三次的原因。「群體語言學習法」不認為把課文背得滾瓜爛熟是學習最好的方法。

課堂活動五、翻譯軟體 Human Translator

（帶著全班聆聽課文三次後，老師化身翻譯軟體。）

老師：在接下來的五到十分鐘內，如果對黑板上的某個句子或字彙有問題，只要告訴我，就可以啟動和控制我，我會把那些字句唸給你聽；如果要多聽一次，你就再唸一次，我會把這當作要我再唸一次的信號。我可以不限次數重複唸給你聽，如果你覺得可以了，就不用再唸一次，我就會把這當成停止的訊號。

學生1：老師，第四行最後一個字怎麼唸？

老師：Rip-off.

學生1：Rip-off.

老師：Rip-off.

學生1：Rip-off.

老師：Rip-off.

（學生1不再重複，老師也就不再示範。其他學生照這個模式練習之前對話中的單字。）

- 在翻譯軟體這個活動中，學生獲得「控制」老師的機會。但在「對話錄音」的階段，老師也可以扮演主導的角色；當學生無法正確唸出某一字彙或句子時，老師可重複示範，一直到學生能正確模仿為止。

- Rardin和Tranel (1988) 認為，「群體語言學習法」不是單純僅由學生主導或僅由老師主導的學習，而是師生共同主導的學習環境（teacher-student-centered learning environment）。

課堂活動六、語言分析 Language Analysis

在翻譯軟體活動後，老師把學生分成幾個小組，要求每組在五分鐘內，利用所學的句型或字彙，寫出兩個新句子。老師穿梭於各組間給予協助。最後，各組把他們所寫的新句子唸給大家聽。

A組：This MP3 player is a rip-off.

老師：Good!

B組：I buy the computer from an on-line

- 利用所學的語料創造新句子，是頗具挑戰性的活動。透過小組討論的方式，將可能帶給個人的威脅感減到最低。
- 要求每個小組將他們所寫的新句子跟全班分享，無形中強化教室內的群體意識。

computer store yesterday for NT$20,000
dollars.

老師：I *bought* the computer from an on-line
computer store yesterday for NT$20,000
dollars.

B組：I bought the computer from an on-line
computer store yesterday for NT$20,000
dollars.

- 老師遇到學生犯錯時，以重複的方式提供學生正確示範。

課堂活動七、對話回想（三） Reflection 3

課堂最後，老師要全班利用僅剩的五分鐘談談這堂課的感受和經驗。在每個學生發言後，老師試著重述他們的話。

- 學生透過回想自己的學習經驗，更能覺察學習歷程。

Joe： 我覺得這是個很奇特的學習經驗。透過這樣的學習方式，我在課堂上有更多機會和班上的人互動，此外，透過錄音，更能發現自己發音的問題，並在老師示範時，獲得立即幫助。

老師：所以你覺得，上課時與同學和老師的互動更頻繁、更有時效性。

Amy：我同意Joe的看法，而且我現在上課比較敢發言，也敢跟同學分享我的生活經驗。

應用層面	聽	說	讀	寫	字彙	文法
適用程度	★★★★★	★★★★★	★★★	★★	★★	★★

「群體語言學習法」的目標是創造一個無威脅的學習環境，讓學生在心理層面獲得充分支持和照顧下，學習以目標語溝通。在此過程中，老師扮演「語言顧問」的角色，指導並鼓勵學生以目標語說出任何想說的話，將對話過程錄音，做為課堂學習素材；在「群體語言學習法」課堂中，必須經由學生彼此聽、說，才能創造學習的環境，因此聽、說層面的適用程度很強，可給予五顆星的評價。

待完成對話錄音後，老師將每句話依序標號，寫在黑板上，讓學生練習辨識和讀唸句子，學生可要求老師像「翻譯軟體」協助覆誦不熟的字句，在讀的方面，學生熟悉對話內容後，運用小組活動進行造句或句法分析活動，為寫作和文法能力做預備，在寫與文法層面，各給予兩顆星評價。

老師抄寫對話內容時，以母語翻譯的方式讓學生確認字義，增進學生對字彙的理解，字彙層面也給予兩顆星的評價。

對象 Target Students

認知能力：國小四、六年級至國中
語言程度：初、中、高級

注意事項 Reminders

本學習法強調尊重學生發言、瞭解學生感受，以學生發言內容做課程內

容，老師本身須具備良好的雙語能力、觀察力以及現場應變力。而學生亦須具備基本的思考和表達力，年齡不宜過低。

口語溝通能力為本學習法的學重點，因此老師的口語示範務求清楚正確。

本學習法旨在培養學生專注力，適用對象為已具有自我控制力的學生，班級人數不宜過多，以免影響專注力。

應用活動一 In-Class Activity 1

應用層面：聽、說

> **背景**
>
> 　　學生為初級英語程度的國中生，老師準備要讓學生模仿目標語，說出自己想說的話。老師先做暖身活動，訓練學生掌握老師的聲音和語調。

教學步驟 Teaching Procedures

一、請學生每人拿一枝筆，老師假裝施展魔法，讓學生的筆都變成神奇麥克風。

二、老師走到學生身後，說一個字，要學生用神奇麥克風模仿聽到的聲音，複誦正確的學生，老師拍肩做為鼓勵。

三、讓學生數一數老師拍肩的次數，按次數便可得到相同張數的獎卡或貼紙。

● 模仿是訓練學生分辨力的好方法，為了模仿老師的聲音和語調，學生須注意發音的異同，甚至語調和情緒。

教學實例 Classroom Scenario

老師：大家手上都有筆嗎？現在我要來施展魔法囉！
Abracadabra! 呼！（做出施法後很累的樣子。）
現在你們手上的筆都變成神奇麥克風囉！只要
對著神奇麥克風說話，就能輕鬆說英語。我們
來試試看。（走到學生的身後。）現在對著神
奇麥克風複誦一次你聽見的聲音，大家注意聽
喔！Meow!

學生：Meow!

老師：Woof!

學生：Woof!

老師：（走到學生們面前。）You did a good job!（做
出讚美學生的手勢。）只要成功模仿我的聲音，
我就會拍拍你的肩膀，大家數數看總共被拍
幾次肩膀，可得到驚奇獎勵喔！我們來試試看
吧！Are you ready?

學生：Yes!

教學小叮嚀 Teaching Tips

一、可依學生年紀和興趣決定獎勵內容，也可搭配平
時獎勵學生的制度同時進行。

二、讓學生模仿的內容要依學生的程度而定，由簡入
難，學生較容易跟上，如先練習「聲音（尤其是較
難的發音）」、「字」，再練習「片語」，最後再練
習「句子」。

三、可用簡單的繞口令讓學生模仿發音語調，例：

Sally sells the sea shells by the sea shore.

- 為了讓學生在沒有壓力的狀況下學習，老師須視學生程度，用他們易懂的方式來表達。老師用母語進行活動，讓初學者不必擔心不會說目標語的困境，減低學生心理壓力。

- 根據「群體語言學習法」，為了減少學生焦慮，老師可站在學生身後，協助學生模仿發音及語調，也可以用拍肩膀的方式，讓學生獲得信心和安全感。

四、語調也是訓練學生模仿的重點，同一句話會因說
　　話語調的不同，產生不同意義。

應用活動二 In-Class Activity 2

應用層面：讀

> 背景
>
> 　　學生為國小四年級初級英語學習者，老師要以
> 「群體語言學習法中」中，化身翻譯軟體的技
> 巧，協助學生讀出對話內容。
>
> 內容
>
> A: I like rabbits. Do you like rabbits?
>
> B: No, I don't.
>
> A: Well, what do you like?
>
> B: I like koalas.
>
> A: Koalas?
>
> B: Yes, they're cute and cuddly.
>
> 註
>
> 　　根據「群體語言學習法」，對話內容應來自學生
> 課堂中自然發生的對話，本出處僅做參考範例
> 用。

教學步驟 Teaching Procedures

一、依學生人數準備相同數量的塑膠球。

二、老師在黑板上寫下先前錄製的對話，並在每句前
　　標上號碼，方便學生和老師指出句子。

三、老師發給每個學生一顆球，學生將球丟給老師，

並告知他們需要老師示範的單字或句子。老師唸完再將球丟回給學生，學生接到球後複誦老師唸的字句。

四、老師一次只能接一顆球，學生丟球的次數則不受限制。

五、活動進行至所有學生都丟完球為止。

教學實例 Classroom Scenario

老師：（將球發給每個學生。）Everyone, show me your ball.（舉起手上的球。）When I say "throw the ball," you throw the ball to me. Are you ready?

學生：Yes!

老師：Throw the ball!

（學生們將球丟給老師，老師接住一顆球。）

老師：I caught Amy's ball. Amy，哪個字或哪個句子需要老師唸一次給妳聽？

Amy：Number 3.

老師：Well, what do you like?（將球丟回給 Amy。）Could you please repeat after me?（用手勢引導 Amy 複誦。）

Amy：Well, what do you like?

老師：Good! Now, everyone, please pick up your ball.（用手勢和動作引導學生撿起丟在地上的球。）如果你有哪個字或句子需要老師再唸一次，就把球丟給我，我接到你的球，你就能命令我。如果你都會了，就不必把

- 依照「群體語言學習法」，學生自己可決定是否需要練習，以及需要練習的部分和次數。

- 對初學者來說，老師對母語的態度是寬容的。在需要時，老師使用母語可有效幫助學生理解重點字彙或句型，減少面對目標語的焦慮。

球丟給我了！Let's try again. When I say "throw the ball," you throw the ball to me. Are you ready?

教學小叮嚀 Teaching Tips

一、老師可思考如何激勵學生積極主動學習，丟球讓老師接這個動作，能激起學生興趣。

二、老師可觀察班上學生反應，讓需要練習的學生有多一點機會，故意多接幾次他們的球。

應用活動三 In-Class Activity 3

應用層面：聽、讀

背景

　　學生為高級數的英語學習者，老師寫出對話內容後，用「群體語言學習法」中母語翻譯的方式，協助學生瞭解新字彙和句子的意思（如下方對話內容之畫線部分）。接著，為讓學生由共同創造對話的過程中學習新字句，老師進行活動，練習唸讀字彙和句子。

內容

　　Ian: Hey, Hugh.

Hugh: Hi, Ian.

　　Ian: What have you done during the summer vacation?

Hugh: Well, I have gone white-water rafting. How about you?

Ian: We went to <u>Taroko National Park.</u>
<u>Have you ever been there?</u>

Hugh: <u>No, I have never been there.</u>

Ian: Have you eaten lunch yet?

Hugh: No, I haven't. I am very <u>hungry</u>.

Ian: Good. Let's eat and talk.

註

　　根據「群體語言學習法」，對話內容應來自課堂中自然發生的對話，本出處僅做參考範例用。

教學步驟 Teaching Procedures

一、發給每個學生一張紙，讓學生寫下一個當天所學的新字彙或新句子，並寫下其中文翻譯。

二、老師開始讀黑板上的對話，唸到自己所寫下的字彙或句子時，學生要起立、交換座位，藉此訓練學生聽讀能力。

三、進行此活動一至兩次。

教學實例 Classroom Scenario

老師：（發給每個學生一張紙，並指著黑板上畫線的字彙和句子。）Choose a new word or a new sentence from the dialogue and write it down on your paper. I'm going to read the dialogue. When you hear the word or the sentence that you wrote down on your

● 「內省」是「群體語言學習法」用來降低學習焦慮的要素，安靜聆聽老師朗讀對話，就是一種內省方式。

paper, please stand up and exchange your seats with others. Are you ready?

教學小叮嚀 Teaching Tips

這活動的主要目的是訓練聽力，當學生複誦時，如有不正確的咬字發音，老師不用立即糾正，待進入「翻譯軟體」的練習階段再做引導即可。

應用活動四 In-Class Activity 4

應用層面：寫、文法

> 背景
>
> 學生為具備基礎英文能力的國小四至六年級學生，人數十人，已完成創造對話和翻譯軟體的階段，老師準備讓學生進行造句練習，為減輕造句的困難和壓力，老師將學生分成兩組來進行活動。

教學步驟 Teaching Procedures

一、在黑板上畫出九宮格。

二、將新字彙或新句型分別寫在格子內（如圖），如果新字彙或句型不足九個，可重複某幾個不易發音的字彙。

I ____ by ____.	She ___ by ____.	movie theater
MRT	He ___ by ___.	They __ by ____.
airport	train station	We ___ by ___.

三、將學生分成兩組，發數張白紙和彩色筆。計時五分鐘，請學生用當天所學的字彙或句型造句，將句子寫在紙上，越多越好。

四、完成造句後，兩組各派一人猜拳，贏的人可以說出一句新造的句子，如有錯誤，老師則重述學生的句子，更正錯誤之處，學生唸完便到台上圈出用來造句的新字彙或句型。

五、每組派不同的人輪流出來猜拳、唸句子和圈字，圈過的字不能重複圈選；最先圈出三個連成一線的組別獲勝。輸的組須將尚未唸過的句子唸給大家聽。

● 透過分組合作，不但能降低學生的學習焦慮，且能增加群體合作的意識。

教學實例 Classroom Scenario

老師：（指著九宮格裡的新字彙及句型。）Make sentences with the new vocabulary. Write the sentences on the paper. Do you understand?

學生：Yes.

老師：Help each other. If you have any problems, please raise your hand. And I'll help you. You have five minutes.

（五分鐘後。）

老師：I want one student from each team to come up here.（用手勢引導學生出列。）Let's play paper-scissors-stone.（用手勢引導學生猜拳。）Mike, you won!（指著學生該組的白紙。）Read one new sentence.

Mike： My aunt go to the office by MRT.

老師： My aunt *goes* to the office by MRT. Very good! You may circle "MRT."（引導學生圈出九宮格中的新字彙，並依此類推，直到其中一組最先連成一條線。）Team A, you have three circles in one line. You have won the game! Team B, read the other sentences together, please.

● 以複誦的方式糾正錯誤，避免學生感到不安，並能學習正確的語言規則。

教學小叮嚀 Teaching Tips

一、重覆不易發音的字彙，讓學生有多一些練習的機會，發音有誤時，能藉由老師的複誦進行修正。

二、學生進行分組造句時，老師應在教室四處走動，觀察學生的狀況，在學生提出要求時予以協助。

參考書目 References

Larsen-Freeman, D. (2004). *Techniques and principles in language teaching.* New York: Oxford University Press.

Richards, J., & Rodgers, T. S. (1986). *Approaches and methods in language teaching.* New York: Cambridge University Press.

Foreign Language Teaching Methodology:
Theory and Practice

2.7 肢體反應教學法
Total Physical Response

緣起 Origin

「肢體反應教學法」最初是由美國加州聖荷西州立大學心理系教授Dr. James Asher 提出，本教學法的理論是根據心理學家對記憶的研究。研究學者指出，人類記憶的深度和學習環境有密切關係：學習時所涉及的學習資訊越縝密（elaborate）、越多元（diverse），其記憶線索（cue）就越豐富；事後記得該事物的可能性也越高。當未來需要使用該事物的知識時，只要學習者能接觸到任一記憶線索，就會在腦海中串連所有記憶線索，相關知識就能立即從記憶中被激發出來，等待使用。

舉例來說，當學習新單字時，若有機會同時接觸該字字形、字義、發音並和相關肢體動作，就會一併把這些相關資訊記憶在腦海中，形成記憶線索。日後，在理解或溝通上需要使用該字時，只要在記憶中激發該單字的任何記憶線索（例如：肢體動作），該字的其他資訊（例如：字形、字義、字音），就可一併被激發。因此，Asher 極力提倡外語學習應以肢體動作為輔，讓學習環境更多元。

Asher 認為在學習語言時，老師應該儘量豐富學生的學習深度，加入視覺和聽覺刺激、肢體動作，幫助學生理解和記憶。著名的語言教學專家蒙特梭利（Maria Montessori）曾說過："I hear and I forget; I see and I remember; I do and learn." 也就是說，外語學習往往因為加入動作，達到更深一層理解，故能在記憶中歷久彌新。

教學原則 Teaching Principles

Asher 認為，良好的外語學習環境應儘量和母語環境一致，這個觀點和「直接教學法」非常類似，也影響聽、說、讀、寫能力培養順序。

在母語學習中，嬰兒一歲前大多在觀察和聆聽大人的對話。這段期間，嬰兒僅以肢體動作就可回應大人的言語，沒有太多口語上的互動。這段靜默期（silent period）對於幼兒的語言學習有重要意義。幼兒利用這段時間熟悉日常生活中的母語語料（linguistic materials）或語彙，為往後的發音和說話技巧（speech skills）做準備。

Asher 認為，良好的聽力是正確發音和說話技巧的基礎（understanding spoken words should precede its production）。當聽說能力都發展成熟後，再來訓練讀寫技巧。

靜默期的另一個好處則和心理層面有關。學習外語時，心理焦慮往往是學習的最大阻礙。老師如在學習一開始給予學生不須擔心開口說話的緩衝期，有助減輕學習焦慮。Asher 認為，學生的焦慮感越低，學習成效越好，這和「反暗示教學法」的觀點一致。

在「肢體反應教學法」的課堂上，最常聽到祈使句或口令，一個口令一個動作。

老師會一邊說口令，一邊示範動作，學生在旁觀察。第二次，學生模仿老師的動作，老師就在旁邊觀看學生的動作。示範過所有新口令後，老師隨機說出任一口令，學生依口令做動作，練習數次，直到學生熟悉每一個口令。口令內容越有趣、動作越誇張（zany commands and humorous skits），成效越好。

老師講母語的頻率極低，目標語的意義可透過師生間的觀察、模仿和動作來傳達，課堂的用語通常為完整句。

Asher 認為，「肢體反應教學法」可有效促進學生學習。因為，語言訊號的處理是由左腦負責，而肢體動作則是由右腦負責；左右腦都同時參與語言的學習，學習才能深刻持久。

老師的角色 Roles of the Teacher

在「肢體反應教學法」中，老師扮演很重要的「示範角色」(modeling)，引導課堂上大部分的活動，提供正確的字彙發音和語法結構範例。

不過，這樣的角色會隨著學生對目標語流利度的增長而改變；老師慢慢退居幕後，讓學生擔任課堂上的主動發言者。也就是說，當學生都能聽懂、熟悉老師的指令後，學生的角色就可以和老師互換：學生由原來安靜的「觀察者」和「指令接受者」成為「發號施令者」(switching from non-verbal observers to verbal command givers)。

這樣的角色變換和母語學習很類似，嬰兒從語料的分析觀察者成為主動的母語使用者。

對學生錯誤的態度 Views on Students' Errors

老師對外語學習者的錯誤抱以寬容的態度，並只針對嚴重的文法或發音錯誤進行訂正避免造成威脅感或帶給學生心理壓力。

評量方式 Assessment

藉由學生對指令的回應，老師可立即評量學習成效；但若學生人數較多，就無法仔細觀察每個人的動作。

2.7.2 課堂呈現範例

背景 Background

學生為初級英語學習者，將學習以下句型：I've/You've/She's/He's got...

教學步驟 Teaching Procedures

暖身活動 Warm-Up

Body language allows communication without verbal interaction.

（課堂一開始，老師挑選幾個學生矇上眼睛，負責發號施令，指引他們找到藏在教室角落的球。）

老師：Turn left, walk forwards—walk, walk, walk. Stop. Then, turn left, walk backwards—walk, walk, walk. Turn around. Go, go, go, go, go, go, go—stop. Go up—uuuuuuup. Go down—dooooowwwwn. Now, stop.

- 肢體語言能有效填補英語初學者在互動溝通時口語能力的不足。

- 暖身活動期間，學生僅須以動作回應老師指令，學生此時處於不須擔心開口的靜默期（silence period）。

課堂活動一、介紹課文 Introduction to the Lesson

The aim of using imperatives is to get students to perform actions; the actions make the meaning of each command clear and comprehensible.

暖身活動後，老師開始進入課文，內容是兩人對話，其中一人抱怨許多遭遇的問題，另一人則根據問題給予建議，這些建議以祈使句呈現。第一次介紹課文時，老師邊唸課文，邊做出與課文內容相對應的動作。

- 「肢體反應教學法」使用大量動作指令（imperatives），以動作讓指令更容易被理解。
- 在「肢體反應教學法」中，只要有老師的示範，即使沒有解釋，學生也能透過示範理解指令意涵。

201

Giving Advice

Tony: Gee, it's cold in here!（做出寒冷的樣子。）

　Joe: Put on your sweater and zip up your jacket.
　　　（做出穿上毛衣和拉上拉鍊的樣子。）

Tony: I've got a stomachache!（做出胃痛的樣子。）

　Joe: Lie down and relax.（做出躺下放鬆的樣子。）

Tony: Ooh! I've also got a backache!（做出背痛的樣
　　　子。）

　Joe: Stretch your back.（做出伸展背部的樣子。）

做完以上示範後，學生大概知道每個口令的意思。接下
來，老師帶著學生再練習一次；這次，老師在唸口令和
做動作時，示意學生跟著做，由學生自己決定要不要跟
著唸。練習幾次後，為了增加變化，老師不再依照對話
的順序朗讀，學生須專心聽內容做出正確的動作。學生
熟悉以上對話後，老師繼續教學。

Tony: I'm a bit sleepy.（做出睡眼惺忪的樣子。）

　Joe: Take a nap.（做出睡覺的樣子。）

Tony: I've got a sore throat.（做出喉嚨痛的樣子。）

　Joe: Drink some warm water.（做喝水狀。）

Tony: I've got a fever.（做出摸額頭感覺熱的樣子。）

　Joe: Put some ice on your forehead.（做出冰敷額
　　　頭的樣子。）

老師再次暫停，帶領學生練習三個新口令及其動作。待
學生熟練後，老師繼續介紹課文剩下的四個口令。

Tony: My face itches.（做出難受的樣子。）

　Joe: Scratch your face.（做出抓癢的樣子。）

Tony: I feel tired.（做出疲倦的樣子。）

　Joe: Sit down for a while.（做出坐下的樣子。）

- Asher 認為，隨著學生外語程度的提升，老師可以增加連貫動作（connected commands for a long action or a procedure），例如：做菜的步驟、買悠遊卡的步驟。

- 課文中 Tony 關於胃痛與背痛的抱怨，彼此間雖不是連續動作（action sequence），但老師可在學生程度提升後，增加動作的連貫性。

- Asher 認為，老師要維持學生的成就感，秘訣就是不要一次介紹太多新內容。每介紹三到四個新口令，就幫助學生練習、吸收，再繼續介紹新口令。

Tony: Gee, this room is stinky!（做出掩鼻遮臭的模樣。）

　Joe: Open the window.（做出開窗戶的樣子。）

介紹完所有內容後，老師徵求四名自願者到教室前，跟著指令做動作。

老師： Sit down for a while.（示意學生坐下。）Take a nap.（示意學生做打瞌睡的動作。）Scratch the face of the person next to you.（示意學生幫旁邊同學的臉抓癢。）

最後，老師進一步把指令內容組成複合句（complex sentences），例：Sit down for a while and take a nap. 讓學生毫無困難地做出動作。

- Asher 強調，要求學生做肢體動作時，老師要維持學生動作的「速度」（pace），即要訓練學生一聽到口令便能立即回應。也就是說，老師在課前就要對課本內容指令和動作十分熟悉，避免一邊上課一邊思考，拖慢速度。

- 適當的幽默感是幫助學生減低焦慮的好方法，可以加強學習效果。

課堂活動二、延伸練習 Extented Practice

Even during practice, students can choose to respond nonverbally if they are not mentally prepared for verbal communication.

老師和學生的角色互換，即老師示意某生對全班和老師發號指令；老師跟著大家一起做動作，藉此觀察學生對口令的反應。

- 每個學生靜默期長短不一，老師要能兼顧個人差異，給予學生足夠的靜默時間。Asher 認為，一般學生在 10 至 20 小時的學習時數後，大部分願意開口，這時老師就可退居幕後，讓學生擔任發號指令的角色。

- 觀察學生的肢體反應，是確認學生理解的評量方式。

課堂活動三、寫一寫 Writing Practice

The training of writing and reading skills should follow the listening and speaking skills.

課堂最後，老師一邊把教過的課文抄在黑板上，一邊演出對應動作，請學生把內容抄在筆記簿中回家複習。

- 在「肢體反應教學法」中，聽說技巧的發展應該比讀寫技巧更優先。

應用 層面	聽	說	讀	寫	字彙	文法
適用 程度	★★★★★	★★★★★	★★	★	★★★★	★★

「肢體反應教學法」創始者James Asher 認為，學習目標語的環境應與學習母語的環境相似，從大量的聆聽和觀察開始；學習者聆聽老師的指令做動作，以動作來表達理解，到後來可發號指令指揮別人做動作。基於本教學法在教學過程中對聽說技能的重視，在聽說方面的應用可給予五顆星評價。

本教學法將字彙及文法架構以祈使句方式呈現，類似嬰兒學習母語時的mother's talk，字彙清楚易懂，句法簡單，讓學習者易於觀察與模仿，在字彙方面可得四顆星評價。

就文法層面來看，「肢體反應教學法」著重祈使句的使用，以及對句義的瞭解，較忽略句法結構，僅給予兩顆星評價。

在本教學法中，學生也會有機會讀簡單的指令做動作，在讀的應用可給予兩顆星評價。至於寫的部分，則是「肢體教學法」較難應用之處。

對象 Target Students

認知能力：幼稚園至國中
語言程度：初、中級

注意事項 Reminders

「肢體反應教學法」能降低學生的學習焦慮，有助於學習成效，適用於

任何認知程度的學生。透過肢體動作呈現，加深學習者的印象，並增加信心；至於不同語言程度的學習者，也可透過肢體動作反應，清楚瞭解符合學習者程度的指令。對初級程度學習者，老師可教以簡單的指令，例：Stand up.；對於中級程度學習者，老師可增加指令訊息，例：If you wear a green shirt, stand up.。

「肢體反應教學法」強調聽的理解，先有「聽的輸入」，透過有意義的情境與指令後，讓學生以動作表達。教學時不鼓勵使用母語，老師以目標語下達指令，但老師不強求學習者立刻以目標語回應，僅以肢體動作回應亦可。這樣的教學策略，給予學習者一段靜默期，可有效降低語言學習初期的焦慮。

不過，有時很難藉著老師的示範、表演讓學生理解抽象的概念。本教學法也會對不喜歡做肢體動作的學習者造成困擾。再者，讀寫技能較難以本教學法呈現與練習。

應用活動一 In-Class Activity 1

應用層面：聽

背景

　　學生為初學英語的國小二年級生，老師以「肢體反應教學法」中以動作表達理解的概念，進行教室用語練習。

內容

Hands up. Hands down. Nod your head.
Stamp your feet.

教學步驟 Teaching Procedures

Teacher Says

一、學生根據老師的指令做動作，聽到teacher says...時，須做出指令動作，反之則不做出任何動作。

二、待學生熟悉新指令後，將之前所學的指令一起加入練習。

- Teacher says... 最能代表「肢體反應教學法」的精神。

教學實例 Classroom Scenario

老師：Teacher says, "Hands up."（老師將手舉高。）

（學生將手舉高。）

老師：Hands down.（老師的手維持舉高。）

（有些學生將手放下。）

老師：I didn't say "teacher says," so you don't have to do the action. Let's try again. Teacher says, "Hands down."

（學生將手放下。）

老師：Teacher says, "Hands up."（只下指令不做動作。）Hands down. Uh-oh! Did I say, "Teacher says?" You're out. Do you understand?

學生：Yes.

老師：Good. Let's try again. Teacher says, "Stamp your feet." Teacher says, "Stop." Teacher says, "Nod your head." Stop! Uh-oh! You're out. Teacher says, "Take out your book and nod your head." Stop! Teacher says, "Stop!"

- 老師僅說指令，不做動作，並觀察學生的動作表現來確認是否瞭解意思，此為「肢體反應教學法」的評量方式。

- 指令越有趣、動作越誇張，學生透過肢體動作的學習會更深刻。

教學小叮嚀 Teaching Tips

一、視學生對指令的熟悉程度，邀請學生上台說指令。

二、老師發號指令的速度可逐漸增快，或可做與指令相反的動作，以確認學生的聽力理解程度，並增加趣味性。

三、除一般的教室用語外，也可將動詞片語帶入活動應用。

應用活動二 In-Class Activity 2

應用層面：說、讀

背景

　　學生國小五年級，英語程度初級，以「肢體反應教學法」中，讓學生成為發號施令者之概念，練習動詞片語。

內容

fly a kite, use the computer, ride a bike, jump rope

教學步驟 Teaching Procedures

超級比一比 Mime Pass

一、請四至五個學生在台前排成一列，老師站在最左邊，讓所有學生面向右邊、背對老師。

二、老師下達開始指令，第一人轉身看老師拿出的閃示卡，並演出動作。接著第一人拍第二人的肩膀，示意第二人轉身。第一人把動作比給第二人看，第二人把動作記起來，比給第三人看。重覆此流程，把動作傳下去。

三、動作傳到最後一人，由此人猜出表演的內容是哪個 單字或片語。

教學實例 Classroom Scenario

老師：Everyone, look at me. What am I going to do?（做騎腳踏車的動作。）

● 意思可透過動作來傳達。

學生：Ride a bike.

老師：Good. I need five volunteers. Who wants to try? Please line up and face the right side of the classroom.

（活動開始，老師拍第一個學生的肩膀，做跳繩動作。）

老師：Pass it on. Okay? Go!

（學生將動作傳下去到第五個學生。）

老師：All right!（問第五個學生。）Can you tell me the answer? What did I do? What did you see?

學生 5：Jump rope.

老師：Everyone, what about you?

學生：Jump rope.

老師：Yes, you're right. Well done, everyone. Thank you. Please go back to your seat. I need six volunteers. Please come to the front. This time, I will only show you the flashcard. You have to do the action and pass it on. Okay?

學生：Yes.

老師：Good. Face the right side. Let's start!

教學小叮嚀 Teaching Tips

一、隨著學生對指令的熟悉，可加上之前學過的動詞指令，例：Sing and fly a kite.。

二、視學生的程度，增加指令的複雜度與活動的難度，例：Ride a bike slowly/fast.。

- 如學生已熟悉活動模式，老師可漸漸將課堂中主導的角色交給學生。

應用活動三 In-Class Activity 3

應用層面：聽

背景

學生國中二年級，英語程度中級，老師使用祈使句讓學生練習方位。

內容

go straight for two blocks, turn right/left, across from, between ... and ..., next to, on the right, on the left, on the corner

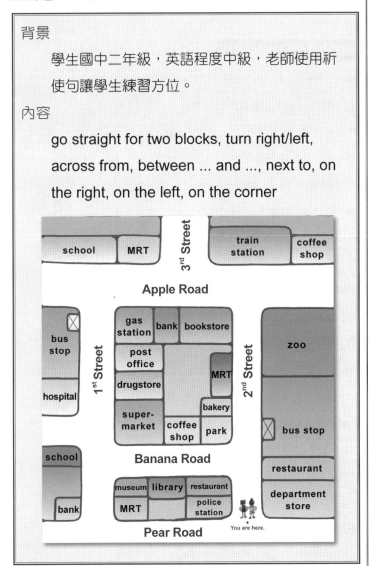

教學步驟 Teaching Procedures

學生根據老師指令，在地圖上找路。

教學實例 Classroom Scenario

老師：（在黑板貼一張繪製好的地圖。）Everyone,
　　　look over here.（指地圖上的位置。）
　　　Where are you?

學生：I am on Second Street.

老師：Good. What is next to you?

學生：I'm next to the police station.

老師：Right! What is across from the police
　　　station?

學生：It's a department store.

老師：Right! Everyone, go straight for two
　　　blocks. What is on the left?

學生：It's a bookstore.

老師：Turn left on Apple Road. Walk down
　　　the road and pass Third Street. What
　　　is on your right next to the MRT?

學生：It's a school.

老師：Good. Divide yourselves into six
　　　groups. Each group gets a piece of
　　　paper.（發給每組一張街道圖。）This
　　　time, you need to find the correct
　　　place. Let's see who can do it the
　　　fastest. Are you ready?

學生：Yes!

- 「肢體反應教學法」也適用於介係詞教學。

- 「肢體反應教學法」可不斷變化指令，以及次序和速度。

老師：You are here.（指出街道圖上的位置。）
Go straight for one block. Turn left on
Banana Road. Walk to First Street
and turn right. Go straight. What is
on your right next to the supermarket?
Which group knows the answer?

第一組：It's a drugstore.

老師：Good. Let's keep going. Walk to Apple
Road and turn right. Go straight and
pass Second Street. What is on your
right across from the coffee shop?
Which group knows the answer?

第二組：It's a zoo.

老師：Good!

教學小叮嚀 Teaching Tips

一、可同時說出兩個指令，例如：先去library再
bookstore，讓學生依序回答地點。

二、可用真實的街道圖做練習。

三、待學生熟練後，可讓學生擔任發號施令的指揮者。

應用活動四 In-Class Activity 4

應用層面：聽、說

背景

　　學生國小四年級，英語程度中級，老師以「肢體反應教學法」中action sequence（連貫動作）概念，製作三明治。

內容

"Make a Sandwich"

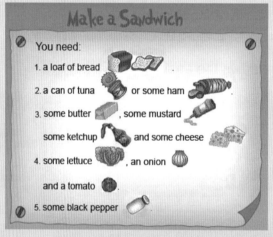

Make a Sandwich

You need:
1. a loaf of bread
2. a can of tuna　　　or some ham
3. some butter　, some mustard
　　some ketchup　and some cheese
4. some lettuce　, an onion
　　and a tomato　.
5. some black pepper

Steps:
1. Spread some butter on a slice of bread.
2. Put on some tuna or ham.
3. Put on some cheese.
4. Then add some lettuce, onion and tomato.
5. Add some ketchup, mustard and black pepper.
6. Put another slice of bread on top.
7. Enjoy your sandwich!

教學步驟 Teaching Procedures

一、帶學生檢視食材。

二、學生根據老師的指令做三明治。

三、完成三明治後，讓學生說明製作步驟，換老師製作三明治。

教學實例 Classroom Scenario

老師：Show me a loaf of bread.（學生拿起一條吐司麵包。）

老師：Point to a can of tuna.（學生指向一罐鮪魚。以相同方式，確認學生知道所需材料。）

老師：Let's make a sandwich. Please repeat my directions. Spread some butter on a slice of bread.

學生：Spread some butter on a slice of bread.（邊複誦邊動手做。）

老師：Good! Spread some tuna or put a slice of ham on the bread.

學生：Spread some tuna or put a slice of ham on the bread.（邊複誦邊動手做。）

老師：Put some cheese on it.

學生：Put some cheese on it.（邊複誦邊動手做。）

老師：Let's add some lettuce, onions, and tomatoes.

學生：Add some lettuce, onions, and tomatoes.（邊複誦邊動手做）

• 隨著學生對指令的熟悉度，可給予較長連貫動作指令。

215

老師：Good. Do you know what the next step is?

學生 1：Ketchup and mustard?

老師：Right! Everyone, add some ketchup and mustard.

學生：Add some ketchup and mustard. (邊複誦邊動手做。)

老師：Add some black pepper, if you like it spicy.

學生：Add some black pepper. (邊複誦邊動手做。)

老師：We've added all the ingredients. Does it look like a sandwich?

學生：No.

老師：What do we need to add?

學生 2：Another slice of bread.

老師：Good. Put another slice of bread on top.

學生：Put another slice of bread on top. (邊複誦邊動手做。)

老師：All right! Everyone, show me your sandwich. Good job. You have a sandwich, but I don't. Can you tell me how to make a sandwich?

學生：Yes!

老師：Let's start! The first step is...

學生：Spread some butter on a slice of bread.

老師：Spread some butter on a slice of bread. (邊複誦邊動手做。) And then...

學生：Spread some tuna or put a slice of ham on the bread.

老師：Spread some tuna or put a slice of ham on the bread.（邊複誦邊動手做。）What's the next step?（以相同方式進行，完成三明治的製作。）

教學小叮嚀 Teaching Tips

一、若學生已熟悉指令，讓他們自行更改製作步驟或材料，做出不同口味的三明治，例如：fruit sandwich、ice cream sandwich、cookie sandwich。

二、更改指令，讓學生以相同的材料製作不同的食物，例如：salad。

參考書目 References

Larsen-Freeman, D. (2004). *Techniques and principles in language teaching.* New York: Oxford University Press.

Richards, J., & Rodgers, T. S. (1986). *Approaches and methods in language teaching.* New York: Cambridge University Press.

**Foreign Language Teaching Methodology:
Theory and Practice**

2.8 溝通式教學觀

Communicative
Language Teaching

緣起 Origin

本教學觀興起於 1970 年代，現已成為全球最受歡迎的外語教學法之一。在此之前，大部分的教學法，皆以文法結構為導向，旨在培養目標語的語言知識（linguistic competence），其課程安排皆以文法結構的難易度為導向，讓外語學習者循序漸進掌握目標語的文法結構，創造出合乎文法的句子。但文法導向教學法過度強調語言知識的習得，往往沒有考慮各種語用功能（例如：問路、請求）及文化語用規則的學習。

「溝通式教學觀」認為，溝通過程和語言知識同樣重要。因此，外語知識的習得不應該是外語學習的終極目標。外語教學者應該幫助目標語學習者在不同的情境下，針對不同的對象、主題、場合，能說出不但合於語法而且適於情境的句子。也就是說，「溝通式教學觀」培養的不只是目標語學習者的外語知識能力，溝通能力（communicative competence）更是重點。

教學原則 Teaching Principles

Excuse me, what time is it?

It's three o'clock.

「溝通式教學觀」主要目標是創造各種「有意義的互動情境」，讓學生學習如何在各式各樣的溝通環境中學習使用目標語（learning to use a language through communication）。

「溝通式教學觀」強調，互動（interaction）和溝通（communication）是外語學習的唯一方法，同時也是其終極目標（the means as well as the goal）。老師在設計課堂活動時須考量活動是否能：

一、營造一個互動式的溝通環境。

二、應用真實生活中的溝通語彙。

三、考量目標語的社會、文化等情境（social, cultural, and situational contexts）。

許多語言的用字遣詞會根據不同的人（長者或平輩）、事、時、地、物而有所不同。

在上述考量下，David Nunan (1991) 更進一步提供五項溝通式教學觀的教學原則：

一、教學時應大量使用日常生活中會出現的「真實語言」（authentic text）。

二、教學活動應著重在創造以目標語進行的「自然互動溝通情境」。
在「溝通式教學」觀的教室中，我們常可以看到角色扮演（role

play）、小組活動（pair work）、訪談（interview）、遊戲（game）、訊息交換（information gap）等模擬課堂外溝通的活動。

三、教學活動除了要能增進學生目標語的知識外，還要能讓他們有學習使用目標語溝通的過程。

四、老師在設計活動時，應儘量把「學生的個人經驗」帶進課堂活動。

五、老師應串連課堂中的語言學習和課堂外的語言活動。

第四項教學原則點出了「溝通式教學觀」以「學習者為中心」的特色：課程活動設計應考量學生的需求和興趣。第一項及第五項原則，都強調在課堂中學到的語言可以應用在日常生活溝通中。

對語言的態度 Views About Language

目標語為課堂中主要的溝通或教學語言，但老師在必要的情況下，還是可使用學生的母語翻譯或解釋艱澀單字及句型。

老師的角色 Roles of the Teacher

老師課前會針對學生的學習目標和需求進行分析（needs assessment），並在課堂內積極以各種方式創造符合學生學習目標的各式溝通情境，鼓勵學生在課堂上多參與。老師擔任需求分析師（needs analyst），也是學習的促進者（facilitator of communication）。

在創造溝通機會的過程中，老師也可以是對話的參與者（participant of the conversation）。但老師在創造溝通情境後，就隱身成為一個觀察者（observer），將注意力放在觀察學生間的互動。

對學生錯誤的態度 Views on Students' Errors

錯誤被視為外語學習進步的必要經驗。為鼓勵學生積極參與互動，「溝通式教學觀」可寬容錯誤，尤其當學生語言能力還不夠時，更要著重流利

度（fluency）的培養；只要學生積極互動溝通，老師通常不會特別糾正學生的錯誤。但這不代表老師對錯誤不聞不問，老師仍會觀察學生所犯的錯誤，做為往後教學題材。

評量方式 Assessment

老師評量的重點不僅在於學生是否能以合乎文法的句子與人溝通，還要進一步評量學生溝通的「過程」。因此，老師在評量時，常使用溝通活動，來觀察檢視學生是否能正確且適當完成資訊分享的任務（completing an information gap activity）。

在評量學生的寫作技巧時，老師同樣會採取溝通式的活動，像是要求學生針對個主題寫封信給某個特定的人物（例如：寫信給耶誕老人）。

背景 Background

學生為國中生。課程的主題是節約能源，老師要教導can ...
by doing ... 的用法（例：We can learn a language well by mastering its form, meaning, and use.）。

教學步驟 Teaching Procedures
暖身活動 Warm-Up

Warm-up activity: Approaching the topic and getting ready to interact.

在一開始的暖身活動，老師給學生看幾張以節約能源為主題的海報，並要學生猜測這些海報的用途。

● 在進行暖身活動時，老師製造機會讓學生以目標語互動，可以是「老師與學生間」的互動，也可以是「學生與學生間」的互動。

老師：What are these posters about?

學生 1：Animals?

老師：No.

學生 2： Power. Water.

學生 3： Eng...

老師： You mean *energy*?

學生 3： Yes.

老師： Very good. These posters are about energy saving. 你們知道 energy 這個字的意思嗎？這個字的意思是「能源」，家裡會用到能源的東西有哪些？

學生 4： Television, computer, desk light.

老師： Wonderful.

- 當學生對某些單字有發音上的困難，而可能會阻礙溝通時，老師應馬上提供協助。

- 只要能促進學生學習動機，母語在本教學法中並不會被視為目標語學習的阻力。

課堂活動一、課文導讀 Introduction to the Lesson

Teaching real language

藉由暖身活動，老師讓學生對主題有初步接觸，接著正式進入課文（如圖 3），內容是有關節約能源的短文。

老師在任何活動前，先要求全班把課文內容閱讀一次，並在閱讀過程中，把認為重要或有疑問的地方用鉛筆做記號，再以目標語解釋給學生聽。

- 相較於整班的課堂活動，小組討論活動提供給學生大量練習溝通互動的機會。在小組討論過程中，學生可獲得立即回饋。溝通發生困難時，學生可嘗試以不同的方式表達意見。

- 「溝通式教學觀」強調，課文內容和課堂外用語的一致性（teaching target language use）。課文內容常取自日常生活中的常用文體（例如：求職廣告、新聞文章、宣傳海報）。

圖 3

老師：Pair up and look at the sentences on the slide. These sentences come from a newspaper article, which talks about ways to save energy. But, these sentences are not in the right order. Now, work with your partner and put these sentences in order. Also, think of a title for this article.

（五分鐘後，老師公佈答案。學生比較他們的討論結果與老師答案的異同。）

● 藉由句子重組和下標方式，老師可訓練學生在句子、段落和文章層次間的連貫性理解（coherence and cohesion）。

課堂活動二、練習活動 Paraphrase Practice

Start with a controlled practice for the target grammatical structure before switching to free activities.

討論課文的大意和結構後，老師把課文中的重點句型抄在黑板上，並討論每句的替換說法。

老師： Now, look at the first sentence: We can save energy by switching off our computer monitors whenever the computer is not being used. Are there other ways to say/rephrase this sentence?

學生 1： Whenever the computer is not being used, we can switch off our computer monitors to save energy.

老師： Yes, very good. Any others? No one? Okay, here is another one: Switching our monitors off when the computer is not being used allows us to save energy.

● 課堂活動會從控制性較高的活動（controlled activity）例如：左側的替換說法練習，慢慢轉換到較不控制學生對話內容的活動（free production），例如：訪談。

● 此活動著重在句子層次的練習。一開始，老師先提供第一個句子的一種陳述方式，鼓勵學生提供另一種說法。在「溝通式教學觀」中，能「以不同方式陳述同一語義」，是培養學生溝通能力重要的訓練過程。

（延續上面換句話說的練習模式，讓學生繼續練習課文中其他句子。）

● 老師也可適時提供替換說法的範例。

課堂活動三、資訊分享 Information Gap Activity

Information gap activities: Forcing students to use the target linguistic form(s) to negotiate for meaning.

接下來的活動，兩兩一組。每一組中每個人都會拿到家裡某一空間的圖片。但每人手上圖片裡的陳設有所不同：

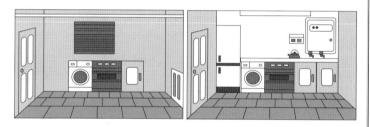

（學生 1 拿到左圖。）

學生 1：In this room, you can save energy by using a clothesline instead of a dryer.

（同組中另一人根據對方所提供的資訊，猜測兩個人圖片中的陳設有什麼不同。）

學生 2：There is no clothesline in my picture.

● 資訊分享（information gap）通常是一方掌握另一方沒有的資訊，藉由溝通協調（negotiation for meaning），雙方在有意義的溝通情境中，使用重點句型分享資訊，縮短訊息差距。

課堂活動四、角色扮演 Role-Play

Role-play allows learners to accomplish a language function (e.g., giving advice) by using a form appropriate to their role and to a particular communicative context.

老師請學生扮演不同角色，運用句型探討在辦公室中可實施的能源省電措施。活動開始前，先花五分鐘的

● 角色扮演是「溝通式教學觀」中常用的活動，提供學生模擬真實語言的使用情境，

時間，帶領學生討論其他助動詞 must、may、will、should 用於本課句型時，所暗示的語氣強度的差別。

老師：Now, work with your partner in the following role-play activity. One of you is the other's boss. You will have a meeting together. In the meeting, think of other ways to save energy in the office. Remember that one of you in each group is the boss. Think of your role and the words you can/should/may/must use when giving suggestions.

（每組正式進行開會的角色扮演時，老師要求各組錄下對話，做為下個活動之題材。）

思考符合角色的語言。在教學過程中，老師應經常提醒學生在各種不同情境時，使用適當的發言語氣。

課堂活動五、聽說練習
Listening and Speaking Practice

Practice listening and pronunciation skills by drawing upon an authentic communicative event.

各組交換上個活動中角色扮演的錄音，並寫下所聽到的內容。各組可重複聽一兩次，直到清楚記下內容。接下來，各組成員比較所記下的筆記內容。

老師：Now, please work with your partner again. Listen to the recording and write down what you hear. When you are done, compare your notes with your partner.

（接下來，老師要求各組向全班報告他們寫下的內容。）

● 「溝通式教學觀」的目標是幫助學生發展可理解的（comprehensible）聽說能力。讓學生聽取別組或自己先前的對話錄音，可有效察覺阻礙理解的發音或語調。學生可在與同組夥伴討論的過程中，確認這些問題。

老師：Jim, tell us what you heard.

Jim：There are many *way* to save energy. For example, we can save energy by...

老師：Very good.

- 在此句中，way 應採複數型，但老師並沒有立即指正。因為錯誤是進步的必要過程，不過這不代表老師對學生的錯誤不聞不問。只要學生沒有「立即溝通上的困難」，老師對學生的錯誤通常採取寬容態度。

應用 層面	聽	說	讀	寫	字彙	文法
適用 程度	★★★★★	★★★★★	★★★★★	★★★★★	★★★★	★★★

「溝通式教學觀」主要目的是創造有意義的互動情境，讓學生在各式各樣的溝通環境中使用目標語。溝通能力包含聽、說、讀、寫，本教學法在四種語言技能的應用都十分適用，可給予五顆星評價。

此外，「溝通式教學觀」強調，溝通和互動是外語學習唯一的方法，在互動的過程中提供學習、理解、和記憶字彙的最好環境，所以在字彙教學方面給予四顆星評價。

「溝通式教學觀」以學習者為中心，課程活動設計考量學生的需求和興趣，使其能融入日常生活中。正因如此，文法是從自然的互動對話中去習得，沒有直接的文法規則解釋，因此在文法教學的應用上，給予三顆星評價。

對象 Target Students

認知能力：幼稚園至國中

語言程度：初、中、高級

注意事項 Reminders

一、「溝通式教學觀」沒有所謂年齡限制，任何年齡及程度的學生都適用。

二、「溝通式教學觀」鼓勵學生積極參與互動，可以容忍語法錯誤，學生的外語能力還不夠時，老師的教學著重在培養流利度，但這不代表

不糾正錯誤，在課堂中學生所犯的錯誤，可做為日後授課題材。

三、對初學者來說，在必要情況下，老師還是可以使用母語來解釋或翻譯，但隨著學生程度提升，可逐步減少母語的使用。

應用活動一 In-Class Activity 1

應用層面：聽、說、單字、文法

背景

學生為小學三年級的初級英語學習者，老師要運用「溝通式教學觀」中的資訊交換（information gap）策略，製造情境讓學生溝通。過程中，學生利用學過的單字與句型來練習對話，並思考如何正確問答，也可視之為文法練習。

內容

Does he/she like_____s/es?

教學步驟 Teaching Procedures

一、將學生分為兩組，一組發給表A，另一組發給表B（如p. 233的附件）。

二、學生互相討論。

三、老師確認答案。

教學實例 Classroom Scenario

老師：Hi! Class, let's make two teams. Team A, come here. Take these charts（發附件之A表）. Team B, come here. Take these charts（發附件之B表）.

學生：Teacher, what's this for?

老師：Well, look at your chart. Some information is missing. Team A, does Mary like cats?

A組：We don't know.

老師：Team B, does Mary like cats?

B組：No, she doesn't.

老師：Good. Team A and team B, ask each other "Does _____ like _____s/es?" to find out the answer. I'll give you five minutes to do that.

A組某生：Does Denny like panda?

老師：Everyone, say "Does Denny like *pandas*?"

學生：Does Denny like pandas?

B組某生：No, he doesn't. Does Denny like cats?

A組某生：Yes, he does.

B組某生：Does Denny like foxes?

A組某生：Yes, he does. Does Denny like rabbits?

B組某生：Yes, he does. Does Denny like kangaroos?

A組某生：No, he doesn't.

● 「溝通式教學觀」對錯誤是寬容的，學生犯錯時，老師以引導方式說出正確句子，供全班參考，但不刻意提及該生所犯的錯誤，鼓勵學生參與活動。

（依此方式進行，五分鐘後。）

老師：Now tell me the answer. Does Peter like cats?

學生：No, he doesn't.

教學小叮嚀 Teaching Tips

活動進行時，讓A、B兩隊分開坐，避免學生偷看對方答案而省略口語練習。

附件 Appendix

活動進行時，讓A、B兩隊分開坐，避免學生偷看對方答案而省略口語練習。

A表

Team A	cat	fox	panda	rabbit	kangaroo
Denny	O	O			X
Mary		X	X	O	
Peter	X			X	O
Jim		X			O
Helen			O	X	

B表

Team B	cat	fox	panda	rabbit	kangaroo
Denny			X	O	
Mary	X				O
Peter		O	X		
Jim	O		O	X	
Helen	X	O			X

應用活動二 In-Class Activity 2

應用層面：文法、口說

背景

　　學生為小學三年級的初級英語學習者，已具備基本文法概念。老師利用情境，以詢問方式，引導學生使用學過的形容詞及句型取得資訊，做出適當回應。

內容

"Catch the Thief"

教學步驟 Teaching Procedures

一、老師在課前準備一張犯人海報。

二、複習用到的單字及句型。

三、老師先扮演偵探角色，讓學生當警察，第二回可讓抓到小偷的學生上台扮偵探。依此類推，讓更多學生有參與活動的機會。

教學實例 Classroom Scenario

老師：Hey! I'm Detective 008! Somebody broke into Lily's house and stole her diamond ring. You are police officers. Can you catch the thief?

學生：Yes!

老師：Ask me questions to find out who the thief is, but I can only say yes or no.

學生 1：Is the thief a man?

老師：Yes.

學生 2：Is he tall?

老師：No.

學生 3：Is he have big eyes?

老師：*Does* he have big eyes?

學生 3：Does he have big eyes?

老師：No!

學生 4：Does he wear a shirt?

老師：Yes!

學生 4：The thief is A2.

老師：Bingo! You caught the thief.

- 可利用黑垃圾袋製成斗篷、手拿煙斗，扮成福爾摩斯，讓學生很快進入老師所營造的情境，引起學生興趣。

- 老師通常不刻意糾正學生的錯誤，但這不代表老師對學生的錯誤不聞不問，經過適當引導，學生可學會正確使用目標語。

教學小叮嚀 Teaching Tips

一、老師可用偶像照片製作嫌疑犯海報，能節省時間，又能引起學生興趣。

二、圖片數量可依學生的程度增減；對於中、高級學習者，可多增加類似圖片，培養學生的觀察力；

對年紀較小的學習者，可減少圖片，讓他們以看
圖練習口語表達。

三、句型難度可依學生的程度調整。

應用活動三 In-Class Activity 3

應用層面：聽、說、文法

> 背景
>
> 　　學生為國中二年級的中級英語學習者，已會使
> 用現在式，老師運用「溝通式教學觀」的角色
> 扮演活動來模擬真實情境，讓學生在角色扮演
> 的過程中，自然使用正確的英語來溝通。
>
> 內容
>
> "May I take your order?"

教學步驟 Teaching Procedures

一、老師與學生進行角色扮演的活動，模擬速食店裡
的對話。

二、邀請學生上台扮演店員角色。

三、學生分組進行角色扮演。

- 角色扮演是「溝通式教學觀」常用的課堂活動，老師提供模擬情境或環境佈置，讓學生知道語言使用的情境。

教學實例 Classroom Scenario

老師：Good morning. May I take your order?/
　　　Are you ready to order?

學生 1：I'd like to have Meal No. 1.

學生 2：I'd like a fish burger, and a vanilla milk
　　　　shake.

老師：Small, medium or large?

學生 2：Medium, please.

老師：What about you, lady?

學生 3：I'll have a sundae.

老師：Chocolate or strawberry?

學生 3：Strawberry, please.

老師：Anything else?

學生 3：Yes, I'll have six chicken nuggets, please.

老師：For here or to go?

學生 3：For here.

老師：Sorry. The fish burger takes ten minutes to make. Do you want to wait?

學生 2：Well, may I change it to an order of hash browns?

老師：Sorry, we only have hash browns before 10:30 in the morning.

學生 2：All right, I'll still have a fish burger.

老師：I'll bring it to you later. The total is NT$339.

學生 2：Here you are.

學生 3：Can we have some napkins and ketchup?

老師：Sure.

教學小叮嚀 Teaching Tips

一、老師先製作一張大菜單，將食物名稱、圖片、大小、價錢、口味等訊息放大標示，貼在黑板上。

二、進行角色扮演時，老師務必在教室中巡視，查看學生是否使用英語溝通。若發現學生使用中文，或有不會說、使用錯誤句子時，應立即提供並示範正確的單字或句子。

- 分組練習活動提供學生更多溝通練習的機會，但在練習過程中，請老師注意學生是否使用目標語。

參考書目 References

Larsen-Freeman, D. (2004). *Techniques and principles in language teaching.* New York: Oxford University Press.

Nunan, D. (1991). *Language teaching methodoloy: A texbook for teachers.* New York: Prentice Hall.

Richards, J., & Rodgers, T. S. (1986). *Approaches and methods in language teaching.* New York: Cambridge University Press.

Chapter 3

教學活動概論與實務
Teaching English:
General Concepts and Techniques

佳音英語輔訓部

Teaching English:
General Concepts and Techniques

3.1 字彙教學
Vocabulary Teaching

淺談字彙及字彙教學

在 1940-1970 年代，字彙教學常在外語學習課程中被忽略，原因有三：

一、許多教學者認為文法應重於字彙。

二、教學法專家認為，學生如果在基本文法未掌握前就學大量字彙，會
　　產生句子結構上的錯誤。

三、有人主張字義（word meanings）只能透過經驗來學習，老師在課
　　堂中無法教授。

此教學取向的結果並不令人滿意，不少學習者在學習多年後，仍無法掌
握必備的字彙；再者，有些學者開始探究字彙量與溝通成效間的關係。
於是字彙教學的重要性，再度得到重視 (Allen, 1983)。

字彙對學習者而言，是學習溝通表達外語之始。如果說文法結構是語言
的骨架，那字彙就是語言的器官及肌肉；也就是說，一個人即使可將文
法架構運用自如，但若未使用恰當的字彙，仍會顯得辭不達意。實際上，
有時正確使用字彙，可抵消文法錯誤，例：I've seen him yesterday.，
明顯出現時態錯誤，但因表示時間的字彙 yesterday 意思明確，語義仍
然可被理解 (Jeremy Harmer, 1991)。

字彙的分類與造字原則

簡單來說，英文字彙可以分為 content Words（實字）和 function words
（虛字）兩大類：

Content Words（實字）
單獨存在時仍有意義的字，例如：名詞、動詞、形容詞、副詞等。此類
字彙在字彙教學上扮演較重要的角色。

Function Words（虛字）

單獨存在時無實際或具體意義的字，其字義會因所在句子的不同而解釋各異，例如：介系詞、冠詞、連接詞等。此類字彙在教學常會與句型結合，透過句子的結構及前後關係，來推敲字義。

英文字彙如何構成？若能在教學前對英文字彙的由來或典故有基本概念，將更有助教學。根據Yule（1996）的說法，英文字彙的造字方法（word-formation process）包括：

Coinage（新造字詞）：the invention of totally new words

隨著時代的日新月異而產生的新字詞，例如：blog（web log，部落格、網路日誌）、plus-size（超大尺碼的）、black hole（黑洞）、spam（垃圾郵件）等。

Borrowing（借入字詞）：the taking over of words from other languages

向其他語言借用的字詞，例如：salon（源自法語）、mosquito（源自西班牙語）、opera（源自義大利語）、noodle（源自德語）、icon（源自俄語）、judo（源自日語）、kung fu（源自中文）、zebra（源自非洲語）、yoga（源自梵語）等。

Compounding（複合字詞）：a joining of two separate words to produce a single form

兩個獨立字彙結合後產生的字詞，例如：girlfriend（girl＋friend）、classmate（class＋mate）、fortuneteller（fortune＋teller）、laptop（lap＋top）、superstar（super＋star）。

Blending（混合字詞）：a joining of two words by taking only the beginning of one word and joining it to the end of the other word

一字字首和另一字字尾結合而成的字詞，例如：smog（smoke＋fog）、

motel（motor＋hotel）、brunch（breakfast＋lunch）。

Clipping（剪短字詞）：the reduction of a word of more than one syllable
多音節常用字詞的縮短形式，例如：exam（examination）、math（mathematics）、lab（laboratory）、vet（veterinarian）。

Backformation（逆構字詞）：a word of one form (usually a noun) is reduced to form another word of different type (usually a verb)
將一個字詞縮減而變成另一個詞性，通常是將名詞縮短反推回去變成動詞，例如：donate（from donation）、gamble（from gambler）、housekeep（from housekeeper）。

Conversion（轉換字詞）：a change in the function of a word
改變字的詞性而產生的字詞，可以是名詞或形容詞變成動詞，例如：party（派對→舉辦派對）、green（綠色的→綠化）、email（電子郵件→寫電子郵件）；可以是介係詞或動詞變成名詞，例如：plus→a plus（有利因素，plus從介係詞變成名詞）、spy→a spy（間諜，spy從動詞變成名詞）；可以是將動詞片語變成名詞，例如：run down→a rundown（檢核表）、make up→make up（構造、化妝）。

字彙教學的原則

多讓學生接觸英文，但避免要求熟背
上課多使用教室用語，加強師生互動，擴充學生字彙量，但不宜將所有字彙都列入評量，以免抹煞學生的學習興趣。可請初學者跟著老師複誦，學生只要聽懂並跟著唸即可。

教學時宜選擇常用、生活化的字彙
學習和生活息息相關的常用字彙，例如：Hurry up!，讓學生隨時有機會運用所學，無形中提高學習動機。

除非必要，否則儘量避免解說單字規則

動名詞或動詞三態變化的教學，若花時間在解說規則，可能會增加學習負擔，建議直接給學生足夠練習即可。

視單字性質，直接以片語（phrase）整體呈現

教名詞片語（例如：a pair of scissors）或動詞片語（例如：do my homework）會比只教單一字彙（例如：scissors、homework）更有效。

培養學生透過上下文猜測字義的能力

字彙教學除了由老師主導、呈現外，還可讓學生透過上下文的觀察和理解來猜測該字義，經由學生的主動參與加深認知及學習的成效。例：Ken is very impatient. He doesn't like to wait for others and gets angry easily.。雖然impatient是學生尚未學過的單字，但透過對第二句的理解，學生可以猜測其義為「沒耐心、易發怒的」。

設計真實、有意義的情境，讓學生練習並活用字彙

隨著「溝通式教學觀」興起，有意義的情境和練習活動逐漸受到重視；有意義的情境和互動能讓學習者印象深刻、自然牢記。主題是球類運動時，設計實際活動進行時會使用的話語，讓學生透過真實情境自然學會進而活用，例：Give me the ball. Go, go, go! Ouch!（如圖1）；又如單字的呈現可以用有情境的圖片輔助，利用衣服尺寸實際帶出S、M、L、XL（如圖2），讓學生藉由觀察情境深刻理解字彙的涵義和使用的時機。

圖 1

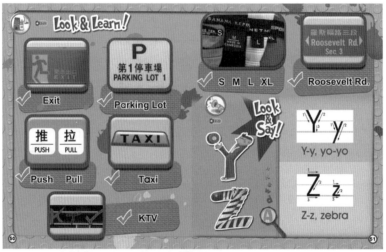

圖 2

取材來源：*Be Cool! Be Smart! Book1*，U7，佳音事業股份公司

教學方法與技巧

感官教學技巧

利用視覺、聽覺、觸覺等教具讓字彙教學具體化，例如：實體物、模型、
閃示卡、圖片、照片、影片、掛圖、海報、圖表、音樂、音效等。

表演法

適用於動詞、形容詞或介係詞等字彙，此類字彙直接用肢體動作演示會比使用閃示卡或解說更直接、更有效率。

解釋或定義法

適用於較抽象、無法用圖片或表演方式呈現的字彙，直接給予解釋或定義，例如：

parent: a person's father or mother

emotion: a strong feeling such as love, fear or anger

annual: happening or done once every year

列舉法

若學習者的語文能力或字彙量尚不足，教字彙時使用解釋可能成效不佳，可用以下方式進行：

一、相關字（wordset）：

教 clothing 時，可給予衣物的名稱—jacket、blouse、T-shirt、jeans 等。

二、同義字（synonym）：

desk 和 table 即為一例，可以互相舉例，但通常同義字詞仍有細微差異，教學時須指出語義或用法之異。

三、反義字（antonym）：tall 和 short、big 和 small、clean 和 dirty 等。

上下文語境輔助

讓學生從情境及上下文的關係領略字彙的概念，適合解釋抽象字彙。

例如：Many students in Taiwan are nearsighted. In order to see things clearly, they have to put on glasses. They hurt their eyes because they use them for a long time without resting. For example, they are very interested in playing exciting computer games, reading comic books, or watching TV, and they spend too much time doing these. 。透過後續句子的描述，學生能推敲、理解

nearsighted的字義。

一般常識推論

介紹方位時，可利用學生對環境的理解直接教學。例如：Taipei is in the north of Taiwan. Taichung is in the central part of Taiwan. Tainan is in the south of Taiwan. Hualien and Taitung are in the east of Taiwan.，讓學生透過直接舉例理解方位字彙。

劃分等級

適用溫度和頻率副詞相關的字彙。如學生已學過hot和cold，就可介紹介於兩字中間的概念warm和cool（如圖3）：

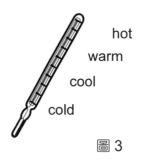

圖3

此外，always、 usually等頻率副詞亦可標記如下，直接教學，如圖4：

圖4

翻譯

對於抽象或較艱澀的字彙，例如：important、soul、spirit等，直接翻譯不失為有效率的教學方式，但不要過度依賴，以免學生失去主動探索的興趣。

字形推測

適用於有詞綴（字首或字尾）或複合字彙（見上述字彙的造字原則）等，例如：

careless：可拆解為 care/less，care 意指「關心、注意」，-less 表示
「無、沒有」，careless 就是「粗心的」。

dislike：可拆解為 dis/like，dis- 表示反義，like 是「喜歡」，dislike 就是
「不喜歡」。

impossible：可拆解為 im/possible，im- 表示反義，possible 是「可能
的」，impossible 意指「不可能的」。

nervousness：可拆解為 nerv(e)/ous/ness，nerve 意指「神經、焦
慮」，-ous 是形容詞字尾，-ness 則是名詞字尾，
nervousness 為名詞的「緊張」。

earphone：可拆解為 ear ＋ phone，耳朵專用的聽筒，就是「耳機」。

rainbow：可拆解為 rain ＋ bow，雨中出現的一道彎弓，意指「彩虹」。

場景聯想法

把所學的字彙和場景結合，讓學生一看到場景就會想到相關字彙，例如：

playground：和 seesaw、slide、monkey bar、jungle gym 等遊樂設施
連結，學生可自然聯想。

shopping mall：和 shoes、clothes、bags、cosmetics、jewels 等購物
廣場裡可見物品連結，可直接聯想。

範例一、比手畫腳

適用對象：國小

語言能力：初、中級

活動目標：透過肢體動作，加強學生對字彙的印象與理解。

活動步驟：

（一）老師事先將學過且適合表演的字彙（例如：動詞和形容詞）寫在紙卡上。

（二）將全班分組，各組輪流派代表上台表演字彙內容，讓台下同組組員猜測，計時一分鐘。時間到，統計該組答對題數，換下一組。

教學實例：

老師：Now, we have three teams. Team A, send someone to the front. Look at the word and act it out. Everyone else in Team A has to guess the word. You have one minute. Ready? Go! （一分鐘後。）Time's up. How many correct answers have you gotton? Let's count.（將答對的題目數過一遍。）Team A got five correct answers. Good job. Team B, it's your turn.

範例二、配對樂

適用對象：國小中年級－國中

語言能力：中、高級

活動目標：利用反義字增加學生對字彙的理解。

活動步驟：

（一）將有正反詞義的字彙閃示卡隨意分散貼在黑板上，例如：tall/short、dirty/clean、happy/sad、fat/thin、hot/cold等，迅速帶學生唸過一遍。

（二）將全班分組，各組派一名代表到台前。

（三）老師出題，台前學生要迅速拍向其反義詞並唸出來，速度最快且正確的組別得分。

（四）換代表上台繼續練習，最後得分最高之組別獲勝。

教學實例：

老師：（秀出閃示卡，帶學生唸一遍，並將閃示卡貼在黑板上。）

Everyone, read the words together. Great.（示範一次。）"Tall" and "short" are opposites. When you hear "tall," touch "short" as quickly as possible. Now, we have three teams. Each team sends someone to the front.

範例三、想像力大考驗

適用對象：國小高年級－國中

語言能力：中、高級

活動目標：利用角色扮演讓學生將字彙和場景結合，加深學生對字彙的理解。

活動步驟：

（一）將全班分組，發給各組一張寫有場景和相關字彙的紙張：
supermarket（fruit、drinks、food）；classroom（pencils、erasers、books）。

（二）計時五分鐘，各組根據場景和相關字彙設計排演一齣短劇，老師可走動巡視給予協助。

（三）五分鐘後，讓各組上台表演，讓各組互相票選，得票數最高的組別可獲得獎勵。

教學實例：

　　老師：（將學生分組，發給各組一張寫有場景和相關字彙的紙。）Read the words on the paper. Great. Now, write a short play by using all the words on the paper. Everyone has to play a role in the play. After five minutes, each group will take turns acting out the play. We'll then vote for the best group.（五分鐘後。）Time's up. Let's have Group One act out the play.

（第一組全體上台。）

　　學生 1：Good morning, everyone. I'm a clerk. I work in Joy supermarket. This is a very popular supermarket. Many people come here to buy things every day.

　　學生 2：（與學生 3-5 做出走進超市的樣子。）Christmas is coming. Let's have a Christmas party!

　　學生 3：Good idea! What should we prepare for the party?

　　學生 4：Drinks and food?

　　學生 5：How about some fruit, too?

　　學生 2：No problem. Let's get drinks, food, and fruit.（做出拿商品要付錢的樣子。）

　　學生 1：Welcome.（做出掃描商品的樣子。）It's NT$500.

　　學生 2：Here you go.

　　學生 1：Thank you. Merry Christmas!

學生 2-5：Merry Christmas to you, too!

範例四、頻率副詞攻防戰

適用對象：國小高年級－國中

語言能力：中、高級

活動目標：利用具體等級概念，使學生熟悉字彙的意義。

活動步驟：

（一）利用週曆呈現頻率副詞的概念。

（二）透過活動確認學生的理解程度。

教學實例：

老師：（秀出或畫出週曆。）This is a weekly calendar.（邊說邊打
勾並寫出頻率副詞，依序完成其他字彙的呈現。）Iwatch TV
on Monday, Tuesday, Wednesday, Thursday and Friday
after school. I always watch TV after school.（如表1）：

表 1

	Mon.	Tue.	Wed.	Thu.	Fri.	
watch TV	√	√	√	√	√	always
do my homework	√	√	√	√		usually
surf the Net		√	√		√	often
go to Joy school	√			√		sometimes
go shopping						never

老師：Let's read these words together.（帶唸頻率副詞。）
Always, usually, often, sometimes, never. Good job. Now,
I will erase these checks and the words.（將勾勾和右欄
的單字擦掉。）I'll check the boxes again. You say the
sentence according to the number of checks. Okay?

（老師在watch TV那行打三個勾。）

　　學生：You often watch TV after school.

　　老師：Good job. Now, let's make three teams. Raise your hand and say the answer quickly. Ready?

　　學生：Yes.

（老師在do my homework那行打兩個勾。）

　　學生1：You sometimes do your homework after school.

　　老師：Excellent!

範例五、心領神會

適用對象：國小中年級－國中

語言能力：中、高級

活動目標：利用上下文語境幫助學生理解字彙

活動步驟：

（一）秀出閱讀掛圖或讓學生打開課本閱讀，讓學生針對不懂的字彙發問。

（二）老師利用上下文字句加以提示或解釋，鼓勵學生猜測字義，意思最接近者可得獎勵。

教學實例：

　　老師：This article is about recycling and reducing trash. Let's read the first paragraph together.

　　學生：（唸課文第一段。）Sorting trash is very important today. By sorting trash, we can recycle many things, like paper, bottles, and plastic bags. We can also collect leftovers to feed animals. Recycling helps reduce the trash.

　　老師：Good. Are there any words you don't understand?

　　學生1：Yes. What does "sorting" mean?

　　老師：Good question.（帶學生唸前兩句。）Everyone, look at the

first two sentences: Sorting trash is very important today. By sorting trash, we can recycle many things, like paper, bottles, and plastic bags. As you can see, the second sentence points out that by sorting trash, it's easier for us to recycle many things, like paper, bottles, and plastic bags. It means that if we sort the trash, we can use those things again because they are not mixed up together. Now, does anyone know what "sort" means?

學生 2： To sort means to group or to classify.

　老師： Excellent! Any more questions?

學生 3： What does "leftover" mean?

　老師：（帶學生找到課文中的 leftover，並一起唸出該句。）We can also collect leftovers to feed animals. It means that we can feed animals with leftovers. Do we feed pigs with fresh food or with food that we can't finish?

　學生： Food we can't finish.

　老師： That's right. So leftovers are food that people can't finish. Great. Let's move on to the second paragraph.

範例六、躍然紙上

適用對象：國小中年級－國中

語言能力：中、高級

活動目標：透過閱讀或聽力練習，評量學生字彙的學習成效。

活動步驟：

秀出閱讀海報（字面即可，若有圖片，則將圖片遮住），也可不秀出字面，直接由老師唸出文章。發給每人一張紙，計時讓學生邊讀或邊聽文章內容，邊畫出內容，在圖旁寫出字彙或句子。時間到後秀出圖面，讓學生對照和自己所畫的是否相符，可以票選出最棒的作品，做為教室布置。

教學實例：

老師：Everyone, get a piece of paper. Read/Listen to the article and draw what you read/heard. After you finish drawing, write some words or sentences beside your pictures. You have three minutes.

（學生邊看文章邊畫出圖片，並寫出字彙或句子。）

老師：Time's up.（秀出海報圖片，如圖 5。）Check if your picture is correct. You can share your picture with others.

參考文章及圖畫範例：

Frank is an ant. This is Frank's house. There is a notebook. A map is on top of the notebook. A pencil box is under the notebook. The pencil box is his bed. There is an eraser in it. And there are two rulers in front of the notebook. Frank's bathroom is next to the notebook, and it is an old clock. A watch is near the clock. Isn't it cute?

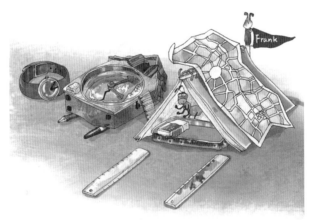

圖 5

範例七、超級記者會

適用對象：國小高年級－國中

語言能力：中、高級

活動目標：透過翻譯活動，讓學生理解字彙及句子。

活動步驟：

（一）三人一組，分別扮演記者、翻譯人員和好萊塢演員。

（二）記者用中文發問，翻譯人員把問題翻譯成英語給好萊塢演員。

（三）好萊塢演員用英語回答，翻譯人員再把回答翻譯成中文轉達給記者。

（四）全班票選表現最好的組別，給予獎勵。

教學實例：

老師：（將學生分組並指定角色。）Let's have three in a group, A, B, and C. A, you are the reporter. B, you are the interpreter. C, you are a Hollywood actor. Reporter, you can ask any questions in Chinese. Interpreter, you have to translate the questions from Chinese to English. Actor, you have to answer the questions in English. Then, the interpreters translate the answers from English to Chinese. You have three minutes to practice. When time's up, you to the front here and act it out.（三分鐘後。）Time's up. Let's welcome Group One.

記者： 你從哪裡來？

翻譯人員： Where are you from?

演員： I'm from New York.

翻譯人員： 我來自紐約。

記者： 第一次來台灣感覺如何？

翻譯人員： How do you feel about your first visit to Taiwan?

演員： I've been looking forward to coming here. I'm very excited.

翻譯人員： 我期待了好久，感到非常興奮。

記者： 記者會後最想做什麼？

翻譯人員： What's the first thing you want to do after the press conference?

演員： I'd love to visit a night market and Taipei 101.

翻譯人員： 我想逛夜市，並造訪台北 101。

記者： 妳有喜歡的台灣歌手或藝人嗎？為什麼？

翻譯人員： Do you like any Taiwanese singers, actors, or actresses?

演員： Sure. I like Jolin Tasi and Jay Chou very much. They are very talented.

翻譯人員： 我非常喜愛蔡依林和周杰倫，他們很有才華。

範例八、舉一反三

適用對象：國小高年級－國中

語言能力：中、高級

活動目標：培養學生利用字首、字尾或還原複合字的方式，達到正確推測
字義的能力。

活動步驟：

（一）選定一些可被拆解的字彙，事先製作拆解版的字卡，例如：

re/view、im/possible、care/less、door＋bell、book＋mark等。

（二）將字卡組合成字彙，讓學生猜測字義並舉手搶答（中英文皆可），可
分組記分。

教學實例：

老師：（秀出被拆解的字卡。）Each of these words is part of a
complete word.（將兩張字卡組合好舉例說明。）Look! We
have "re" and "view". "Re" means "again"; "view" means "to
see". What does "review" mean?

學生 1： To see/read something again.

學生 2： 就是「複習」的意思。

老師： Excellent! Both of you are correct. Let's make some teams
and have a competition.

範例九、造句高手

適用對象：國中

語言能力：高級

活動目標：讓學生熟悉已學過的字彙。

活動步驟：

（一）挑選 12 個學過的單字或片語分為兩欄，寫在紙上：

A	B
married	turn into
complain	root
fall in love	branch
hunt	lost
trunk	glory
wood	leaf

（二）將紙張影印、裁切，學生兩人一組，一人拿 A 欄一人拿 B 欄，拿 A 欄
的學生解釋 A 欄中的單字給拿 B 欄的學生猜，但不能直接說出單字。

（三）待 A 欄全部完成後，接續挑戰 B 欄，也可輪流一問一答。

（四）可用計時方式增加挑戰性。

教學實例：

老師：（以上述字彙為例，將事先影印好的紙張發給學生。）Pair up.
One gets sheet A and the other gets sheet B. There are
six words or phrases on the paper. People with sheet A,
take turns describing a word and take turns guessing. For
example: When someone has a husband or wife, we say
she or he is...?

學生 1：Married.

老師：Correct! Now, it's B's turn. Describe or explain a word on
your list.

參考書目 References

Allen, V. F. (1983). *Techniques in teaching vocabulary.* Oxford: Oxford University Press.

Cross, D. (1992). *A practical handbook of language teaching.* Englewood Cliffs, NJ: Prentice Hall.

Harmer, J. (1996). *The practice of English language teaching.* New York: Longman Publishing.

Yule, G. (1996). *The study of language.* Cambridge: the University Press.

佳音英語（2004）。*千萬別教字彙－－場字彙教學的革命*。台北：佳音事業（股）公司。

教育部（1999）。*國民中小學英語教學活動設計及評量指引*。

Teaching English:
General Concepts and Techniques

3.2 字母拼讀法與 K.K.音標教學
Teaching Phonics and K.K. Phonetics

外語學習者都很清楚，除了單字、文法，在學習過程中扮演重要角色的，非「發音」莫屬。從 1940 年到 1960 年，精確的發音被視為外語學習的重心。1960 至 1980 年代，發音教學受到強烈質疑，因以往的教學偏重單一發音及機械式練習，並未達到良好的教學成效，特別是「溝通式教學觀」興起後，發音教學一度遭到忽視。1980 年代中期後，隨著對溝通能力的重視，發音教學再度受到關注。

說到發音，就會談到「字母拼讀法」（phonics），又稱「自然發音法」或「自然拼讀法」，是一套有系統、著重字母與其讀音之對應關係（letter and sound correspondence）、培養看字讀音及聽音拼字，在英語系國家被廣泛應用在幫助兒童識字、閱讀的教學法。

「字母拼讀法」強調學習者是否能連結字母（形）和字母聲音（音）。在台灣，「字母拼讀法」亦為英語學習者學習發音的工具之一。根據統計，約有 80% 的英文單字發音有規則可循，例如：a-[æ]、c-[k]、ay-[e]等。只要學習者能掌握符合規則的發音，都有能力拼讀，若能從小培養看字讀音、聽音拼字的能力，對日後讀寫能力的增進會有很大的助益。

另一種發音教學就是音標教學，因為音標與所代表的音，是一對一的對應關係，透過音標發音，準確度更高。台灣老師目前使用的 K.K. 音標系統，子音部分的符號有許多與字母相同，只是必須加註 [ ] 的符號，以資區別。

「字母拼讀法」與K.K.音標教學為英語發音教學的一體兩面，以「字母拼讀法」搭配K.K.音標教學，從單一字母的發音開始，到組合字母的發音，循序漸進，統整歸納全部的子音與母音音標，學生熟悉這些發音規則後，不僅能看字讀音，更能經由K.K.音標標記，唸出每個字的正確發音。另外，在教學過程中善用教具做教學呈現及練習活動，不僅可使學

習效果加倍，更能為學習者帶來許多樂趣。

一、字母拼讀法的教學

在台灣，英語是外國語言，初學者能接觸的英語環境非常有限，較難比照英語母語人士以歸納方式學習「字母拼讀法」，因此經常從 26 個字母開始進行。

教學進程

（一）26 個字母的基本發音與口訣

可與「字母教學法」一併進行，亦即在教過每個字母的大小寫後，帶出與每個字母對應的基本音，建立字音連結。

26 個字母的基本發音

字母	本音	讀音	字母	本音	讀音
Aa	[e]	[æ]	Nn	[ɛn]	[n]
Bb	[bi]	[b]	Oo	[o]	[ɑ]
Cc	[si]	[k]	Pp	[pi]	[p]
Dd	[di]	[d]	Qq	[kju]	[k]
Ee	[i]	[ɛ]	Rr	[ɑr]	[r]
Ff	[ɛf]	[f]	Ss	[ɛs]	[s]
Gg	[dʒi]	[g]	Tt	[ti]	[t]
Hh	[etʃ]	[h]	Uu	[ju]	[ʌ]
Ii	[aɪ]	[ɪ]	Vv	[vi]	[v]
Jj	[dʒe]	[dʒ]	Ww	[ˊdʌblju]	[w]
Kk	[ke]	[k]	Xx	[ɛks]	[ks]
Ll	[ɛl]	[l]	Yy	[waɪ]	[j]
Mm	[ɛm]	[m]	Zz	[zi]	[z]

26 個字母的發音口訣及代表字

學完基本音後，輔以口訣記誦，可加強字音連結與反應的能力。發音口訣除結合字母與發音外，還可帶入以該字母為首的代表字，或全部綜合練習，口訣可由老師自行設計（如表）：

A-a-a-[æ]-[æ]-[æ]	Aa-[æ]-apple	Aa-[æ]-Aa
B-b-b-[b]-[b]-[b]	Bb-[b]-bird	Bb-[b]-Bb
C-c-c-[k]-[k]-[k]	Cc-[k]-cat	Cc-[k]-Cc
D-d-d-[d]-[d]-[d]	Dd-[d]-dog	Dd-[d]-Dd
E-e-e-[ɛ]-[ɛ]-[ɛ]	Ee-[ɛ]-egg	Ee-[ɛ]-Ee
F-f-f-[f]-[f]-[f]	Ff-[f]-fish	Ff-[f]-Ff
G-g-g-[g]-[g]-[g]	Gg-[g]-girl	Gg-[g]-Gg
H-h-h-[h]-[h]-[h]	Hh-[h]-hat	Hh-[h]-Hh
I-i-i-[ɪ]-[ɪ]-[ɪ]	Ii-[ɪ]-Indian	Ii-[ɪ]-Ii
J-j-j-[dʒ]-[dʒ]-[dʒ]	Jj-[dʒ]-jacket	Jj-[dʒ]-Jj
K-k-k-[k]-[k]-[k]	Kk-[k]-kite	Kk-[k]-Kk
L-l-l-[l]-[l]-[l]	Ll-[l]-lamp/be**ll**	Ll-[l]-Ll
M-m-m-[m]-[m]-[m]	Mm-[m]-**m**ouse/dru**m**	Mm-[m]-Mm
N-n-n-[n]-[n]-[n]	Nn-[n]-**n**ose/te**n**	Nn-[n]-Nn
O-o-o-[ɑ]-[ɑ]-[ɑ]	Oo-[ɑ]-ox	Oo-[ɑ]-Oo
P-p-p-[p]-[p]-[p]	Pp-[p]-pen	Pp-[p]-Pp
Q-q-q-[k]-[k]-[k]	Qq-[k]-queen	Qq-[k]-Qq
R-r-r-[r]-[r]-[r]	Rr-[r]-**r**uler/hai**r**	Rr-[r]-Rr
S-s-s-[s]-[s]-[s]	Ss-[s]-sun	Ss-[s]-Ss
T-t-t-[t]-[t]-[t]	Tt-[t]-table	Tt-[t]-Tt
U-u-u-[ʌ]-[ʌ]-[ʌ]	Uu-[ʌ]-umbrella	Uu-[ʌ]-Uu
V-v-v-[v]-[v]-[v]	Vv-[v]-van	Vv-[v]-Vv
W-w-w-[w]-[w]-[w]	Ww-[w]-window	Ww-[w]-Ww
X-x-x-[ks]-[ks]-[ks]	Xx-[ks]-box	Xx-[ks]-Xx

Y-y-y-[j]-[j]-[j]	Yy-[j]-yo-yo	Yy-[j]-Yy
Z-z-z-[z]-[z]-[z]	Zz-[z]-zoo	Zz-[z]-Zz

學生在學習26個英文字母的同時，教授「字母拼讀法」口訣，透過教學輔助工具，讓學生更容易記住發音，不至於發出太離譜的聲音，但因初學「字母」時期，唯恐造成字形上的混淆，故只介紹「聲音」，不介紹「音標符號」，若學生記不清口訣，或唸不出口訣，或唸不清所代表的字，可延後至字母全部熟悉後再學。

當然，在學習字母時，也可把含有相同母音的字母歸類（如表），以加強學生對音的認識，並能說出正確發音。

[e]	a, h, j, k
[i]	b, c, d, e, g, p, t, v, z
[aɪ]	i, y
[o]	o
[ju]	q, u, w
[ɛ]	f, l, m, n, s, x
[ɑ]	r

EFL學者仲田利津子曾提出phonics math遊戲：讓學生推想出子音字母的發音，只要學生能正確讀出子音字母的聲音，減去字首或字尾的母音之後，就可以唸出大多數子音字母的代表音，這也是在教字母代表音時可用的一種方法。

[bi] - [i]	[di] - [i]	[pi] - [i]	[ti] - [i]	[vi] - [i]	[zi] - [i]
b [b]	d [d]	p [p]	t [t]	v [v]	z [z]

[dʒe] - [e]	[ke] - [e]
j [dʒ]	k [k]

[εf] - [ε]	[εl] - [ε]	[εm] - [ε]	[εn] - [ε]	[εs] - [ε]	[εks] - [ε]
f [f]	l [l]	m [m]	n [n]	s [s]	x [ks]

使用口訣教單字時，有些注意事項，例如：有些老師用閃示卡呈現apple的圖及字時，同時說出字母的口訣a-a-a-[æ] [æ] [æ]、p-p-p [p] [p] [p]、p-p-p [p] [p] [p]、l-l-l [l] [l] [l]、e-e-e [ε] [ε] [ε]，最後才說出apple的音。每唸完一個字母的口訣後，要求學生重述口訣，但對有聲子音與無聲子音的分野卻不太在意，只一昧要求學生要大聲唸出，造成無聲子音[p]，在全班大聲的覆誦之後，被唸為[pə]。

另外，在apple這個字中，p-l-e的部分不合乎「字母拼讀法」規則，過度提醒字母與發音的對應關係，反而會導致錯誤發音，不可不慎。

（二）短母音字形拼讀

待學生已累積一些有意義的字音後，再以歸納方式教授「字母拼讀法」規則。學生學會了cat、fat、hat等字，就知道「子音+a+子音（CVC）」時，a要唸[æ]，後來出現rat、mat、sat等字，就能以舊有經驗來判斷新單字的讀音。教學時，基本上先固定後兩個字母，例如：-at、-ed、-op等，再變化字首的子音，然後變化母音及字尾子音，最後再將五個短母音混合練習。所拼出的字不要求是既有的字，只是讓學生練習拼音，建立信心。

a	e	i	o	u	短母音混合
cat	red	hit	top	run	rag
bat	fed	kit	cop	lug	beg
pat	ved	jit	hop	mug	dim
rat	ted	wit	pop	nut	rob

練習過程中，要特別帶唸子音字母在字首及字尾的唸法，尤其是 l、m、n、r 這四個字母在母音前後唸法略有不同，例如：leg/yell、man/ham、no/on、red/car。最後可加入 ch、sh、th、ph、ng 等組合字母的唸法，例如：chat、shed、wish、this、that、phat、ring。

短母音字形整理（教學時不出現音標符號）：

a [æ]	e [ɛ]	i [ɪ]	o [ɑ]	u [ʌ]
apple	egg	ink	ox	up
bad	bed	sit	not	bus
cat	let	milk	stop	cut

（三）長母音字形拼讀

待學生熟悉 a、e、i、o、u 的短母音唸法後，再練習長母音，即 a、e、i、o、u 的字母本音 [e]、[i]、[aɪ]、[o]、[ju]。這個階段的練習強調各種長母音的字形組合：

長母音字形整理（教學時不出現音標符號）：

[e]	a-e	cake	name	plate
	ai	rain	mail	again
	ay	say	way	play
[i]	e-e	Pete	these	Taiwanese
	ea	tea	eat	seat
	ee	see	three	green
[aɪ]	i-e	bike	kite	nine
	igh	fight	night	right
[o]	o-e	nose	home	stone
	oa	boat	road	soap
[ju]	u-e	use	cute	mule

（四）進階發音字形拼讀

在此階段將a、e、i、o、u長短母音之外的字形組合全部帶出。

進階發音字形整理（教學時不出現音標符號）：

au [ɔ]	August	saucer	auto	
aw [ɔ]	awful	saw	raw	
ar [ɑr]	arm	park	star	farmer
ar [ɚ]	beggar	sugar		
er [ɚ]	sister	eraser	teacher	
or [ɚ]	doctor	sailor	tailor	
ir [ɜ]	girl	bird	shirt	skirt
ur [ɜ]	nurse	church	burn	Thursday
or [ɔr]	or	corn	short	horse
oi [ɔɪ]	oil	coin	point	noise
oy [ɔɪ]	boy	toy	soy	joy
oo [ʊ]	foot	book	look	good
oo [u]	food	noon	room	school
ou [aʊ]	house	mouth	shout	cloudy
ow [aʊ]	how	cow	wow	down

（五）母音字形大統整

以上（二）、（三）、（四）階段的拼讀練習皆依循字形與發音的對應規則，但其實一個英文字的母音字形可能不只一種發音，例如：ou可唸[aʊ]、[u]或[ʌ]。老師可依a、e、i、o、u五個母音字母來做歸納與統整，列舉同一母音字母常見的各種字形與發音，讓學生辨識：

a 母音字母群組

a [æ]	a-e [e]	ai [e]	ar [ɑr]	ar [ɚ]	au, aw [ɔ]	ay [e]
ant	late	rain	car	sugar	August	day
cat	take	train	far	beggar	awful	may
bat	made	plain	market	collar	saucer	away

e 母音字母群組

e [ɛ]	ea [i]	ee [i]	e-e [i]	er [ɜ]	er [ɚ]	eu [ju]	ew [ju]
beg	sea	bee	theme	serve	mother	feud	new
wet	neat	tree	Chinese	person	hunter	Eugene	few
get	bean	teeth	Japanese	nervous	driver	euphony	chew

i 母音字母群組

i [ɪ]	i-e [aɪ]	igh [aɪ]	ind [aɪnd]	ir [ɜ]
pig	pipe	high	kind	sir
fish	five	tight	find	shirt
sit	size	light	hind	dirty

o 母音字母群組

o [ɑ]	o-e [o]	oa [o]	oi [ɔɪ]	oo [ʊ]	oo [u]
ox	stone	boat	noise	cook	food
box	bone	road	voice	good	school
fox	pope	soap	point	hook	tooth

or [ɔr]	or [ɚ]	ou [aʊ]	ow [aʊ]	ow [o]	oy [ɔɪ]
for	doctor	mouse	cow	low	boy
sort	sailor	house	how	snow	toy
short	tailor	round	now	know	joy

u 母音字母群組

u [ʌ]	u-e [ju]	ur [ɜ]
us	cube	fur
cup	mute	burn
mug	tube	hurt

在（一）、（二）階段時，學生可能還不認識對大部分的字，老師也期待學生充分運用字形與發音的規則去「看字讀音」或「聽音拼字」，但在第（五）階段時，學生可能已學過大部分的字，此時練習重點在於對發音的確認，與對英文字形進一步的認識，以便將來遇到類似字形時能做判讀。

（六）子音

「字母拼讀法」中，除了 26 個字母中的子音讀音外，另有以下幾種規則：

複合子音

th [θ]	th [ð]	ch	sh
bath	the	church	shop
theater	they	chair	fish
think	father	cherry	ship

ph, gh	wh	ck	ch
phone	what	chicken	chaos
photograph	when	clock	chemical
laugh	where	thick	headache
enough			

ng	wr	kn	mb
ring	write	know	comb
sing	wrap	knee	limb
song	wrong	knight	lamb

混音

pl	bl	cl	gl	fl	sl
play	blue	clock	glass	floor	slow
plane	black	clean	glue	flower	sleep

pr	br	tr	dr	cr	gr
pray	bring	tree	drink	cry	gray
proud	breakfast	train	drive	crowd	green

sp	st	sk/sch	sm	sn	sw
speak	stop	skate	smile	snake	sweet
spoon	star	school	smoke	snail	swim

特殊子音

軟音（soft sound）c和g

c通常發硬音（hard sound）[k]，但當c後接e、i或y時，會發軟音 [s]，如：cell、city、bicycle等。

g通常發硬音（hard sound）[g]，但當和g後接e、i或y時，會發軟音 [dʒ]，如：gender、ginger、gym等。

字母y的發音

當y置於字首時，發[j]的音。但有兩種特殊的情況：

當y置於沒有母音的單字時，發[aɪ]的音，如：shy、cry、fly等。

當y置於兩個音節以上的單字時，發[ɪ]或[i]的音，如：happy、pretty、chubby等。

「字母拼讀法」的教學重點在字形辨識，能辨認字形就能拼出讀音。但「字母拼讀法」無法涵蓋所有的英文發音，例如：a、e、i、o、u字母在輕音節發[ə]音，這時則須教音節及輕重音。

另外，有許多英文字會有許多例外情形，例如：business的u發[ɪ]。建議老師在教授「字母拼讀法」時，能搭配K.K.音標，這樣一來，在遇到規則以外的字時，就可加註音標，提醒學生。

二、音標教學

子音教學

K.K. 音標中有 24 個不同的子音音標－ [p]、[b]、[t]、[d]、[k]、[g]、[f]、[v]、[s]、[z]、[θ]、[ð]、[ʃ]、[ʒ]、[tʃ]、[dʒ]、[l]、[m]、[n]、[r]、[h]、[w]、[j]、[ŋ]，依下列發音型態搭配音標循序教學：

（一）子音字母的基本發音

先教字母與音標相同的音，例如：p[p]、b[b]、f[f]、v[v]；l、m、n、r的音標也是 [l]、[m]、[n]、[r]，而h[h]、w[w]也是字母與音標同形。

（二）子音字母組合音

由兩個子音字母組合起來發一個音，例如：th發[θ]或[ð]，ch發[tʃ]，sh發[ʃ]，ng發[ŋ]，ph發[f]等。將這些組合變成口訣記誦，看到字便可立刻唸出音，例如：thick[θɪk]、ring[rɪŋ]、wish[wɪʃ]等。

（三）同一字母不同發音

c一般發 [k]的音，如cut，但之後接e、i、y字母時，則發[s]的音，如：cell、city、cycle；g一般發[g]的音，如game，但之後接e、i、y字母時，則發[dʒ]的音，如：cage、giant、gym。

（四）–r, s- 的混音唸法

如dr[dr]要將[d]和[r]兩子音合起來唸成ㄓ的音，tr則唸[tr] ㄔ的音。又如出現sc-、sp-、st- 等「s＋無聲子音」的組合時，音標雖然不變，但無聲子音要改唸成有聲子音，如：school、sky、spin、stop等。

（五）不發音的字母

如kn的k不發音（如know[no]）、mb的b不發音（如comb[kom]）、

wr的w不發音（如<u>w</u>rite[raɪt]）等。

母音教學

KK音標中有17個不同的母音音標－[i]、[ɪ]、[e]、[ɛ]、[æ]、[u]、[ʊ]、[o]、[ɔ]、[ɑ]、[ə]、[ɚ]、[ɝ]、[ʌ]、[aɪ]、[aʊ]、[ɔɪ]，依下列發音型態搭配音標循序教學：

（一）a、e、i、o、u的基本發音

分長音與短音：a、e、i、o、u基本上發短音[æ]、[ɛ]、[ɪ]、[ɑ]、[ʌ]，例如：cat、egg、it、top、bus。這五個字母互相搭配則多發長音[e]、[i]、[aɪ]、[o]、[ju]，例如：a-e、ai、ay唸[e]，像是：c<u>a</u>ke、r<u>ai</u>n、p<u>ay</u>。e-e、ea、ee唸[i]，像是：th<u>e</u>se、<u>ea</u>t、tr<u>ee</u>。以上為a、e、i、o、u出現在重音節的發音，在輕音節則常發輕音[ə]，例如：<u>a</u>gain、sev<u>e</u>n、Apr<u>i</u>l、rob<u>o</u>t、hiccup、circ<u>u</u>s、ketch<u>u</u>p。

（二）a、e、i、o、u加r的發音

ar在重音節唸[ɑr]，輕音節唸[ɚ]，例如：p<u>ar</u>k、begg<u>ar</u>。er在重音節唸[ɝ]，常置輕音節唸[ɚ]，例如：s<u>er</u>ve、teach<u>er</u>。or在重音節唸[ɝ]、[ɔr]或[or]，例如：w<u>or</u>k、m<u>or</u>ning、p<u>or</u>k；輕音節則唸[ɚ]，例如：doct<u>or</u>；ir、ur常置重音節唸[ɝ]，例如：b<u>ir</u>d、b<u>ur</u>n。

（三）其他字母組合

au、aw唸[ɔ]，例如：<u>Au</u>gust、<u>aw</u>ful。ou、ow唸[aʊ]，例如：r<u>ou</u>nd、d<u>ow</u>ntown。oo發[u]或[ʊ]，例如：f<u>oo</u>d、f<u>oo</u>t。oi、oy發[ɔɪ]，例如：p<u>oi</u>nt、t<u>oy</u>。

（四）子音字母當母音

y在字首當子音唸[j]，例如：<u>y</u>ear、<u>y</u>ell，但在字中或字尾則當母音唸[aɪ]或[ɪ]，例如：e<u>y</u>e、b<u>y</u>e、g<u>y</u>m、s<u>y</u>stem、sk<u>y</u>、bab<u>y</u>，跟母音字母i的發音一樣。

三、語音拼讀教具的運用

在「字母拼讀法」的教學過程中，學生要練習各種字母及字形的搭配組合，同樣地，老師也可讓學生拼讀K.K.音標，以加強對音標的辨識。有字母卡或音標卡等教具輔助，方便教學。有鑑於此，佳音英語特別為「字母拼讀法」及K.K.音標教學，設計Phonics Flip及K.K. Flip二合一拼音組合教具（如圖6、7）：

圖6　　　　　　　　　　　　　圖7

CVC字母卡設計

此拼音教具依「字首子音＋母音＋字尾子音」（CVC）的基本拼字　型態，設計三組併排在一起的字母卡。只要翻動任一邊的字母卡，就出現新的字形組合，方便練習。

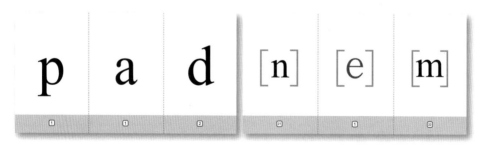

字形包羅廣泛

不僅包含基本字形與發音，還有th、qu、wh等子音組合字形及au、ow、ir、ur、ui等母音組合字形，甚至涵蓋不發音字形，例如：wr、kn等。此外，每張字母卡及音標卡都有編號，並列有完整的字形及音標總表。以下為Phonics Flip及K.K. Flip的組成：

Phonics Flip

字首（子音）目次表

① p	② b	③ t	④ d	⑤ k	⑥ g
⑦ f	⑧ v	⑨ s	⑩ z	⑪ m	⑫ n
⑬ l	⑭ r	⑮ w	⑯ h	⑰ y	⑱ j
⑲ c	⑳ ch	㉑ sh	㉒ th	㉓ ph	㉔ wh
㉕ qu	㉖ wr	㉗ kn			

字中（母音）目次表

① a [æ]	② a [ɑ]	③ ai [e]	④ ay [e]	⑤ e [ɛ]	⑥ e [i]
⑦ ea [i]	⑧ ee [i]	⑨ i [ɪ]	⑩ i [aɪ]	⑪ o [ɑ]	⑫ o [o]
⑬ y [ɪ]	⑭ y [aɪ]	⑮ oa [o]	⑯ ow [o]	⑰ u [ʌ]	⑱ ui [u]
⑲ au [ɔ]	⑳ aw [ɔ]	㉑ ou [aʊ]	㉒ ow [aʊ]	㉓ oi [ɔɪ]	㉔ oy [ɔɪ]
㉕ oo [u]	㉖ oo [ʊ]	㉗ ar [ɑr]	㉘ er [ɚ]	㉙ ir [ɜ]	㉚ or [ɔr]
㉛ ur [ɜ]					

字尾（子音）目次表

① b	② d	③ f, ff	④ g	⑤ k	⑥ ck
⑦ l	⑧ ll	⑨ m	⑩ n	⑪ p	⑫ r
⑬ s, ss	⑭ t	⑮ v	⑯ x	⑰ y	⑱ z
⑲ ch	⑳ tch	㉑ sh	㉒ th	㉓ ng	㉔ ph
㉕ ge	㉖ ce				

K.K. Flip

KK音標（字首子音）目次表

① [p]	② [b]	③ [t]	④ [d]	⑤ [k]	⑥ [g]
⑦ [f]	⑧ [v]	⑨ [s]	⑩ [z]	⑪ [θ]	⑫ [ð]
⑬ [ʃ]	⑭ [ʒ]	⑮ [tʃ]	⑯ [dʒ]	⑰ [l]	⑱ [m]
⑲ [n]	⑳ [r]	㉑ [h]	㉒ [w]	㉓ [j]	

KK音標（字中母音）目次表					
① [e]	② [ɛ]	③ [æ]	④ [i]	⑤ [ɪ]	⑥ [o]
⑦ [ɔ]	⑧ [u]	⑨ [ʊ]	⑩ [ɑ]	⑪ [ʌ]	⑫ [ɚ]
⑬ [ɝ]	⑭ [ə]	⑮ [aɪ]	⑯ [aʊ]	⑰ [ɔɪ]	⑱ [ɪr]
⑲ [ɛr]	⑳ [ɔr]	㉑ [ɑr]			

KK音標（字尾子音）目次表					
① [p]	② [b]	③ [t]	④ [d]	⑤ [k]	⑥ [g]
⑦ [f]	⑧ [v]	⑨ [s]	⑩ [z]	⑪ [θ]	⑫ [ð]
⑬ [ʃ]	⑭ [ʒ]	⑮ [tʃ]	⑯ [dʒ]	⑰ [l]	⑱ [m]
⑲ [n]	⑳ [r]	㉑ [j]	㉒ [ŋ]		

從以上字形卡的設計，除了可看到各種常見的字形，更可看到字首及字尾分別有哪些子音字形，例如：qu、kn只出現在字首，而ll、ck、tch則只出現在字尾。

能利用「字母拼讀法」瞭解拼字與發音的簡單對應關係，並能嘗試看字讀音、聽音拼字，是國小階段的聽、說、讀、寫綜合能力指標之一。國小階段的英語教學重點以聽、說為主，強調直接以聽和說的活動進行教學，運用兒童在發音學習方面的優勢，藉由豐富的聽、說經驗來奠定良好的英語口語溝通的基礎。

在以英語為母語的國家，「字母拼讀法」，用來教兒童識字閱讀的方法。這些兒童已能說流利英語，擁有不少的口語詞彙（oral vocabulary），此時透過「字母拼讀法」字音連結概念，認識書面詞彙（written vocabulary），以提升讀寫能力，並非用來學習發音。但以英語做為外國語的兒童，則可用「字母拼讀法」做為學習發音的工具，連結字音概念。

但英語發音約有20%不符合「字母拼讀法」原則，而這些例外又多出現

在常用字彙，例如：do、are、have、some，故「字母拼讀法」的規則仍有很大限制。另外，「字母拼讀法」只強調單音的準確度，而發音不只是發單音，還要注意重音、節奏、語調等，才能達到正確性與流暢性。

也許您曾有過這樣的疑問：台灣的學生還需要學K.K.音標嗎？為何不能像國外的學生只學一套發音系統？

英語對台灣的學生來說畢竟是外語，從現實環境中能輸入的口語詞彙並不多，初學者遇到不認識的單字，且有難以發音的問題時，老師可結合兩種發音系統交互應用，奠定學生在發音上的基礎，增進閱讀能力。

以下提供 16 個教學範例，老師可視學生年齡、程度及班級大小彈性調整應用。

範例一、字卡拼讀

教學目標：聽音拼字

教具：將 26 個字母做成字母卡，至少兩套。

活動步驟：

（一）把全班分為兩組，各給一套字母卡。讓學生拿出要練習的子音字母卡，例如：l、m、n、r等。

（二）在黑板上寫-et、-od、-ig等字形，請兩組各派一人出列。

（三）老師唸出一個字，例如：let，兩組代表要將l字母卡放在黑板上的-et前面答題，先答對者得分。

教學變化：

（一）可改拼字尾的子音或字中的母音，例如：ro<u>d</u>、s<u>a</u>d。

（二）讓全組一起拼出單字。

教學實例：

老師：Each group has a set of cards. Please take out letters l, m, n, and r. Look at the board. We have three kinds of spellings: -et, -od, and -ig. I will say a word, and you'll have to put the right letter on the right place.

範例二、來碰我

教學目標：聽音分辨無聲與有聲的子音字母

教具：將無聲與有聲的子音字母，例如：p和b、c和g、f和v、s和z寫在紙上。

活動步驟：

（一）將一組無聲及有聲字母，例如：f和v，分別貼在教室兩邊的牆壁上。

（二）老師唸出一個以無聲或有聲字母開頭的字，例如：vet，學生就要去拍貼在另一邊牆上的字母v。

（三）一組字母練習數次後，改換下一組字母。

教學變化：

可將字母貼在黑板上，兩組各給一隻玩具槌，讓學生去敲字母。

教學實例：

老師：What's on the wall?

學生：F and V!

老師：Now I will say a word, and you listen to the first letter. If you hear the word fox, you run to F and hit the letter. Got it?

學生：Got it!

範例三、靠過來

教學目標：聽音分辨無聲與有聲的子音字母

教具：將a、e、i、o、u 五個母音字母分別寫在紙上。

活動步驟：

（一）從學生易混淆的母音開始練辨音，如a和e、e和i、o和u。

（二）請兩個學生分別拿著兩個母音，例如：o和u，並分散站在教室兩側或前、中、後三處。

（三）當老師說cut，全班學生要跑到拿著u母音的學生那邊。

教學變化：

（一）待學生熟悉五個母音字母的發音後，可請五個學生拿卡，同時做五個字母的辨音練習。

（二）可在地上擺幾個呼拉圈，旁邊各擺一母音字母卡，學生聽到老師說

的字後，跳進到標有該母音字母的呼拉圈裡。

教學實例：

老師：Jessie and Bill, please come and take this.（Jessie和Bill分別上前，拿o和u的母音字母卡。）Jessie, please stand here. Bill, please stand here. Listen! If I say box, which one should you go to?

學生：Jessie.

老師：Right. You have to be quick. Let's begin!

範例四、傳卡片

教學目標：看字發音

教具：字卡、音樂

活動步驟：

（一）將符合發音規則的字一一寫在書面紙或厚紙板上，分別剪下做成字卡，例如：cut、nut、run、mud、cute、mute、tune。

（二）把全班分成兩組，播放音樂，同時讓兩組各傳一字卡。

（三）突然將音樂暫停，這時兩組拿到字卡的學生要馬上站起來，說出所拿到的字，較先正確說出者得分。

教學變化：

可先在黑板上寫出字形，例如：-u- 和u-e，再同時傳兩、三張字卡。音樂暫停時，拿到字卡的學生要站到黑板上的字形前，並把字說出來。先站對位置並正確回答者得分。

教學實例：

老師：Let's pass the cards（從教室兩邊各傳一張字卡，並播放音樂，稍後將音樂暫停。）Who has the cards? Say the words.

John：Mute!

Sue：Cut!

老師：Good. John said it first. Team B gets a point.

範例五、限時拼寫

教學目標：辨識字形、造字

活動步驟：

（一）在黑板上寫出同一母音字母的幾種字形，例如：o-e、oa、oo。

（二）把全班平均分為兩組，給每組第一人不同顏色的筆。

（三）開始計時，讓兩組人在任一字形下面寫字。每個人都得上去寫出一個字才可回座，寫完的人將黑板筆交給下一位去寫。

（四）時間到，檢查各組寫出的字是否合乎字形及拼音規則，寫出最多字的組獲勝。

教學實例：

老師：（把黑板分成三區。）We have o-e, oa, and oo. Each team has a marker. Get your marker and come to the board. Write any word you know. For example, you can write the word boat in the oa column. After you finish writing a word, give the marker to the next one in your team.

範例六、快丟快答

教學目標：會說字母的代表音

教具：海灘球

活動步驟：

（一）老師每說一個字母（例如：a），就將海灘球丟給任一個學生，接到球的學生立即說出該字母的代表音 [æ]。

（二）學生說完答案後，立即將球丟還給老師，由老師再說另一個字母，把球丟給其他學生。

教學實例：

　老師：A（把球丟給學生 1。）

　學生 1：[æ]（把球丟還給老師。）

老師：E（把球丟給學生 2。）

學生 2：[ε]（把球丟還給老師。）

注意事項：

（一）丟球給學生時要出其不意，不要照順序丟，以免學生不專心。

（二）學生回答問題後，球一定要回到老師的手上再丟出去，不要讓學生
傳給學生，以免教室秩序失控。

（三）為累積學生「聽音拼字」的能力，也可改由老師說代表音，學生說
字母，幫助學生奠定「看字讀音」的基礎。

範例七、O或X

教學目標：分辨母音

活動步驟：

（一）把要練習的音（組）寫在黑板上。

（二）老師任意唸一個字，如該字有包含寫在黑板上的音（組），則學生要
雙手在頭頂圈成大圓，代表O；若不包含寫在黑板上的音（組），雙
手在胸前交叉，代表X。

教學實例：

（老師在黑板上寫[ε]。）

老師：Pet。

（學生比O。）

老師：Sit。

（學生比X。）

範例八、拍桌跺腳

教學目標：分辨同音或不同音

活動步驟：

老師任意說兩個字，若兩個字的母音都一樣，學生要用手拍桌子一下；

若母音不一樣，則學生要跺一下腳。

教學實例：

老師：Sat、bad。

（學生拍桌子一下。）

老師：Dig、beat。

（學生跺一下腳。）

範例九、數數樂

教學目標：從句子分辨同一母音出現的次數

活動步驟：

（一）將要練習的音（組）寫在黑板上。

（二）老師任意唸一個句子，學生算句子中含有該音（組）的字有幾個，
　　　舉手回答。

教學實例：

（老師在黑板上寫[ɔɪ]。）

老師：He boiled the oil and spoiled the soy soon.

學生：Four!

老師：Joy joined him and ate with a spoon.

學生：Two!

範例十、同心協力

教學目標：聽一句話，寫出遺漏字母

教具：影印附件

活動步驟：

（一）將全班分組，每組五人，並將組員編號。

（二）影印附件，一組一張。

（三）老師唸附件上的句子，隨口叫一到五其中一個號碼，由該號碼的組

員開始，各組以傳寫接龍的方式，一人寫一個字母，將附件上的空格填好，最快完成的組別得分。

附件：

```
_o _ack _o your _ea_.
_um_ _our _ime_.
Cla_ your _and_.
_u_ you_ _oo_s away.
```

老師：Go back to your seat. No. 3.

（學生 3 寫下 G，傳給學生 4；學生 4 寫下 b，傳給學生 5；學生 5 寫下 t，傳給學生 1；學生 1 寫下 s，傳給學生 2；學生 2 寫下 t，將紙高舉，代表完成。）

附件解答：

```
Go back to your seat.
Jump four times.
Clap your hands.
Put your books away.
```

注意事項：

（一）讓學生聽老師唸的句子，來填寫附件中缺少的「子音」，亦可視學生的學習進度換成母音，但須注意母音的規則較不固定：同樣唸[i]的音組就有 ea、ee、e_e，會造成學生困難。

（二）建議用學生沒學過的句子，學生需注意聽老師唸的字音，來決定填寫的字母，才能真正測出學生的程度；如用已經學過的句子，學生不必聽老師唸就可自行填寫，會失去練習「聽音拼字」的意義。

範例十一、一指神功

教學目標：能透過聽音辨認正確符號

教具：廢紙

活動步驟：

（一）事先在廢紙上分別寫上要練習的音（組），並貼在教室四周的牆上。

（二）老師任意唸一個字，學生要立即用手指向代表的音（組），等學生熟
　　　練後，可一次唸好幾個字，讓學生按照老師唸的順序指出牆上的音
　　　（組）。

教學實例：

（老師在四周的牆上貼著寫有[h]、[j]、[w]、[v]的紙。）

老師：Want。

（學生用手指向有[w]的紙。）

老師：You。

（學生用手指向有[j]的紙。）

老師：Has, water and Vivian.

（學生用手分別指向有[h]、[w]和[v]的紙。）

範例十二、手腳併用

教學目標：

（一）認識音標符號。

（二）聽音、辨音。

教具：每個學生一份音標卡（後貼雙面膠），例如：[æ]、[ɛ]、[ɪ]、[ɑ]、
　　　[ʌ]。

活動步驟：

（一）學生將拿到的音標卡，根據老師的指令，分別貼在雙手、雙腳及額
　　　頭。

（二）老師說[ʌ]，學生需擺動貼有[ʌ]的手、腳或額頭。

教學變化：

（一）音標卡可任意更動。

（二）若想增加困難度，老師可改說單字，並複習前所學過的子音，例

如：[mæʃ]。

教學實例：

老師：Everyone has a set of cards. Now, put [æ] and [ɛ] on your hands, [ɪ] and [ɑ] on your legs, and [ʌ] on your forehead. When I say [æ], shake your hand. When I say [ɑ], shake your leg.

範例十三、好聽力

教學目標：

（一）認識音標符號。

（二）聽音、辨音。

教具：課文音檔、兩套音標卡

活動步驟：

（一）全班分兩組，每組學生從 1 開始編號，每組各分得一套音標卡。

（二）老師播放對話音檔後，全班仔細聽，老師隨意按暫停鍵，被指定的學生把最後一個字的字尾音標卡找出來。例如：最後一個字是 [ves]，被指定的 3 號學生要秀出該組的音標卡 [s]。

教學實例：

老師：Listen to the short dialogue.（按暫停。）What's the last word?

學生：Vase。

老師：Good! The ending sound is [s], so show me the card [s].

範例十四、晾字卡

教學目標：

（一）認識音標符號。

（二）聽音、辨音。

教具：依學生人數分別準備[e]和[i]卡片、衣架和曬衣夾

活動步驟：

（一）分給每個學生[e]和[i]卡片、衣架和曬衣夾。

（二）老師任意說一個含有[e]或[i]音的單字，例如：[mɛt]。學生聽到[e]
　　　的音，就把[e]的卡片夾在衣架上。

教學變化：

（一）全班分成數組，各給一個衣架、數個曬衣夾。

（二）為增加困難度， 各組分別拿到更多的子音及母音卡片， 例如：[e]、
　　　[i]、[b]、[ʃ]、[l]等。

（三）當老師說[lɛb]，整組學生一起找出[l]、[e]、[b]，夾在衣架上。

教學實例：

老師：Listen! May, May. Is it [e] or [i]?

學生：[e].

老師：Good. Hang the [e] card.

範例十五、排列組合

教學目標：

（一）認識音標符號。

（二）讀音。

教具：在紙上寫以下題目，根據組數影印數份並裝訂，以及計時器一個。

[aɪ]	[ju]	★	[ʃi]	[bɪ`fɔr]	[ə]
[ðæn]	★	[`tɔlɚ]	[bæθ]	★	[ʃi]
★	[æm]	★	[tʊk]	[slɛpt]	★

活動步驟：

（一）全班分數組，每組分得一份題目及一張空白紙。

（二）設定時間三分鐘，每組讀題目，並在空白紙上將所有的音標寫成有
　　　意義的句子，例如：[aɪ æm `tɔlɚ ðæn ju]。

教學變化：

可讓學生在完成句子後，進一步圈出所有母音。

教學實例：

老師：Read these K.K. symbols with your partners. For example,

（指著題目中的音標。）[aɪ], [ju], [ðæn], [ˋtɔlɚ], [æm], and make

them into a sentence.

學生：[aɪ æm ˋtɔlɚ ðæn ju]

老師：Excellent! Write it on the paper.

範例十六、尋找好友

教學目標：

（一）認識音標符號。

（二）讀音。

教具：在廢紙上分別寫下字及音標（如表）：

happy	[ˋhɛpɪ]	box	[bɑks]
	[ˋhæpɪ]		[boks]

活動步驟：

（一）把全班分為兩組，各組學生從 1 開始編號，並分得所有的音標卡，

例如：[ˋhɛpɪ]、[ˋhæpɪ]等。

（二）老師秀出 happy，如指定各組 2 號做答。被指定的學生要從所有的

音標卡中，選出正確的讀音 [ˋhæpɪ]。

教學變化：如要增加挑戰性，可將字改成句子（如表）：

1.	[mʌm hɛz æn ʌmˋbrɛlə] [mɑm hæz ən ʌmˋbrɛlə]	Mom has an umbrella.
2.	[wɪl ju slip ˋletɚ] [wɪl ju slip ˋlætɚ]	Will you sleep later?

教學實例：

老師：Number 2, show me the correct K.K. symbols.

（學生 2 秀出 [ˈhæpɪ]。）

參考書目 References

佳音英語（2003）。*KK Phonetic Book 1-6（KK音標第 1 冊－第 6 冊）*。台北：佳音事業
　　（股）公司。

佳音英語（2004）。*千萬別教字彙－一場字彙教學的革命*。台北：佳音事業（股）公司。

佳音英語（2005）。*字母拼讀樂翻天*。台北：佳音事業（股）公司。

佳音英語（2005）。*K.K. 拼讀樂翻天*。台北：佳音音業（股）公司。

施玉惠、周中天、陳淑嬌、朱惠美、陳純音、葉錫南（2001）。*國民中小學英語教學活動
　　設計及評量指引*。台北：教育部。

張湘君（2003）。*English Works 英文工廠*。台北：東西出版事業股份有限公司。

**Teaching English:
General Concepts and Techniques**

3.3 文法教學
Grammar Teaching

早期國內英語教學法大抵遵循著「文法翻譯法」[註一]，以母語反覆翻譯目標語，著重文法規則的解說及字彙的記憶；學生雖在語言知識能力上有顯著成績，但卻無法符合語言學習的溝通功能。

「溝通式教學觀」[註二]自 1970 年代興起後，從 1980 年代開始至今，是最受歡迎的教學法之一，強調英語不再是傳統的單向知識傳授，而是透過雙向互動的情境式溝通，使學生能真正達到實際與人溝通的能力，而學生的角色也由被動的知識接收者（passive recipients），成了主動積極的學習者（active learners）。

教授學生基本句型與文法時，若能不採傳統的文法解說方式教學，而朝培養學生溝通能力為主要目標，從語言使用情境，例如：從學生的世界、外在真實的世界中，設計有意義之情境活動，給予學生不同語言功能練習的機會，更能使學生從活動中，瞭解該句型／文法之規則，進而能實際應用於日常生活中（陳純音，2001）。

以現今英語教學的環境與強調語言溝通能力的前提下，文法教學應注意以下原則（陳純音，2001）：

一、文法教學時，除了著重在語言的結構（form/structure），但仍須考量語義（meaning/semantics）及語用（usage/pragmatics），僅有形式是沒有意義的 (Brown,1994)。

二、教學時應儘量以練習為主，說明為輔。對初學者而言，過多的文法解釋反而會阻礙其語言習得，可藉由反覆練習的方式，讓學生瞭解並熟悉句型用法。

三、練習時應先以聽說為先，書寫次之。過多的紙筆練習會讓學生有文法概念，卻仍不會運用應對。

四、活動方式應從機械式練習（mechanical practice）開始，讓學

生反覆練習，熟悉句型結構，再到有意義的練習（meaningful
practice），待學生熟悉句義，最後再進入溝通式練習
（communicative practice），將該文法句型呈現在有上下文的語境
當中，讓學生學會自然的表達方式。

註一：詳見第二章 2.1 文法翻譯法
註二：詳見第二章 2.2 溝通式教學觀

文法教學的方法主要分為兩大類：
一、演繹法（Deductive Method）：講解文法規則
二、歸納法（Inductive Method）：舉例
「演繹法」會先告知語言規則，「歸納法」則不事先講解語言規則，而是
讓學生透過實際的語言使用，漸進發現語言規則。以下為此兩類教學法
運用在實際文法教學的舉例及說明：

演繹法

「演繹法」是把相關的語言規則、特殊用法先教給學生，再舉例讓學生
熟悉句型，重點在於先教會學生文法規則的使用。「演繹法」能快速讓學
生知道文法規則，老師也可以節省講解的時間。
「演繹法」對年紀較大的學生特別有用，因為年長的學生較傾向先習得
語言規則（陳純音，民 90）；對於年紀較小的學生，則須考慮其理解力，
過多或繁複的文法規則，須搭配充足的例子，否則會造成不易理解或混
淆情形 (Thornbury, 1999)。以下為以「演繹法」教學之實例：
例（一）：後面一定要加動名詞（Ving）的常用動詞
老師直接在黑板寫出後面一定要加動名詞的常用動詞，例如：practice、
enjoy、finish，一一解釋該動詞的字義後，告訴學生接在這些動詞之後
的動詞都必須加上 ing，變成動名詞：

practice/enjoy/finish ＋Ving

接著提供學生一些動詞或動詞片語，套入該規則中。例如：老師說 play

the piano，學生則一起說 practice playing the piano/enjoy playing the piano/finish playing the piano；老師說主詞 she，學生將主詞套入句型中，說出完整的句子 She practices playing the piano./She enjoys playing the piano./She finishes playing the piano.，此時老師再次提醒學生，動詞 practice/enjoy /finish 後面的動詞需加上 ing，變成動名詞，且要注意 she 為第三人稱單數，之後的動詞要加上 s/es。

例（二）：現在進行式

老師教授現在進行式。告訴學生進行式就是 now（正在），所以句子中有 be＋Ving。

例：I am brushing my teeth./I am drawing the picture./I am drinking water.。再舉其他例子，例：I watch TV./I play Switch.，讓學生依規則練習，將句子改成 I am watching TV./I am playing Switch.

以下為以「演繹法」教學常用之教學技巧：

1. 文法翻譯法（The Grammar-Translation Method）

   直接使用母語解釋語義及文法架構、詞性及時態（詳見第二章 2.1 文法翻譯法）

2. 文法解析（Using Rule Explanation）

   用於呈現文法性較難的句型，運用主詞、動詞、受詞等文法句構的解析方式，讓學生理解句型（詳見教學範例一）。

歸納法

不事先講解語言規則，而是透過舉例，讓學生經由思考探索的過程，歸納習得文法規則，讓文法教學更有意義。與使用「演繹法」相較，「歸納法」強調主動探知，學生由被動的接收者（passive recipients）轉為主動的學習者（active learners），注意力及學習興趣都會提升。

在「歸納法」的學習環境中，如果學生是以英語討論，再合作整理出句型 (Thornbury, 1999)。

「歸納法」加強學生獨立思考及歸納文法規則的能力，但耗時較長，課

堂時間有限。再者，學生自己歸納的語言規則，未必全然正確無誤，老師仍須提供後續解說與驗證，避免學生對文法規則產生錯誤認知 (Thornbury, 1999)。

以下為「歸納法」教學實例：

例（一）：後面一定要加動名詞的常用動詞

老師描述或秀出事先運用該主題動詞（例如：practice/enjoy/finish），編寫成上下文連貫的一段文章：

My name is John. I *enjoy traveling* around the world. Before I came to Taiwan, I *practiced using* chopsticks and writing Chinese characters. In Taiwan, I met a girl named Jenny. She and I listen to music after we *finish eating* dinner. We are great friends because we both *enjoy listening* to music and *watching* MTV. Jenny and I want to go snorkeling in Thailand next summer. Before we go, I will *practice holding* my breath. I want to be able to stay underwater as long as possible. I will start practicing as soon as I *finish listening* to my favorite song. We are excited about our next trip.

接下來，老師問學生從該段文章中所看到動詞後出現的第二個動詞，和之前學過的動詞有何異同，讓學生將說出的句子劃線，並將句子寫在黑板上，老師再問學生這些動詞的共通點為何，讓學生自行歸納出：這些動詞後面加的動詞，都是以動名詞的形式出現。

此時，老師在黑板歸納出 practice/enjoy/finish 後的動詞必須是動名詞形式。

例（二）：現在進行式

老師拿出課前所準備的教具，例如：掃把、抹布、餅乾、水或飲料。指出當時的時間，例：It's three o'clock now.，接著拿起水或飲料，一邊喝一邊對著學生說 I am drinking.；吃著餅乾說 I am eating.；拿著掃把掃地說，I am sweeping the floor.；用抹布擦桌子，並說 I am mopping the table.，再將以上例句寫在黑板上：

I am drinking milk.

I am eating cookies.

I am sweeping the floor.

I am mopping the table.

可與之前學過的現在簡單式句型（例：I drink milk./I eat cookies./
I sweep the floor./I mop the table.）比較，再依其不同處歸納出
be＋Ving 之規則。

以下為以「歸納法」教學常用之教學技巧：

1. 實際情境導入（Real Examples）

　　運用符合該句型之情境，搭配人物、實體物或圖畫等，直接舉例教學。
此法取材容易，且能讓學習者藉由視覺輔助，快速歸納出句型用法。
例如：形容詞比較級、最高級或介係詞句型都適用以此法教學（詳見
教學範例二）。

2. 表演（Acting）

　　透過表演的方式，並配合動作、聲音及表情，清楚呈現句型。此法可
廣泛使用在含有抽象字的句型教學。例如：like/want 句型（詳見教學
範例三）。

3. 肢體反應教學法（Total Physical Response, TPR）

　　「肢體反應教學法」是藉由肢體動作，直接呈現句子所要表達之意，
其方式和「表演法」類似，需有使用情境，多使用在祈使句或動詞指
令的句型教學（詳見第二章 2.7「肢體反應教學法」）。

4. 情境營造（Creating a Mini Situation）

　　營造適用句型的情境，設計簡單的對話，並將句型放在對話中，讓學
生藉由溝通，自然學會句型。注意對話內容不宜太長、太複雜，情境
設計部分以學生日常生活所接觸的事物為主。老師以對話呈現時，須
特別注意上下文的意思，使其符合邏輯，並隨內容搭配應有的聲音表
情及肢體語言，準備簡單的教具協助呈現（詳見教學範例四、五）。

5. 故事教學（Storytelling）

藉由有意義的故事內容，激發學習興趣，以提供學生多元化的學習方式。老師可自編故事或改編著名的童話故事，內容不宜太複雜。採用故事方法呈現時，為了使故事內容更精彩，讓學生更容易瞭解，老師可準備圖片、手偶或角色扮演輔助教學（詳見教學範例六）。

範例一、文法解析方式

認知能力：國中二至三年級

語言程度：高級

文法句型：被動語態

教學實例：

（在黑板上寫下 My bike is gone. Somebody stole my bike.，指著 Somebody stole my bike.。）

老師：It is a sentence written in active voice. The subject is "someone," and "my bike" is the

object of "stole." We may also change it into a sentence written in passive voice, "My bike was stolen by someone."

（接著寫出被動語態句與主動句對照，以色筆加強 by。）

Somebody stole <u>my bike</u>. → Active voice

<u>My bike</u> was stolen **by** <u>somebody</u>. → Passive voice

（將主動句與被動句的前後名詞畫上對調的箭頭，並寫出文法規則 be V. + p.p.。）

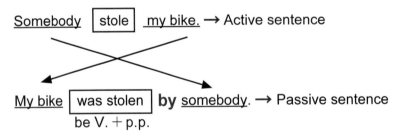

老師：The rule of passive voice is: "be verb plus past participle."

範例二、實際情境導入

認知能力：國中一至二年級

語言程度：初級

文法句型：介係詞句型next to、between

教學實例：

（以班上鄰座的兩位學生Tom和Kevin為例，教導next to之意。）

老師：Tom is next to Kevin. Kevin is next to Tom.（以手勢比出兩人的相對位置，讓學生從情境中意會出next to的概念及用法。接著在黑板畫出一間房子和一棵樹如圖8，指著房子。）The house is next to the tree.（在樹旁畫出一隻狗，指著狗。）The dog is next to the tree.（以班上鄰座的三位學生Tom、Kevin、Bob為例，教導between的意義。）Kevin is between Tom and Bob.（以手勢比出三人的相對位置，接著指著圖中的樹。）The tree is between the house and the dog.

圖8

範例三、表演

認知能力：國小至國中一年級

語言程度：初級

文法句型：want/like句型

教學實例：

教導want的意思

老師：（手抱肚子。）I'm so hungry.

（表演吃東西的樣子。）I want a big hamburger.

（在黑板上畫生日蛋糕。）My birthday is coming.

（表演思考的樣子。）I want... a Barbie doll.

（問學生。）How about you? What do you want for your birthday?

學生 1：An MP3 player.

老師：He wants an MP3 player.

（多點幾位學生回答，讓學生自己歸納出 I want _____. 及 He/She wants _____. 的句型。）

教導like的意思

老師：（拿出一本書）This is a good book. I like it very much.

（將書抱在胸前，表現喜愛的樣子，接著問學生。）How about you? Do you like it?

學生：Yes/No.

老師：（指著回答 Yes 的一個學生。）He likes it.

（指著回答 No 的一位學生）She doesn't like it.

（用不同物品提問，歸納出 I like _____. 及 He/She likes _____. 的句型。）

範例四、情境營造

認知能力：國中二至三年級

語言程度：中、高級

文法句型：關係代名詞who

教學實例：

（拿出學生認識的老師相片或將老師的名字寫在黑板上，隨機列出每位老師的特性或特殊事件。）

Ann/Tina/Sharon/Mike

doesn't drink coffee or tea/doesn't eat meat/has been to Australia and New Zealand/drinks a cup of coffee every day

老師：（指著黑板上列出的老師相片或名字）Let's have a guessing game and see how much you know about your teachers. Guess who doesn't drink coffee or tea.

學生：Ann.

老師：Yes. You all know her very well. Ann is the teacher who doesn't drink coffee or tea. Now guess who doesn't eat any meat.

學生 1：Tina.

老師：No. Try again.

學生 2：Mike.

老師：Yes, Mike is the teacher who doesn't eat any meat. He's a vegetarian. Who has been to Australia and New Zealand?

學生：Sharon.

老師：Right! Sharon is the teacher who has been to Australia and New Zealand. Who drinks a cup of coffee every day?

學生：Tina.

老師：Correct!（引導學生使用完整句。）Tina is the teacher who drinks a cup of coffee every day.

（將上述的遊戲中，運用關係代名詞who所引導的形容詞子句句型，列在黑板上，引導學生歸納出規則。）

範例五、情境營造

認知能力：國小至國中一年級

語言程度：初級

文法句型：How much is it? It's NT$_____.

教學實例：

（事先準備幾張T-shirt圖片，並在圖片的背面標明價格NT$980/
NT$690/NT$390: on sale，再找三位學生扮演店員。）

老師： I want to buy a T-shirt for my son's birthday. Wow! There are many nice T-shirts here.（指著第一件T-shirt。）How much is it?

學生 1： It's NT$980.

老師： It's nice but it's too expensive.（指著第二件T-shirt。）How much is it?

學生 2： It's NT$690.

老師： This one is nice, but I have only five hundred dollars.（指著第三件T-shirt。）This one looks good, too.（引導全班學生一起問。）How much is it?

學生 3： It's on sale. It's NT$390.

老師： That's a good deal. I'll take it.

（視課堂時間，利用學過的字彙，套進How much is it?的句型對話中，最後再將句型寫在黑板上。）

範例六、故事教學

認知能力：國中二至三年級

語言程度：中級

文法句型：副詞比較級

教學實例：

老師：Do you know the story "The Rabbit and the Turtle"?

學生：Yes.

老師：What's the story about?

學生：A rabbit and a turtle.

老師：Let me tell you the story. The rabbit always laughs at the turtle because the turtle walks slowly. The turtle is very angry, so he wants to have a running race with the rabbit. When the race starts, the rabbit runs quickly, and the turtle walks slowly. The rabbit thinks he is going to win, so he takes a nap. He falls asleep under a tree. Although the turtle walks slowly, he doesn't give up easily. The turtle never stops, and finally he wins the race.（講述時，在 walk slowly、run quickly、give up easily 等處加重語氣，並在重述故事大意時，將 walk slowly、run quickly 等寫在黑板上，歸納出副詞的用法。）

延伸閱讀

佳音英語（2005）。*Teaching Grammar All In One* 文法教學：*就是有辦法*。台北：佳音事業（股）公司。

佳音英語（2006）。*Game Time 1-5英語遊戲百寶箱1-5冊*。台北：佳音事業（股）公司。

參考書目 References

英語教學新論（周中天審校）（2006）。台北：文鶴出版有限公司。（原作出版年：2001 年）
Thornbury, S. (1999). *How to Teach Grammar*. Edinburgh：Pearson Education Limited.

施玉惠、周中天、陳淑嬌、朱惠美、陳純音、葉錫南（2001）。*國民中小學英語教學活動設計及評量指引*。台北：教育部。

陳純音（2001）。句型／文法教學與評量。*國民中小學英語教學活動設計及評量指引*，頁174-215。台北：教育部。

Teaching English:
General Concepts and Techniques

3.4 對話教學
Teaching Oral Skills

自 1970 年英美學者提出「溝通式教學觀」後，具備「溝通能力」（communicative competence）成了外語教學的主要目標。為了讓學生具備「溝通能力」，老師上課的重點放在各種溝通的方式，例如：「口語溝通」（verbal communication）、「非語言溝通」（nonverbal communication）、「文字溝通」（written communication）等。其中，「會話」（conversation）就是口語溝通時最常出現的形式。

「會話」是開放性（open-ended）的口語活動，一般是由老師引導出主題，再讓學生根據自由意志進行聽與說的練習。學生須具備相當的外語能力，例如：字彙量、句構概念等，才可確認其正確性（accuracy）且流暢度（fluency）。對外語初學者來說，語言不熟悉、字彙量不足、不瞭解句子結構，導致無法將學到的內容自然變成「會話」。

為讓初學者逐步建立會話能力，老師通常會以引導性及控制性較強的「對話」（dialogue）活動來模擬各式日常生活溝通；在對話活動中，除「有預先設定好的主題外，角色、內容、情境、態度與方向都要事先設定好」(Townend, 2005)。可說「『對話』是『會話』的墊腳石」（Crouch, 2003）。

根據 Crouch（2003）的說法，「對話」的主要教學目標含以下七點：
一、讓學生有意義地應用單字與文法。
二、學習新單字及實用片語。
三、給予學生更多說的機會。
四、增強學生說與讀的能力。
五、讓學生聯想到情境。
六、給予學生發揮創意及表達自己的機會。
七、使學生能在日常生活中應用對話。

「對話」的內容除包含單字及文法結構和常用語和語調，說明如下：

一、主要單字與句型（Key Words and Sentence Patterns）

　　「對話」是由特定主題、相關字彙及句型組合而成。例如：某段「對話」場景是一群朋友聊棒球賽，那麼，棒球相關詞語pitcher、catcher及句型Who is the pitcher?、Hit the ball.，就是這段對話的內容。

二、常用語／慣用語（Useful Expressions）

　　常用語或慣用語都不是太難的字彙，但常無法從字面上得知意義，其句子結構有時並不合乎常見的文法規則，例：You chicken!/Guess what?/For here or to go?，學生在一般的字彙及文法教學中，不會接觸到這些用法，但如不瞭解慣用語，可能會造成溝通困難。

　　可透過「對話」情境，讓學生瞭解慣用語使用時機、使用對象與場合。例如：燙到時，中文會說「唉喲」，英語會說Ouch!，不小心把東西碰倒，中文會說「啊」，英語會說Oops!。

三、語調（Intonation）

　　語調的抑揚頓挫非常重要，同一句話，語調不同，意思也不同，例如：用上升語調說ready，意思是Are you ready?，用下降調說，意思則是I'm ready.。因此，老師在進行「對話」教學時，可用多元素材讓學生體驗各種真實的會話情境。

常見的對話教學呈現方式有四種：

一、模擬情境（Simulation）

　　此技巧需要營造符合情境的背景，例如：道具、實體物、佈景、音樂、燈光，配合人物角色的聲音、表情、對白、肢體動作、服裝等，來模擬真實的狀況。

　　教學呈現時，老師要以演出的方式讓學生瞭解對話內容。設計情境時，須以學生經歷過或熟悉的場景為主，最好貼近學生的生活經驗，

對話內容不宜過長，過於複雜或有太多新字彙和句型的對話，導致學生無法聽懂或理解。

模擬情境的技巧能加深學生的印象，並提供學生瞭解運用對話的場合及情況，適合中、低年級學生。例如：去速食店買東西，可播放速食店主題曲，穿上雷同制服，模擬買東西的實況。

二、故事引導（Storytelling）

故事導引有兩種，一是透過故事教對話，例如：三隻小豬中，小豬為了蓋房子，不斷重複對話，向別人要稻草、木條及磚塊（詳見教學範例二）。二是為了教對話而說故事，搭配和對話主題相關的童話書、繪本等現成故事，或由老師自行編寫，配合對話教學。

講述故事時，老師須配上聲音、表情、肢體動作，加上簡易道具，帶領學生進入故事情境，激發想像力及興趣。

故事及對話的難易度可隨學生程度調整，對於初級的學生，可重覆相同的對話語句。

三、預測對話（Prediction）

此技巧可用兩種方式進行，一是圖片：老師只拿圖片給學生看，圖片可以是一張大圖，或四格漫畫，學生依據圖片的場景、狀態，人物的動作、表情、服裝等，自行想像對話內容。第二種是克漏字（cloze）：刪除部分準備好的對話內容，讓學生以口語或文字的方式，自行根據前後文或提示，猜測對話內容。例：

A: Have you ever_____?

B: No, I haven't. I'm afraid of_____. But my_____has.

A: Wow! That sounds_____.

此技巧可以激發學生的創造力及語言應用力。在限定主題中，應用習得的字彙、文法及聽說能力，達到表達及溝通的目的。

老師可依照學生的程度及年齡，調整預測內容（詳見教學範例三、四）。

四、重組對話（Reconstruction）

進行重組對話時，可依照學生的程度及年齡，調整單字、文法及主題的難易度。老師發給初級數學生無順序的對話字條，字條上含文字及圖片，讓學生分組或自行排列文字及圖片的順序，拼出正確對話。

透過此技巧，學生可瞭解溝通的邏輯、說話的先後順序及談話內容。對於中級數學生，可發給他們沒有圖片、只有純文字對話句的字條。

例：

A: Who's that?

B: No. He's a police officer.

B: He's my father.

A: Is he a teacher?

對於高級數學生，則可加上填空或克漏字（cloze），甚至可將句子拆解成單字，再讓學生重新將單字組合成句子，確認學生是否有句構及文法的概念（詳見教學範例五）。

進行對話教學時，老師應以開放態度，扮演引導者或諮詢者的角色，提供學生自然學習英語的環境，引導學生進入「真實情境」（real-life situation），「使學生能夠使用真實的語言來溝通（real language use）」(Brown, 2001)，活動設計要注意以下四點原則：

（一）真實情境的對話（Authentic Situation）

應模擬真實、有意義的情境，稍微解釋每一句子，但不要提及太多文法觀念。

（二）以學習者為中心的活動設計（Learner-Centered Activities）

依學生的特質、需求與興趣做活動設計的依據，鼓勵學生創作句子、表達意見，透過實際參與，增加聽與說的練習。從「說中學」（learning by speaking），提升口語能力。

（三）互動性（Interaction）

課堂中的互動通常由老師帶頭，例如：師生問答（Q&A）。但是，對話教學時，應鼓勵學生進行互動式練習，例如：兩人練習（pair work）、小組練習（group work）、角色扮演（role-play）、資訊互補（information gap）等。

（四）流暢性（Fluency）

對話練習過程中，流暢度比正確性重要，老師應鼓勵學生嘗試以目標語表達，只要意思不至於誤解，不須立即糾正錯誤，待活動後再提出討論，或以其他練習活動強化學生的正確觀念即可。

綜合上述對話教學的基本概念與原則，輔以適當的教學方法及明確的教學步驟，相信老師能在教學現場揮灑自如，讓學生沉浸於快樂真實的情境中，成為「溝通高手」。

範例一、生日快樂

教學技巧：模擬情境（simulation）

認知能力：國小一至三年級

語言程度：初級

教學目標：

（一）能聽懂 How old are you? 並正確回答。

（二）能瞭解故事內容。

（三）能將對話應用於生活中。

對話內容：

A: Happy Birthday, _____! How old are you?

B: I'm seven.

A: This is for you.

教具：卡紙做成的生日蛋糕／蛋糕模型、生日帽、禮物盒

呈現方式：

老師將生日帽戴在某學生頭上，把燈關掉，手捧生日蛋糕，帶頭唱生日歌。唱完開燈，並問該生 How old are you?，引導回答後，將禮物盒交給學生並說 This is for you.，再引導學生說 Thank you.。

教學實例：

　老師：Today is Kevin's birthday.

（將帽子戴在 Kevin 頭上，關燈、拿出蛋糕，開始唱歌。）

Happy birthday to you! Happy birthday to you!

Happy birthday to you! Happy birthday to you!

Happy birthday! How old are you?

Kevin：I'm seven.

　老師：This is for you. Say "Thank you."

Kevin：Thank you.

範例二、可以給我一些……？

教學技巧：故事引導（storytelling）

認知能力：幼稚園至國小一、二年級

語言程度：初級

教學目標：

（一）能看圖說出故事內容。

（二）能用句型 May I have some _____？索取東西，並回應。

對話內容：

A: May I have some _____？

B: Sure.

教具：稻草、木條、磚塊、三隻小豬頭套

呈現方式：

先將稻草、木條、磚塊等分別放在不同小朋友面前，接著說明小豬想蓋房子的緣由。老師戴起第一隻小豬的頭套，走到有稻草的小朋友面前說 May I have some straw?，引導小朋友回答 Sure.。拿到稻草後，假裝蓋房子。老師再換上其他小豬的頭套，分別走到有木條及磚塊的小朋友面前，索取其他建材。

教學實例：

老師：In the forest, there lives a mother pig with three little pigs. When the three little pigs grow up, the mother pig sends them out. She wants them to live on their own. The first little pig wants to build a house of straw.（戴上第一隻豬的頭套，走到有稻草的小朋友面前，指著稻草。）May I have some straw?

學生 1：Yes.

老師：Please say "Sure."

學生 1：Sure.

老師： Thank you. The second little pig wants to build a house of sticks.（戴上第二隻豬的頭套，走到有木條的小朋友面前，指著木條。）May I have some sticks?

學生 2： Sure.

老師： Thank you. The third little pig wants to build a house of bricks.（戴上第三隻豬的頭套，走到有磚塊的小朋友面前，指著磚塊。）May I have some bricks?

學生 3： Sure.

老師： Thank you.

範例三、猜猜看

教學技巧：預測對話（prediction）

認知能力：國小三年級至國中二年級

語言程度：中級

教學目標：

（一）能根據圖片判斷說話的內容，培養觀察的能力。

（二）能依據所學過的句型及字彙，瞭解並讀出故事內容。

對話內容：

白蛇傳之雄黃酒風波（The Tale of the White Snake）

教具：學習單或對話掛圖海報

呈現方式：

先將課文連環圖對話挖空，再發下挖空的學習單或使用掛圖海報，帶領學生觀察圖片並以問題，例：Who are they? What is the man doing? How does the woman feel?，引導學生看人物表情、動作、場景，推測人物可能的對話。

全班一起討論或分組進行對話內容預測，之後讓學生演出自己的創作，接著閱讀課文內容，最後由老師直接解說新字彙或句型。預測內容時，老師可多鼓勵學生發揮創意，不拘泥原有內容。

教學實例：

老師：Let's look at the first picture. How many people are there in this picture?

學生 1：There are three.

老師：Three? Three or four?

學生 2：There are four.

老師：Great! What is the man holding?

學生 3：A bottle.

老師：Good! Who is the man talking to?

學生 4：The baby.

老師：Are you sure? Try again.

學生 5：The woman.

老師：What is the man saying?

學生 6：Do you want to drink some of this?

老師：Wonderful! Let's write it down.

範例四、入境隨俗

教學技巧（prediction）

認知能力：國小五年級至國中三年級

語言程度：高級

教學目標：

（一）能表達對食物的喜好。

（二）能瞭解對話內容，並應用於生活中。

對話內容：

A: Yuck! That was the worst Japanese food I've ever had.

B: I agree. It was awful.

A: I guess when in Rome, we should do as the Romans do.

B: Yeah. Let's eat Italian food.

填空 1：形容詞練習

　　　　_____! That was the _____ Japanese food I've ever had.

　　　　I agree. It was _____.

　　　　I guess when in Rome, we should do as the Romans do.

　　　　Yeah. Let's eat Italian food.

填空 2：綜合練習

　　　　_____! That was the _____ _____ I've ever _____.

　　　　I agree. It was _____.

　　　　I guess when in Rome, we should do as the Romans do.

　　　　Yeah. Let's _____.

教具：學習單

呈現方式：可依學生的程度及年齡來準備克漏字內容，填空 1 為較簡易
　　　　　的形式，填空 2 較複雜。老師帶著全班讀克漏字學習單，遇
　　　　　空格時先略過，待整句唸完再回頭看，先以選擇的形式詢問
　　　　　學生該填那一個字，或讓學生自行選擇，例：_____! That
　　　　　was the _____ _____ I've ever _____.。在第一格空
　　　　　格，老師提供 yuck、yummy、wow 等感嘆詞，解說意思後
　　　　　供學生挑選，再引導學生根據自己所選的感嘆詞來填後面空

格。如學生不知道答案，可繼續使用選擇的形式，或讓全班
一起討論。

接著，讓學生進行對話內容預測，可讓學生唸出答案或與同
組組員共同演出。最後閱讀課文內容，再由老師解說新字彙
或句型。

教學實例：

老師：_____! That was _____ I've ever _____.

What do you think the first blank is? You can choose

"Yuck!"（吐舌頭做出難吃表情。）

"Yummy!"（點頭做出好吃表情。）

"Wow!"（張大眼睛做驚訝狀。）

Pick one and write it down.

範例五、愛拼才會贏

教學技巧：重組對話（reconstruction）

認知能力：國小四年級至國中一年級

語言程度：中級

教學目標：

（一）瞭解故事內容。

（二）使用不同的問候語。

教學內容：

（一）主要單字與句型

　　　A: What is _____ doing?

　　　B: _____ is Ving.

（二）常用語／慣用語

　　　Um!/ Ahh!/ Take it easy!

對話內容：

A: Hello, everybody! How are you doing today?

B: I'm fine.

C: Me too.

D: I'm great. And you, Tina?

A: Great! Thank you!

學習單模式一：

A: Hello, everybody! How are you doing today?

　✂---

B: I'm fine.

　✂---

C: Me too.

　✂---

D:I'm great. And you, Tina?

　✂---

A:Great! Thank you!

　✂---

學習單模式二：

A: Hello, everybody! How are you doing today?

　✂---

B: I'm _____.

　✂---

C: Me too.

　✂---

D:I'm _____. And you, Tina?

　✂---

A:_____! Thank you!

　✂---

教具：課文情境掛圖、課文閱讀掛圖（影印後裁切）

呈現方式：

先將對話內容一句句剪開，每個學生發一句句條，請同組學生共同默讀（silent reading）句條，讀完後老師以是非問句方式引導學生排列順序，再由全班共同閱讀課文內容，再由老師解說新字彙或句型。先以克漏字的形式出現，再排順序，亦可比速度，或增加對話困難度。

教學實例：

老師：Let's have four people in a team. Everyone has a piece of the dialogue. Please read the words quietly.（讓學生默讀。） Now, try to put them in order. The first one is "I'm fine." True or false?

學生：False!

老師：What is the first one?

學生："Hello, everybody! How are you doing today?"

老師：Great!

延伸閱讀

佳音英語（2006）。*Fun 新教對話*。台北：佳音事業（股）公司。

參考書目 References

Brown, H. D. (2001). *Teaching by principles: An interactive approach to language pedagogy*. New York: Pearson Education Company.

Crouch, G. (2003). *Dialogues*. Taipei: Joy Enterprises Organization.

Linse, C.T. (2005). *Practical English language teaching: Young learners*. New York: McGraw-Hill.

Nunan, D. (2003). *Practical English language teaching*. New York: McGraw-Hill.

Scott, W. A. & Ytreberg, L. H. (1990). *Teaching English to children*. New York: Pearson Education.

Townend, A. (2005). *Differences between dialogue and conversation*. London: English-Test Net TESL.

教育部（2000）。*國民中小學九年一貫課程暫行綱要*。台北：教育部。

梁彩玲（2003）。*英語教學七大迷思*。台北：經典傳訊文化股份有限公司。

黃玉珮（2001）。*Joy English*。台北：佳音事業（股）公司。

佳音英語（2006）。*Fun 新教對話*。台北：佳音事業（股）公司。

Chapter 3

Teaching English:
General Concepts and Techniques

3.5 閱讀教學
Reading Instruction

閱讀理論如同教學法一樣，在不同的年代因時代與思想的演變而有不同的理論產生。以下即針對閱讀模式、閱讀教學方法和策略及教學範例做說明。

閱讀模式

一、由下而上模式（Bottom-Up Model）

「上」或「下」指的是從資料入手的過程。採取「由下而上」的閱讀模式時，讀者先處理語言形式與結構的下層資訊（例如：字母、音節、單字和片語），進而看懂每個「字」，再由「字」串成「詞」、由「詞」構成「句」，最後才在句中推敲構築出上層語義，瞭解整段或整篇文章的意義。

根據 Christine Nuttall (1996) 的比喻，這就像是拿著放大鏡在檢查細微的東西一樣。如果閱讀過程僅建立在「由下而上」的模式，讀者腦中可能因裝了太多單字階層（word-level）的細瑣資訊，無法精確掌握段落訊息和文章大意。

二、由上而下模式（Top-Down Model）

隨著閱讀能力進步，讀者會慢慢採取「由上而下」閱讀模式。「由上而下」指的是藉著閱讀技巧、生活經驗、背景知識，幫助讀者掌握上層文意。

以基模理論（Schema Theory）為基礎，讀者藉助本身的背景知識（schema），從概念入手來理解文意，不特別斟酌文章中的每字每句，只有在閱讀中遇到困難、無法理解意義時，才去推敲字句的意義。

「由上而下」的閱讀模式，根據 Christine Nuttall (1996)，就像是以鷹眼鳥瞰下面的地形，看的是文章整體，但往往無法掌握細節資訊。

三、互動模式（Interactive Model）

1990 年代後，多位學者 (Anderson, 1999; Nunan, 1999) 認為，成功

的閱讀模式應交錯使用「由下而上」與「由上而下」兩種閱讀模式。讀者運用已知的背景知識進行閱讀,遇到不會的字詞時,才去思索字句的意義,不單純只用字句去建構閱讀,也不會單獨只用情境思考去閱讀。誠如 Nuttall (1996) 所說,「實際閱讀時,讀者不斷地從一種過程轉至另一種過程,一下子採用『由上而下』的模式來預測作者要表達的意義,一下子又轉到『由下而上』的模式,檢視作者的真正想法。」

閱讀教學方法

瞭解閱讀模式後,在實際教學中善用閱讀教學方法及技巧,將有助提升閱讀效率。以下介紹五種教學方法,讓老師在閱讀教學時有更多參考。

一、字母拼讀法（Phonics Approach）

「字母拼讀法」可讓學生熟悉字母與字母讀音的對應關係（letter and sound correspondence）,進而看字讀音、聽音辨字,從認讀字彙發展閱讀能力（詳見本書 3.2 字母拼讀法）。「字母拼讀法」對於大符提升初學者「由下而上」的字彙認讀能力。

二、熟悉常見字（Sight Words）

美國學者 E. W. Dolch 分析統計英文兒童讀物,彙整出最常使用的 220 個常見字。熟悉常見字將有助於奠定閱讀之基礎,也能加快閱讀速度。日常生活中任何一篇文章,都有 50%-75% 的熟悉常見字,其中大部分不遵守「字母拼讀法」的規則（例如:the、are、he、have、there）,也無法透過圖片提示或從上下文中推得。

三、看與說教學法（Look and Say Method）

在學生學習閱讀的開始階段,練習認字非常有用。

最簡單的方法就是把要教的單字或片語寫在字卡或閃示卡上,例如:elephant、take a bath、candy cane、sweet 等,老師一邊秀出閃示卡一邊帶唸,學生跟讀數次後,老師變換閃示卡的順序,先不出聲,讓全班有機會先認字再唸出。

最後,老師可進行認字活動,例如:釣字遊戲或圖文配對,這種方法稱

為「看與說教學法」，將單字或片語一體呈現，而不當作個別字母的組合，此法對初學者而言，十分有效。

四、句子教學法（The Sentence Method）

「句子教學法」比「字母拼讀法」和「看與說教學法」更上一層，認為句子的意義比單字或片語的意義更為「整體」。

Smith (1965) 強調，閱讀教學應始於有意義的句子，老師把完整句寫在長條卡或黑板上，邊讀邊手指著字，學生跟讀，然後老師講解句義，幫助學生理解。也可使用兩套可配對的長條卡來練習：

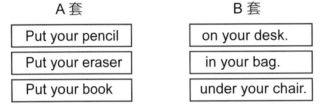

A 套	B 套
Put your pencil	on your desk.
Put your eraser	in your bag.
Put your book	under your chair.

老師拿起任一張A套長條卡配任一張B套長條卡，指著字唸出完整句，同時示範動作，讓學生理解。

完全配對後，變換各套長條卡的先後順序，讓全班默讀卡片，注視句子，只以動作表達理解。此法其實是「看與說教學法」的延伸，是完整句的看與說，是很好的句子認讀活動。

老師可要求學生到台前持卡配對，也可把長條卡掛在黑板前的繩子上，把手空出來指句子中的字，並靈活變換卡片，如圖9。

圖 9

五、語言經驗教學法（The Language Experience Approach, LEA）

始於 60、70 年代的「語言經驗教學法」，植基於I can read what I write and what other people write for me to read. (Allen, 1961) 理念。學生實際體驗具體歷程，經由嘗試錯誤（trial and error）的回饋與解決問題的技巧，自行發現語言原則，而不是單由老師告知 (Eyring, 1991)，故很能激勵自發學習。

經由多次廣泛的修正，「語言經驗教學法」有多種型態：可由學生共同討論個人的經驗，然後老師代為寫下該「經驗」，老師幫忙打成空體字，學生著色，或學生練寫並加上圖畫，集體創作成一本書。

「語言經驗教學法」以自己或同儕的話或經驗，做為初級閱讀的教材，易讀易懂，可增強學習動機。

六、全語言教學法（The Whole Language Approach）

有「全語言教父」之稱的美國學者Kenneth Goodman，在 1967 年出版的「異讀研究」（miscue）中指出，閱讀是語文與思考交互作用的歷程，有效閱讀（effective reading）並非精確地辨認單字，也非逐字閱讀，而是使用字形與字音（graphophonics）、語法（syntax）及語義（semantics）來理解意義；高效閱讀（efficient reading）則是依據學生的先備知識，使用足夠的線索去讀懂文章。

「全語言教學法」就是採用「由上而下」閱讀模式的具體展現，強調語言的學習要從整體（whole）到部分（parts），語用（function）先於形式（form），所以閱讀教學的課程設計常會統整聽、說、讀、寫或其中幾種技能。

以 *Jump for Joy English Reader 1* 中的 *Counting Sheep* 為例：

（一）聽與說：閱讀前先討論故事書的書名與封面繪圖，啟動學生既有的先備知識與經驗。

Q: What is the name of the book?
A: Counting Sheep.

Q: Can you count?
A: Yes./No.

Q: How many sheep do you see in this picture? Let's count.
A: 1, 2, 3, 4, 5, 6! Six sheep.

Q: Do you like sheep?
A: Yes, I do/No, I don't.

Q: When do you count sheep?
A: When I can't sleep.

（二）聽與讀：閱讀中，老師唸故事，用手指著念的字，讓學生瞭解文字讀音，或讓學生聆聽音檔，分辨聲音中表達的情緒與語調的型態。

（三）聽與說：閱讀後，老師根據內容提問，指定學生回答或全班共同回答，以確定學生是否理解故事內容。

（四）說：利用書中插圖，請學生用自己的話，重述故事或部分內容。

（五）寫：學生把讀過的故事用自己的話寫成文字（paraphrase），或分組腦力激盪，共同創作故事。

（六）讀：各組派代表朗讀故事，分享成果。

「全語言教學法」具有整體性和一貫性（wholeness & integrity），是有意義的呈現，師生可共同挑選適合學生生活經驗或背景的故事書、圖畫書或大書（big books）來閱讀，尤其是有重覆句型、富節奏聲韻、圖文貼切生動且色彩亮麗的讀物，不但能藉此培養學生全方位的外語能力，同時能幫助他們學習各領域的知識、文化與新觀念，達到閱讀的真正目的。

閱讀教學策略

一、閱讀前（pre-reading）

此階段應建立學生對文章中單字、文法、句型及先備知識的瞭解，目的是讓學生做好進入閱讀的準備。

在此階段，如教學重點放在增進學生對單字、文法句型等基本架構的能力，則是閱讀模式中「由下而上」的教學方式。反之，如以與文章內容相關的先備知識、背景知識等先行鋪陳及引導，則是「由上而下」的閱讀教學模式，例如：以「故事地圖」（story map）將文章中的語義（semantics）概念以圖像方式來呈現。

如果在一篇文章的內容中有太多觀念或事件，可透過故事地圖，依內容關聯性分成不同的觀念群組，將文字的脈絡整理出來，更能幫助學生閱讀上的理解（詳見教學範例一）。

另外，認知心理學者奧蘇貝爾（Ausubel）強調，老師訓練學生閱讀的「前導組織」（advanced organizer）（張春興，2004）。「前導組織」指的是學生以既有的先備知識（prior knowledge）為基礎，來精確掌握文章內容，為新知識學習做準備，這樣的訓練與「由上而下」的閱讀模式密切相關。

不論是「由下而上」或「由上而下」的教學方式，在教學前，老師須確實瞭解學生的程度及文章的難易度，用最適合學生學習與吸收的方式，做好準備。

二、閱讀中（guided reading）

老師可針對學生的不同程度而使用不同的閱讀技巧來進行教學，掃讀（scanning）和略讀（skimming）的技巧可加快學生的閱讀速度。

掃讀

「掃讀」指快速瀏覽文章，尋找某一特定的單字、單詞或訊息，如在電話簿裡尋找某人的電話一樣，眼睛快速掃過所有名字，找到對的姓氏後，再尋找對的名字。

老師可針對文章內容，要學生快速找出文中的動詞、名詞、形容詞或副詞，並做詞性分類練習，或可提供英文活動廣告傳單、車票、機票、火車時刻表或菜單價目表，讓學生以「掃讀」的方式，快速找到所需訊息（詳見教學範例二）。

略讀

「略讀」指大略看過全文，只要掌握大意即可，不必在意細節，也不必每個字都讀。

「略讀」的目的在於知道文章大概內容，先對文章產生概略印象。老師可在「略讀」後問簡單問題，訓練學生在「略讀」時抓住的概略印象（詳見教學範例三）。

「掃讀」與「略讀」可精進學生閱讀速度。在要更進一步細讀文章時，以下幾種閱讀技巧的訓練相當重要：

猜測新字詞的意義

Kenneth Goodman 於 1970 年提出 Reading: A Psycholinguistic Guessing Game 的看法，認為閱讀活動是解謎的過程，是猜測的遊戲。學生在閱讀過程中常會碰到不認識的單字，會想馬上查字典，老師應鼓勵學生根據上下文來對新字彙做合理揣測，例如：文章中有 twin brothers 一詞，又有 Yesterday was their birthday.，經過引導，就可猜到 twin 是「雙胞胎」的意思。

重讀與調整閱讀的速度

學生在閱讀過程中，須有檢視自己是否瞭解文義的能力，遇到困難時，須知道要採取什麼方式，例如：放慢閱讀的速度，或將不懂的字、詞、句重讀一次，而不是只將文字掃過，卻未在腦中產生任何意義。

老師可幫助學生養成閱讀習慣，像是在閱讀過程中做小筆記，例如：在不理解的文字旁做記號；遇到不懂的句子，就在旁邊打叉，每當有叉出現時，就重讀一次該句，重讀一次仍無法理解，除了可利用上下文來推測、透過文法結構分析語義，也可請學生直接查出字彙的意思。

辨別與分析文章的架構

幫助學生瞭解文章的架構,他們就可輕鬆推測文章內容發展。

以一篇關於聖女貞德的文章為例,先在黑板上畫時間線(如圖),在起始點寫上 1412 A.D.,請學生讀文章第一段,找到有關 1412 A.D. 的線索,再將答案寫在 1412 A.D. 下面,接著再寫上 1423 A.D.,以相同方式讓學生尋找相關答案,並從時間線索瞭解文章內容,預測可能的發展。

1412 A.D.   1423 A.D.

Joan of Arc was
born in 1412.

在閱讀以因果關係為架構的文章,可根據前面段落的鋪陳來預測下一段,在《佳音英語世界雜誌》2017 年 5 月號之 "Global Warming" 中,第一段歸納出全球暖化造成氣候變化的現象,閱讀該段後,讓學生試著說出接下來可能會出現的詞彙,並在黑板上寫下關鍵詞彙,如:climate change(氣候變化)→ melting ice(冰山融化)→ the sea rise(海水上升),同時也可以讓學生思考海水上升可能造成的影響。

三、閱讀後(post-reading)

掌握文章大意的技巧

為達到內化目的,老師可鼓勵學生閱讀後以自己的話重述文章大意,確實理解閱讀內容。課堂上,老師引導學生讀完一篇文章後,可提供白紙,請學生分組討論、寫出文章大意,再分享各組討論的結果。

推論內文的技巧

為瞭解作者的想法與文句的意義,在閱讀過程中,讀者會不斷進行推論。能運用之前的經驗,以及綜合總結的能力,來預測文章走向,就是擁有較高文章理解力之證明。但推論技巧需要較成熟的心理認知,建議針對年齡較大的學生做訓練。

如以 *Jump for Joy English Reader 5* 中的 *Dandelion Wants a Home* 為

例,老師在學生閱讀過程中及閱讀後,隨機詢問以下問題,培養推論技巧:

Can you be the dandelion's friend? Why or why not?

Can the dandelion grow in the desert? Why or why not?

How do you think the dandelion feels?

What did you learn in this story?

Do you think the dandelion is happy with the lady?

內化文章內容的技巧

內化是讀者將文章內容與自己想法融成完整新思維的過程,當學生可細究所有資訊,並加以理解後,批判文章內容、審視作者寫作的目的,並建立自己的意見、觀點、看法時,通常已對文章意義有充足掌握。比起推論技巧,內化能力更需要成熟的認知。內化是最複雜、最難達到的理解程度。

在教學過程中,老師可將重點放在讓學生發表對事件的批判,或表達自我觀點,老師應提出沒有標準答案的問題,刺激學生思考。

以 "A Beautiful Body" 為例,學生閱讀後,老師可提問:

- Do you agree that Africans think fat people are beautiful? Why or why not?

- Chinese thought women with small feet were beautiful. Are there any other reasons that they forced women to wrap their feet?

- Do you agree that being skinny is beautiful?

綜觀以上閱讀後的技巧,可發現閱讀的重點又回到整體文章的瞭解,以

及對文章內容的辨思,老師的角色也成為「引導」而非「主導」。

在閱讀中技巧的訓練過程裡,老師常要做主導,告訴學生語言的架構與正確的使用方式,但閱讀後,老師的角色就成為引導學生瞭解與省思、對文章的辨思,以及將文章內化。

K-W-L 教學模式

針對以上閱讀教學三階段的呈現,老師也可以採行 K-W-L 教學模式 (Ogle, 1989) 來協助學生自行檢視學習閱讀的過程。KWL 這三個字母分別代表 know、will/want、learned。

老師可利用以下表格幫助學生在閱讀前、中、後整理相關的資訊(詳見教學範例四)。

說明	教師在準備各階段的內容時,可以學生的角度思考以下的問題:	使用時機
K (know) 學生在閱讀前的認知,即學生的先備知識。	1. What do I already know? 2. What do I need to know before I start reading the story?	閱讀前
W (will/want) 學生經由閱讀將會學到或想要知道的。	1. What will I learn? / What do I want to learn? 2. What are the new things that I will learn from the story? 3. What is the story about?	閱讀中
L (learned) 學生在閱讀後對內容的了解。	1. What have I learned? 2. How much did I learn from the story?	閱讀後

經由師生討論,配合教學時的前、中、後三階段,不但可增進學生的閱讀能力,且可達成外語學習的目標,值得參考使用。

範例一、故事地圖

教學策略：閱讀理解力的培養

教學活動：故事地圖

對象：國小中高年級

語言程度：中、高級

教學步驟：

（一）將文章內容以故事地圖的方式畫在黑板上，引導學生參與並思考故事內容。

（二）引導學生根據故事地圖預測文章內容。

（三）讓學生分組討論，完成故事地圖。

（四）讓學生輪流上台發表，從中瞭解學生的理解程度。

教學實例：

（在黑板上畫一圓形，圓形內寫上文章題目 Hsiao Bao。）

老師： What's the title of the story?

學生： Hsiao Bao.

老師： How many people are there in this story?

學生： There are two people.

老師： Who are they?

學生： Hsiao Bao and the fairy.

老師： Good. They are Hsiao Bao and the fairy.（另外畫兩個大圓，裡面寫上主要角色，如圖 10。）What does the fairy do in the story?

學生 1： She gives Hsiao Bao a flute, a sword, and a bag of coins.

老師： Good! We can summarize the information in this circle.（在 The fairy 的圓圈中，寫下三樣物品，如圖 11。）What will happen if Hsiao Bao chooses the sword?

學生 2： He will be a powerful emperor.

　老師： Great! Which circle do we write the key words in?

　學生： The fairy's circle.

　老師： Right! What will happen if he chooses the sword?

學生 3： He will forget about peace and make war.

　老師： Good! Which circle can we write the key words in?

　學生： Hsiao Bao's circle.

　老師： Right! Can you finish the map with your teammates?

　學生： Yes.

　老師： Good! You can also create your map.

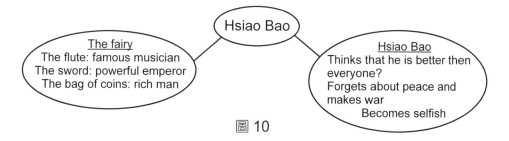

圖 10

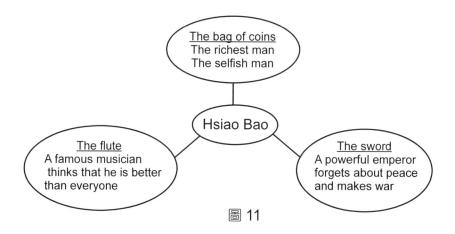

圖 11

教學小技巧：

（一）以故事地圖方式介紹閱讀內容，協助學生在進入閱讀前，先對文章有基本認識，此階段可讓學生針對閱讀內容做簡單預測，老師可適時引導，建立學生閱讀的信心及興趣。

（二）討論的目的在於確認學生的理解程度。討論的過程中，學生若產生文法錯誤，老師可複述正確的句子，並讓學生跟著複述或寫下正確句子。

（三）以故事地圖教閱讀，除了可在「閱讀前」使用外，也可在「閱讀後」引導學生根據故事地圖重述所讀過的內容。透過故事地圖清晰有條理的呈現，學生在面對閱讀時能有效分類整理所讀到的訊息，大幅提升閱讀理解力。

範例二、找一找

教學策略：提昇閱讀速度

教學活動：掃讀

對象：國中二年級

語言程度：中級

教學步驟：

（一）先進行分辨動詞、名詞和形容詞的活動，請學生分別講出名詞、動詞和形容詞，寫在黑板上並分類。確認學生瞭解動詞、名詞和形容詞的不同。

（二）請學生快速看過文章，拿出骰子，告訴學生，如骰到 1 或 4，代表要找出文中一個動詞；如骰到 2 或 5，代表要找出名詞；如骰到 3 或 6，要找出形容詞，看誰最快把文章中的動詞、名詞和形容詞全部找出來。

教學實例：

（把黑板分成三大區塊，分別寫下 verbs、nouns、adjectives。）

老師：Can anyone tell me what a verb is?

學生：I don't know.

老師：That's okay. "Jump" is a verb. "Brush my teeth" is a verb phrase.（老師邊舉例邊做動作，讓學生知道 verb 是動詞的意思。）Do you understand?

學生：Yes.

老師：Now, give me verbs.

學生 1：Dance.

老師：Good! What else?

學生 2：Drink.

老師：Very good.（老師可要求學生邊說邊到黑板上寫下這些動詞，或自己寫下。）Now, can anyone give me a noun? For example, "a book" is a noun. "A pencil" is a noun. What else?

學生 4：A table.

學生 5：A girl.

學生 6：A magazine.

老師：Excellent.（老師可要求學生邊說邊到黑板上寫下這些名詞，或自己寫下。）Now, can anyone give me an adjective? Such as, "beautiful," "big," and "small."

學生 7：Tall.

學生 8：Nice

老師：Good job.（老師可要求學生邊說邊到黑板上寫下這些名詞，或自己寫下。）Look at the article. I'm going to roll the die. If it shows 1 or 4, you have to give me three nouns from the reading. If it shows 2 or 5, give me three verbs. If it shows 3 or 6, tell me three adjectives. Are you ready?

教學小技巧：

（一）確認學生瞭解各個詞性的不同及使用，並幫助學生複習學過的字詞。

（二）這是「由下而上」的閱讀教學活動，持續這樣的方式訓練學生，可讓他們更瞭解詞性分類。

（三）可要求學生邊說邊寫，加深對單字的印象，對提昇閱讀速度及理解力大有幫助。

範例三、搶答

教學策略：提昇閱讀速度

教學活動：略讀

對象：國中三年級

語言程度：中、高級

教學步驟：

（一）看文章前，先針對文章的內容問學生問題，要求學生快速大略看過文章，從中找到正確回答。

（二）一次問一個問題，讓學生邊閱讀文章邊找答案，逐次減少閱讀時間。

（三）老師可要求學生以口說或書寫的方式回答。

教學實例：

老師：The title of today's reading is "Uncle Tom Visited Many Places." I will ask you some questions and then you have to write the answers on your worksheet. Do you understand?

學生：Yes.

老師：How many days did Uncle Tom spend with Jack? You only have 30 seconds to find the answer.（計時三十秒，讓學生快速看過課文段落。）Time's up! Close your book. How many days did Uncle Tom spend with Jack?

學生：Three days.

老師：Very good. Please answer in a complete sentence.

學生：Uncle Tom spent three days with Jack.

老師：Very good. This time you only have 20 seconds. Where did Uncle Tom and Jack go on the first day?（計時二十秒，讓學生快速看過課文段落。）Time's up! Close your book. Where did Uncle Tom and Jack go on the first day?

學生：They went to a temple.

老師：Very good. Does anyone know what they did at the temple?

學生 1：Took pictures?

老師：Yes. Can you answer in a complete sentence?

學生 1：They took pictures at the temple.

老師：Good. Let's try one more. You only have 10 seconds. Where did Uncle Tom and Jack go on the second day?（計時十秒鐘，讓學生快速看過課文段落。）Time's up! Close your book. Where did Uncle Tom and Jack go on the second day?

學生：They went to a night market.

（持續問有關文章的問題，漸次縮短時間。）

教學小技巧：

（一）學生一開始多以單字或片語回答，可鼓勵他們以完整句回答。

（二）當學生以完整句回答但文法錯誤時，老師可用正確文法句型再說一次，不要直接糾正學生。

（三）快速問過題目，如學生皆可正確回答，可要求學生再將文章細讀，此時學生閱讀的速度會更快，且能更有效率地掌控文章重點。

範例四、說一說、想一想

教學策略：閱讀理解力的培養

教學活動：K-W-L圖

對象：國中中高年級

語言程度：中級

取材來源：*Window on the World 2*，Unit 4，The Magical Pink
　　　　　　Dolphin，佳音事業股份有限公司

教學步驟：

（一）將黑板分成三個區塊，分別寫上：

K What I know	W What I will/want to know	L What I learned

（二）在黑板寫下題目，讓學生針對題目說出已知資訊，並邀請學生在K
　　　欄中寫下來。

（三）引導學生討論並在W欄中寫下想知道的訊息。

（四）閱讀文章後，與學生一起討論並完成L欄，也可同時釐清之前在K
　　　欄的迷思或錯誤。

教學實例：

討論並完成K欄

　　老師：The Magical Pink Dolphin.（邊說邊把題目寫在黑板最上
　　　　　方。）What comes to mind when you see the magic pink
　　　　　dolphin? Do you know anything about the pink dolphin?

學生 1：I only know about gray dolphins.

　　老師：Good. Which word or phrase can we write on the board?

學生：Gray dolphins?

　　老師：Yes. Please come here and write "gray dolphins" in the K

column.（引導學生寫出其回答中的關鍵字。）What else do you know about this topic?

學生2： I saw a movie about pink dolphins a long time ago.

老師： What was the movie about?

學生2： It was about people killing these rare animals.

老師： Okay. Please write down "Pink dolphins are rare." in the K column on the board.

學生3： I think pink dolphins live in groups just like other dolphins.

老師： Good. Which key word or phrase can we write on the board?

學生： Live in groups.

老師： Good. Please come here and write it down.

（持續引導學生說出已知資訊，並寫在黑板上。）

討論並完成W欄

老師： Some people know something about pink dolphins and some don't. Before reading the article, what do you want to learn about pink dolphins?

學生4： Where pink dolphins live?

老師： Good! Please write the word in the W column.（引導學生說出想知道的資訊。）What else do you want to know about pink dolphins?

學生： What they eat and where we can see them.

老師： Very good. Write down the words in the W column.（給學生兩到三分鐘寫下關鍵字。）Do you know why pink dolphins are magical?（當學生開始猜測，老師不糾正學生文法錯誤，但可協助學生重述為正確句。）

學生： They... very big?

老師： Good. Do you mean "Are they very big?" or "They are very big." If something is very, very big, we can say it is huge.

閱讀文章並完成L欄

老師：Everyone did a good job. Now let's read this article and see what we can learn. What did you learn about the pink dolphin?

學生 5：It has a long snout and a mouth with 100 to 200 teeth.

老師：Right! Please write this on the board. What else did you learn?

學生 6：The pink dolphin is always alone, and they don't live in groups.

老師：Yes! Everyone, let's look here.（指出K欄資訊。）We thought that pink dolphins live in groups but actually they live alone.（釐清先前K欄中的錯誤認知。）Please write down what you have learned from this article.

（持續引導學生說出從文章中學到的知識。）

K	W	L
What I know	What I will/want to know	What I learned
-Only know about gray dolphins. -They are rare. -They live in groups.	-How do they live? -What do they eat?	-They have long snout. -They have 100 to 200 teeth. -They live alone.

教學小技巧：

（一）討論的目的在於引起學生對文章的興趣，瞭解學生的理解程度。討論過程中，學生若有文法錯誤，不要立即指出錯誤，可複述正確句子，以免扼殺學生的參與度。

（二）也許學生對題目完全無所知，老師可從學生既有認知引導。

（三）可逐漸增加困難度，讓學生分組獨立完成 K-W-L 圖。

延伸閱讀

佳音英語（2005）。*閱讀師樂園*。台北：佳音事業（股）公司。

參考書目 References

Allen, R. V. (1961). *Report of the reading study project, monograph No. 1.* San Diego: Department of Education.

Anderson, N. (1999). *Exploring second language reading.* Boston: Heinle & Heinle.

Anderson, N. (2003). Reading. In D. Nunun (Ed.), *Practical English language teaching.* New York: McGraw-Hill.

Brown, H. D. (2001). *Teaching by principles—An interactive approach to language pedagogy.* New York: Longman.

Burns, P. C., Rose, B. D., & Ross E. P. (1999). *Teaching reading in today's elementary schools.* Boston: Houghton Mifflin.

Dolch, E. W. (1948). *Problems in reading.* Illinois: The Garrard Press.

Eyring, J. L. (1991). Experiential language learning. In Celce-Murcia M 1991b.

Goodman, K. S. (1970). Reading: A psycholinguistic guessing game. In H. Singer & R. B. Ruddell (Eds.), *Theoretical models and processes of reading.* Newark: International Reading Association.

Hartmann, P., & Mentel, J. (1997). *A reading/writing book.* Singapore: McGraw-Hill.

Linse, C. T. (2005). *Practical English language teaching: Young learner.* New York: McGraw-Hill.

Nunan, D. (1999). *Second language teaching and learning.* Boston: Heinle & Heinle.

Nuttall, C. (1996). *Teaching reading skills in a foreign language.* Oxford: Heinemann.

Ogle, D. M. (1989). The know, want to know, learn strategy. In K. D. Muth (Ed.), *Children's comprehension of text: Research into practice.* Newark: International Reading Association.

Smith, N. B. (1965). *American reading instruction.* Newark: International Reading Association.

Wegmannd, B., & Knezevic, M. (2002). *Mosaic 1, Reading.* New York: McGraw-Hill.

張春興（2004）。*教育心理學*。台北：東華書局。

佳音英語（2003）。*Jump for Joy 1 佳音英文繪本叢書第一冊*。台北：佳音事業（股）公司。

佳音英語（2003）。*Super Joy English 1*。台北：佳音事業股份有限公司。

**Teaching English:
General Concepts and Techniques**

3.6 歌曲歌謠教學
Teaching Songs and Chants

歌曲歌謠在英語教學的功能及重要性

只要是唱遊時間，學生總是興致高昂、精神奕奕，期待即將學習的歌曲歌謠（songs and chants）。對兒童而言，外語學習的過程中，「唱遊」和「遊戲」佔有舉足輕重的地位 (Cebula, 2003)。當學習者面對陌生的語言時，歌曲歌謠是課堂中絕佳的調味料，也是引發學習動機的媒介。語言的習得須透過不同管道刺激[註]，歌曲歌謠悅耳的曲調、有變化的節奏韻律、重覆性高的關鍵字彙和句型，及押韻的文字等特色，可或唱或唸，或加上手勢與動作，在反覆聆聽、吟唱和遊戲的過程中，可輕鬆愉快增加幼兒接觸及運用語言的機會。

幼年期的孩子對語音敏感度的掌握較具優勢，透過歌曲歌謠來練習英語的節奏、語調和重音，漸而習慣英語的語音特質 (Celce-Murcia et al, 2006)，為日後正式的英語學習奠下良好根基。

綜觀國內外的文獻 (Cebula, 2003; Graham, 2006; Murphey, 1992; Paul, 2003; Read, 2007; Schoepp, 2001; 張湘君，2000)，歌曲歌謠在外語教學的功能及重要性，可歸納為以下六點：

（一）提升學習的興趣與動機，活絡課室氣氛。

（二）加深學習印象，有助於早期語言的發展。

（三）豐富教學的內容，將教學主題生活化，提供有意義的語料輸入。

（四）輔助發音、字彙及文法的教學，提供不同的外語學習方式。

（五）培養聽力及以簡單英語表達的能力。

（六）認識並瞭解不同的文化內涵。

歌曲歌謠的學習與多元智能的連結

歌曲歌謠中的字詞重複性高，若能掌握兒童對音樂的高感受力，並結合肢體動作，例如：拍手、跺腳、左右移動等，外語學習將變得活潑有趣、

有聲有色 (Graham, 2006)。

三到六歲的幼兒，正值精細動作及粗大動作（Fine and gross motor skills）的發展時期，若能善用歌曲歌謠的語言刺激，讓學生在唱跳過程中，聽得開心、唱得快樂、學得有成就感，不但能體驗不同的語言學習，亦可啟發不同的學習潛能。

美國哈佛大學心理學教授 Howard Gardner 在 1983 年提出多元智能理論（Theory of Multiple Intelligences），指出人類有八大心智能力：語言智能（verbal/linguistic）、邏輯數學智能（logical/mathematical）、空間智能（visual/spatial）、肢體動覺智能（body/kinesthetic）、音樂智能（musical/rhythmic）、人際關係智能（interpersonal/social）、內省智能（intrapersonal/introspective）及自然觀察智能（naturalist）。這八大智能並非各自獨立運做，而是相輔相成，差別在於程度的不同。

目前坊間的英語教材，如佳音英語出版的 *YAY!* 或 *Joy for Little Actors*，以多元智能理論為基石，將其整合於英語教學中，讓不同學習類型的學生註得以接觸不同的學習領域，進而培養聽、說、讀、寫四種技能。

以下為歌曲歌謠在多元智能的範疇中，所扮演的角色及相關教學活動設計與教學範例對照。

註：視覺型學習者（visual learners）易被顏色、形狀、大小等變化吸引，老師在教學中可多運用閃示卡、海報、圖片、照片、實體物、模型、報紙、廣告傳單或影片。

　　聽覺型學習者（auditory learners）喜歡透過討論、演講、複誦和朗誦來學習，老師在教學中可多運用有聲教具、響板、鈴鼓、槌子、音樂或音效，來幫助學生學習。

　　動覺型學習者（kinesthetic learners）喜歡以實際觸摸或參與等方式學習，老師在教學中可多進行角色扮演、比手畫腳、演戲、TPR 或實做等活動。

音樂智能 （藝術與人文領域）		教學活動設計及 教學範例對照
語言智能 （語文領域）	瞭解歌詞的意義並念出正確的單字、片語和句子	吟唱歌曲或吟詠歌謠、代換練習、聽關鍵字活動、角色扮演輪唱
		所有單元教學範例 所有節慶教學範例
邏輯數學智能 （數學領域）	跟隨節奏打拍子並數拍子	拍拍樂、身體樂器、大野狼、現在幾點鐘？
		單元教學範例：二、七 節慶教學範例：三
空間智能 （藝術與人文領域）	跟隨老師的動作、進行隊型的變化、運用圖片或手偶教學	超級比一比、扭扭樂、超級星光大道、一二三木頭人
		單元教學範例：二、三、四、五、六、七 節慶教學範例：二、三、四、五
肢體動覺智能 （藝術與人文領域）	結合肢體動作、舞蹈與樂器操作	字母排排站、動物模仿秀、划船比賽、角色扮演、最佳主角、倫敦鐵橋
		所有單元教學範例 所有節慶教學範例
人際關係與內省智能 （生活及社會領域）	合唱時的互動練習、傾聽和表達感受	大合唱、接力歌唱、一搭一唱、一問一答、情緒點唱機
		所有單元教學範例 所有節慶教學範例
自然觀察智能 （自然與科技領域）	觀察、分辨並運用不同材質的樂器，如：木頭、樹葉、金屬、玻璃等	樂器敲敲、誰的反應快、歌詞變聲
		單元教學範例：二、三、四、六 節慶教學範例：五

歌曲歌謠的教學步驟

歌曲歌謠的學習領域非常多元，透過多樣活潑的教學活動設計，可間接培養學生對英語節奏的敏感度、聽說能力以及對字詞的理解，除了對學生的記憶和思維有所助益，無形中增加學生對不同歌曲歌謠的欣賞（appreciation）。在課堂中，老師可掌握兒童善於模仿、喜歡唱歌、喜歡重覆的特質，將教學活動與多元智能結合。

以下提供老師設計歌曲歌謠活動時可參考的教學步驟：

一、聽的「輸入」：播放音樂

讓學生熟悉歌曲歌謠的節奏與旋律，可運用圖片，加強學生對特定關鍵字或陌生辭彙的認知。

二、聽和讀的「輸入」：初步唸讀、理解大意

老師唸讀歌曲歌謠的字詞，幫助學生進一步理解其意義，請勿逐字逐句翻譯或加入文法的分析解釋，若歌曲歌謠是具故事性的，可用說故事的方式把大意說出來。

三、聽和讀的「輸入」、吟唱與動作的「輸出」：唱作俱佳

引導學生邊唸唱、邊做動作或打節拍，增加對該歌曲歌謠之熟悉度。此階段對幼兒而言，有助於肢體動作的協調性、平衡感、精細動作及粗大動作的發展。

四、與教學活動結合：邊唱邊玩

老師可依歌曲歌謠的主題，視學生的學習類型結合多元智能，設計適合學生之遊戲或活動，學生在此階段有機會接觸不同團體合作的模式，其相關活動教學小撇步，請參考「教學實例」。

五、改編歌曲歌謠：自由唸唱

進行多元有趣的教學活動後，可依學生現有的背景知識進行歌曲歌謠之改編，提供學生靈活運用所學的機會。

歌曲歌謠通常和單元學習內容有關，是單元課程的延伸，所佔的教學時間並不長。學生透過不同的練習（例如：邊唸唱邊做動作、邊唸唱邊打節拍、角色扮演或分組演唱、搭配有趣的遊戲活動進行），即能琅琅上口。歌曲歌謠的教學，可分別在「單元教學」、「節慶教學」及「轉銜時間」中呈現，使英語的學習更豐富，同時啟發多元智能潛能。以下將分點論述，並提供相關之參考範例。

一、單元教學

單元主題的學習內容涵蓋不同領域，老師可運用與主題相關的歌曲歌謠，拓展學生外語學習及對相關領域的認知。

範例（一）、字母排排站

Show Me "C"

Show me "C."
C!
Show me "A."
A!
Show me "T."
T!
What is it?
C-A-T CAT.

主題：字母

歌謠："Show Me 'C' "

對象：國小

目標：

1. 字母A-Z及對應單字的練習

2. 培養拼字能力

多元智能連結：語言／肢體／人際關係及內省智能

教具：字母卡、可利用之圖片（例如：小狗、桌子等）

活動步驟：

1. 複習字母A到Z。

2. 把字母卡平均分給每位學生。

3. 老師說Show me C，拿到C的學生，高舉字母卡並站起來大聲說C。

4. 老師說Show me A，拿到A的學生，高舉字母卡並站起來大聲說A。

5. 老師說Show me T，拿到T的學生，高舉字母卡並站起來大聲說T。

6. 老師說What is it?，引導全部學生一起說C-A-T，CAT。

7. 依此類推，延伸進行其他字母及單字的練習。

範例（二）、拍拍樂

 **Ten Little Sweet Milk Chocolates**

 One little, two little, three little chocolates.
Four little, five little, six little chocolates.
Seven little, eight little, nine little chocolates.
Ten little sweet milk chocolates.

主題：食物

歌曲："Ten Little Sweet Milk Chocolates"（旋律："Ten Little Indians"）

對象：幼兒及國小

目標：

1. 數字 1-10 及複數名詞的練習

2. 以拍手的節奏結合音節練習

多元智能連結：語言／邏輯數學／空間／肢體動覺／人際關係及內省／
　　　　　　　自然觀察智能

教具：音樂

活動步驟：

1. 讓學生圍坐成一圈，隨音樂吟唱並跟著節奏打拍子。

2. 變化打拍子的方式，以增加趣味性，例如：兩兩一組，面對面，自
　 己雙手拍一下（one）、雙手與夥伴對拍（little）、自己雙手拍一下
　 （two）、雙手與夥伴對拍（little）、自己雙手拍一下（three）、雙手與
　 夥伴對拍（little）、最後學生雙手拍膝兩下（chocolates）。

3. 可依學生年齡調整活動的難易度。

延伸活動：樂器敲敲（My Musical Instrument）

　　　　　除了拍手，也可加入不同的樂器，例如：鈴鼓、三角鐵、響
　　　　　板，欣賞不同的樂器聲音，並增加吟唱節奏感。

範例（三）、超級比一比

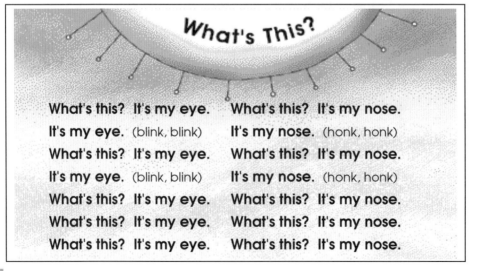

What's this? It's my eye.　　What's this? It's my nose.
It's my eye. (blink, blink)　　It's my nose. (honk, honk)
What's this? It's my eye.　　What's this? It's my nose.
It's my eye. (blink, blink)　　It's my nose. (honk, honk)
What's this? It's my eye.　　What's this? It's my nose.
What's this? It's my eye.　　What's this? It's my nose.
What's this? It's my eye.　　What's this? It's my nose.

主題：身體部位

歌曲："What's This?"（旋律："If You're Happy"）

對象：幼兒及國小

目標：

1. 身體部位及 What's this? It's my... 句型練習

2. 培養學生聽到關鍵字的對等反應能力

多元智能連結：

語言／空間／肢體動覺／人際關係及內省／自然觀察智能

教具：音樂、身體部位圖片或閃示卡

活動步驟：

1. 帶領學生一起跟著音樂吟唱，並跟著老師做動作。

2. 引導學生唱到身體部位（例如：eye）時，不只唱出，並要指著 該部位，此時學生大聲說出 blink, blink。其它身體部位依此類推。

3. 老師可依學生年齡調整活動的難易度。

延伸活動（1）拼圖（Body Puzzles）

老師準備一套身體各部位的拼圖，當唱到該身體部位時，例如：唱到 What's this? It's my head.，最快反應出該肢體動作 nod, nod 的學生，可上前將其部位的拼圖拼上，依此類推其他的身體部位，例如：It's my nose（honk, honk）、It's my mouth（munch, munch）、It's my hand（clap, clap）、It's my foot（stomp, stomp）等；也可以分組競賽，增加活動的刺激性。

延伸活動（2）誰的反應快（Who's Fast?）

若老師說 blink, blink，學生就要比著自己的眼睛說 It's my eye. 若老師說 honk, honk，學生就要比著自己的鼻子說 It's my nose.。加入其它身體部位做練習，哪個學生反應最快，就可當下一位發號施令者。

範例（四）、一搭一唱

 Shrug Your Shoulders

Shurg your shoulders.	Right and left.	One, two, three, four.
Right and left.	One, two, three, four.	Massage my neck
One, two, three, four.	One, two, three, four.	slowly.
One, two, three, four.	Rub my back gently.	One, two, three, four.
Pull your ears.	One, two, three, four.	One, two, three, four.

主題：身體部位／方位／數字

歌曲："Shrug Your Shoulders"

對象：幼兒及國小

目標：

1. 身體部位及相關肢體動作的動詞、方向用語、副詞及數字

2. 連結相關肢體動作，對幼兒而言，可培養其精細及粗大動作的技巧

多元智能連結：語言／空間／肢體動覺／人際關係及內省智能

教具：音樂、身體部位圖片或閃示卡

活動步驟：

1. 將學生分成兩排，面對面，老師先和一個學生示範。

2. 老師吟誦並做動作：Shrug your shoulders. Right and left.

3. 學生跟隨老師邊吟誦邊做動作：Shrug my shoulders. Right and left. One, two, three, four. One, two, three, four.

4. 老師吟誦並做動作：Pull your ears. Right and left.

5. 學生跟隨老師邊吟誦邊做動作：Pull my ears. Right and left. One, two, three, four. One, two, three, four.

6. 老師吟誦並做動作：Rub your back gently.

7. 學生隨老師邊吟誦邊做動作：Rub my back gently. One, two, three, four. One, two, three, four.

8. 老師吟誦並做動作：Massage your neck slowly.

9. 學生跟隨老師邊吟誦邊做動作：Massage my neck slowly. One, two, three, four. One, two, three, four.

10. 老師可依學生年齡調整活動的難易度。

延伸活動：身體部位變變變（Body Part Switch）

老師可帶入其他身體部位及相關肢體動作，例：

Nod your head. Up and down.

Wiggle your fingers. Slow and fast.

Flap your arms. High and low.

Swing your legs. Front to back.

範例（五）、彩色怪獸

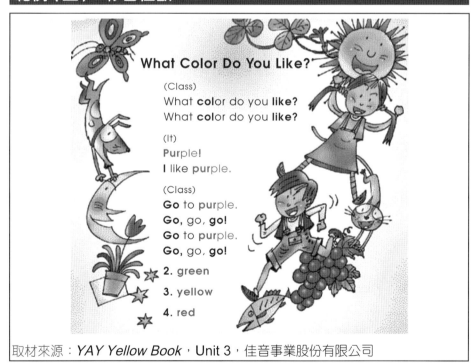

取材來源：*YAY Yellow Book*，Unit 3，佳音事業股份有限公司

主題：顏色

歌曲："What Color Do You Like?"

對象：幼兒及國小

目標：

1. 顏色及 What color do you like? I like... 句型練習

2. 色彩認知、平衡感、協調性及粗大動作的發展力

多元智能連結：語言／空間／肢體動覺／人際關係及內省智能

教具：音樂、顏色閃示卡或色紙

活動步驟：

1. 老師將顏色閃示卡或色紙散在教室四周。

2. 老師先當「彩色怪獸」，引導全班一起問 What color do you like?。

3. 若「彩色怪獸」回答 I like purple.，全班學生都要跑到該顏色區塊。

4. 扮演「彩色怪獸」的老師，在學生跑到該顏色區塊時，抓動作最慢的
   學生當下一個「彩色怪獸」，活動方式依此類推。

5. 可依學生年齡調整活動的難易度。

教學實例：

老師：I'm a color monster. I like to eat colors. Now you ask me,
"What color do you like?"

學生：What color do you like?

老師：I like purple. When you hear"purple," run to the purple spot.
Watch out or I'll catch you.

延伸活動：顏色扭扭（Color Twister）

　　　　　　老師可運用遊戲墊及轉盤（詳見以下遊戲墊及轉盤製作方
　　　　　　法），增加活動的趣味性及變化。

1. 老師發給每個學生不同的顏色卡，複習學過的顏色。

2. 活動開始，老師先問全班學生 What color do you like?，然後轉轉盤，
   若轉到紫色，全班的學生要歡呼 Go to purple. Go, go, go!，此時拿
   到紫色顏色卡的學生，要迅速站到遊戲墊上的紫色方格，並回答 I like
   purple.，最快的學生可以發問並轉轉盤，進行方式依此類推。

3. 若想增加挑戰性，老師可另外加入左右手及左右腳的指令，老師問全

班學生 What color do you like?，然後轉轉盤，若轉到藍色並指定右腳，全班的學生要歡呼 Go to blue. Go, go, go!，此時拿到藍色顏色卡的學生要迅速用右腳站到遊戲墊上的任一藍色方格，並回答 I like blue.。

該學生留在原地，活動繼續進行，若此次轉到黃色，老師指定用左手，有黃色顏色卡的學生要迅速將左手放到遊戲墊上的任一黃色方格，並回答 I like yellow.，而原本用右腳站在藍色方格的學生，也要將左手放到遊戲墊上任一黃色方格，並回答 I like yellow.。活動繼續進行，能順利運用四肢且沒有跌倒到最後的學生，可獲得獎勵。

遊戲墊製作方法

準備現成 A4 大小的紅、橙、黃、綠、藍、紫、棕、黑、白色的書面紙或雲彩紙，排列方式以九個顏色為一單位，隨機在每單位排列顏色，請注意相同顏色不能兩兩相隔（如圖 12）。

遊戲製作面積較大，建議每排好一個單位，貼上透明膠帶護貝起來，六個單位一一完成護貝後，再組合起來，可減少失敗率。

透明膠帶護貝除了方便保存教具外，也可增加活動的變化，例如：除了進行顏色活動，老師也可在遊戲墊寫下字母或數字，用後再擦掉，或黏貼閃示卡及圖片。

遊戲墊上顏色排列範例

紅	藍	棕	黑	橙	藍
黑	橙	綠	紅	黃	綠
紫	白	黃	紫	棕	白
黃	綠	紫	藍	黃	黑
藍	棕	紅	橙	綠	紅
橙	白	黑	棕	白	紫
綠	黃	橙	紫	藍	橙
黑	紅	藍	紅	綠	黃
白	紫	棕	黑	白	棕

圖 12

轉盤製作方法

底層圓形板建議使用厚紙板製作，佳音寶寶圖片則用雙腳釘固定成有指針
的轉盤，剪下紅、橙、黃、綠、藍、紫、棕、黑、白色的圓形色圈，黏貼
於底層的圓形板上，建議用透明膠帶護貝。

範例（六）、超級星光大道

Hop, Hop, Hop!

We'll hop, hop, hop like a bunny.

And run, run, run like a dog.

We'll walk, walk, walk, like an elephant.

And jump, jump like a frog.

We'll swim, swim, swim like a goldfish.

And fly, fly, fly like a bird.

We'll sit right down and fold our hands.

And not say a single word.

主題：動物

歌曲："Hop, Hop, Hop!"

對象：幼兒及國小

目標：

1. 動物名稱及其相對應之動作（action verbs）

2. 對該動物行動模式的認知及模仿能力，以及精細及粗大動作的技巧

多元智能連結：語言／邏輯數學／空間／肢體動覺／人際關係及內省智能

教具：音樂及動物頭套

活動步驟：

1. 老師將學生分組，分別帶上bunny、dog、elephant、frog、goldfish、bird等動物頭套。

2. 在教室中央用亮色彩帶隔出足夠的走道空間讓學生表演，引導學生邊唸邊做動作，例如：

Bunny, bunny, hop, hop, hop.

（雙手做出兔子耳朵的樣子，單腳跳。）

Dog, dog, run, run, run.

（手心向前，手指下彎，放在下巴兩側，伸舌頭。）

Elephant, elephant, walk, walk, walk.

（用手做出大象鼻子樣，模仿沉重步伐。）

Frog, frog, jump, jump, jump.

（雙腳腳跟併攏外八蹲下，雙手放在雙腳內側。）

Goldfish, goldfish, swim, swim, swim.

（手掌合併左右移動，做出游水狀。）

Bird, bird, fly, fly, fly.

（雙臂向兩側展開，做出飛翔動作。）

3. 可在團體練習時，改變學生唸詞、唱歌或做動作的速度，依學生年齡調整活動的難易度，增加活動趣味性。

4. 最後由全班同學選出「最佳動物主角」。

延伸活動：代換練習（Animals Substitution）

準備其它動物的圖片，進行代換練習，例：

We'll crawl, crawl, crawl, like a crocodile.

And swing, swing, swing, like a monkey.

範例（七）、現在幾點鐘？狼先生！

One O'clock

One o'clock, two o'clock, three o'clock,
rock!
Four, five, six o'clock,
hop, hop, hop!
Seven o'clock, eight o'clock, nine o'clock,
roll!
Ten, eleven, twelve o'clock,
go, go, go!

主題：時間

歌謠："One O'clock"

對象：幼兒及國小

目標：

1. 時間的認知

2. 時間的說法

多元智能連結：語言／邏輯數學／空間／肢體動覺／人際關係及內省智
能

教具：音樂、時鐘、大野狼面具或頭套

活動步驟：

1. 老師戴上大野狼面具或頭套，學生在教室另一頭問大野狼 What time
   is it, Mr. Wolf?，若大野狼回答 It's two o'clock.，學生就往前走兩步，
   並唸 One o'clock, two o'clock, rock!。

2. 若大野狼回答 It's six o'clock.，學生就往前走六步，並唸 One

o'clock, two o'clock, three o'clock, rock! Four, five, six o'clock, hop, hop, hop!，依此類推。

3. 若大野狼回答 It's lunch time.，學生就說 Run, run, run!，馬上跑回座位，不小心被大野狼抓到的學生，要當下一個大野狼。

4. 此活動為一二三木頭人的變化型，可依學生年齡調整活動的難易度。

二、節慶教學

學習一種語言，就是學習一種文化。如課程內容為節慶活動，例如：New Year、Chinese New Year、Valentine's Day、Easter、Mother's Day、Dragon Boat Festival、Mid-Autumn Festival、Halloween、Christmas，便可進行相關節慶的歌曲歌謠教學，增加過節氣氛。

範例（一）、幸運紅包袋

Chinese New Year

Chinese New Year! (Hey!)
Happy New Year! (Hey!)
Put on your new clothes.
You are pretty. You are pretty.
Give me red envelopes.
Give me red envelopes.
Thank you! Thank you!
Gongshi! Gongshi!
Set off firecrackers!
Set off firecrackers!
Pop, pop, pop, pop!
Bang, bang, bang, bang!
(Aah!)

取材來源：*YAY Yellow Book*，p.78，佳音事業股份有限公司

主題：農曆新年

歌曲："Chinese New Year"

對象：幼兒及國小

目標：

1. 農曆新年的相關用詞

2. 瞭解農曆新年的習俗

多元智能連結：語言／肢體動覺／人際關係及內省智能

教具：紅包袋內裝新年應景單字（例如：red envelopes、spring couplets、firecrackers、family dinner、Gongshi、new clothes），或裝獎卡、鉛筆等小禮物。

活動步驟：

1. 教導與農曆新年相關的單字，可說出學生學過的節慶單字，讓學生分辨該單字是否與農曆新年相關。例如：老師說Christmas trees，學生在胸前比叉；老師說red envelopes，學生則比圈。

2. 播放音樂，教唱歌曲，唱到Gongshi! Gongshi!時，做出拱手作揖動作，唱到set off firecrackers!，則做出一手掩耳，另一手點燃鞭炮的動作。

3. 待學生能隨音樂吟唱，便將事先準備的紅包袋傳給全班，讓學生邊唱邊傳紅包袋，當音樂停止，學生將手上的紅包袋打開，唸出紅包袋裡的單字；若幸運拿到裝有獎卡或小禮物的學生，須向老師說Gongshi! Gongshi!。

4. 可依學生年齡調整活動的難易度。

延伸活動：聽聽關鍵字（Listen to the Gist）

　　　　　　　播放過年相關歌曲，例如：唱到In Chinese New Year, put on your new clothes時，將音樂暫停，並說In Chinese New Year, put on your...，讓學生回答 new clothes，依此類推，讓學生注意歌曲中的關鍵字，加深對字彙的印象。

範例（二）、大聲說我愛你

Valentine's Day

1. There is a day in February.
   A lovely day for you and me.
   A valentine, a pretty flower and some chocolate.
   Oh, you're so sweet.

2. For you and me.

   I love Mommy and Daddy.
   I love my brothers and sisters.
   I love my teachers and my friends.
   There are so many people I love.

   I love Grandpa and Grandma.
   I love my uncles and my aunts.
   I love my dog and my cat.
   There are so many things I love.

Let them know on Valentine's Day. (×2)

取材來源：*YAY Purple Book*，p.42，佳音事業股份有限公司

主題：情人節

歌曲："Valentine's Day"

對象：幼兒及國小

目標：

1. 情人節的相關用詞

2. 情人節所祝福的對象

多元智能連結：語言／空間／肢體動覺／人際關係及內省智能

教具：音樂、愛心圖卡

活動步驟：

1. 讓學生圍坐成一圈，引導唸出單字並用肢體動作呈現，例如：

February（用手指比二）

Valentine（雙手在胸前交叉）

lovely 及 love（用拇指和食指比出愛心）

sweet（秀出甜美笑容）

2. 一邊播放歌曲，一邊傳愛心圖卡，引導學生跟著音樂吟唱並隨老師做動作。

3. 老師隨機停止音樂，全班同學對著拿到愛心圖卡的學生，大聲說 I love you.。

4. 可依學生年齡調整活動難易度。

範例（三）、龍舟接力賽

The Dragon Boat Festival

Dragon Boat Festival! Yummy, yummy! Eat zhongzi!
How many zhongzi can you eat?
Munch, munch, munch, munch.
Chomp, chomp, chomp, chomp! Ah, oh! Oh! Not anymore!

Dragon Boat Festival!
Heave-ho, heave-ho! Race the boat!
How fast can you race the boat?
Heave-ho! Heave-ho! Heave-ho! Heave-ho!
Go, go, go, go, go, go! We won! Yay!

取材來源：*YAY Green Book*，p.78，佳音事業股份有限公司

主題：端午節

歌曲："Dragon Boat Festival"

對象：幼兒及國小

目標：

1. 端午節的相關用詞

2. 瞭解端午節的習俗

多元智能連結：語言／邏輯數學／空間／肢體動覺／人際關係及內省智
能

教具：紙箱數個、數字 1-5 的圖卡

活動步驟：

1. 簡述端午節划龍舟及吃粽子的由來。

2. 播放歌曲，引導學生跟著音樂吟唱並隨老師做動作。

3. 在 How many zhongzi can you eat? 後按停止鍵，並秀出數字 5 的圖
卡，學生從 1 數到 5，接著繼續唱完第一段歌曲，並做出吃很飽的樣
子。

4. 將學生分組，每組排成一直線、發一個紙箱，第一個學生將身體套在
紙箱內。

5. 全班學生一起唱第二段，套著紙箱的學生，一手扶著紙箱，另一手做
出划龍舟的手勢，快速繞教室一周後，將紙箱交給下一個學生，最快
完成繞行的組別贏得比賽。

6. 可依學生年齡調整活動難易度。

範例（四）、角色扮演輪唱

A Witch on Halloween

I am a witch on Halloween,
a witch on Halloween.
And I have long, long, long, long hair.
I want to scare you all.
Hahh, hahh!

I am a pumpkin on Halloween,
a pumpkin on Halloween.
I have a scary, scary face.
ant to scare you all.
Hee, hee, hee!

I am a spider on Halloween,
a spider on Halloween.
And I have a sticky, sticky web.
I want to catch you all.
Gotcha! (Oh no!)

Halloween! Halloween!
Let's go out on Halloween!
Halloween! Halloween!
And we'll have fun tonigh

取材來源：*舞出律動新風潮—節慶篇DVD*，Track 13，佳音事業股份有限公司

主題：萬聖節

歌曲："A Witch on Halloween"

對象：幼兒及國小

目標：

1. 萬聖節的相關用詞

2. 藉由角色扮演，培養學生的觀察力

多元智能連結：語言／空間／肢體動覺／人際關係及內省智能

教具：witch、pumpkin、spider的圖片

活動步驟：

1. 秀出witch、pumpkin、spider的圖片，和學生討論萬聖節角色扮演的特色與動作，老師隨機唸出歌詞，讓學生配對，例如：老師說a sticky web，學生回應a spider。

2. 播放歌曲，引導學生一起跟著吟唱，並隨老師做動作。

3. 將學生分成三組，各代表witch、pumpkin和spider，播放歌曲，輪到該組時，該組站起來唱出，並加上動作。

4. 學生熟悉歌曲的旋律後，老師可指定組別，並加快每組輪唱的速度，無法跟上的組別，則淘汰出局。

5. 可將代表物圖片製成頭套，讓學生戴著表演歌曲。

6. 可依學生年齡調整活動的難易度。

延伸活動：情緒點唱機（Emotional Juke Box）

老師可運用不同的情緒圖卡，例如：笑臉、生氣的臉、傷心的臉，增加活動的趣味。如果老師拿出生氣的圖卡，學生就用生氣的聲音及情緒唱歌，以此類推。

範例（五）、倫敦鐵橋

Deck the Halls

Deck the halls with everybody.

Fa la la la la, la la la la.

Stand a Christmas tree so pretty.

Fa la la la la, la la la la.

Here's a reindeer. There's a bowtie.

Fa la la, la la la, la la la.

Set a star on top so high.

Fa la la la la, la la la la.

There's a mistletoe, you see.

Fa la la la la, la la la la.

Give a kiss and smile at me.

Fa la la la la, la la la la.

Hang the stocking. Get some candy.

Fa la la, la la la, la la la.

Merry Christmas! Have a party.

Happy New Year, and it will be.

取材來源：*舞出律動新風潮—節慶篇DVD*，Track 19，佳音事業股份有限公司

主題：耶誕節

歌曲："Deck the Halls"

對象：幼兒及國小

目標：

1. 耶誕節的相關用詞

2. 瞭解耶誕節習俗

多元智能連結：語言／空間／肢體動覺／人際關係及內省智能

教具：耶誕節應景圖片

活動步驟：

1. 將學生分組，每組輪流說出耶誕節的相關用詞，十秒內無法回答則出局，能說出最多字詞的組別獲勝。

2. 播放歌曲，引導學生跟著音樂吟唱。

3. 兩兩一組，排成兩直列，面對面將雙手高舉，搭成拱橋。

4. 學生隨著音樂吟唱，從排尾的兩位學生開始，兩兩手牽手，低頭快速通過手搭拱橋。

5. 隨機暫停音樂，一旦音樂停下，拱橋即降下，被套住的學生須說出三個與耶誕節相關的單字或用語。

6. 熟悉歌曲旋律後，可讓學生清唱並加快速度，讓活動更刺激。

7. 可依學生年齡調整活動難易度。

延伸活動：歌詞變聲（Change the Lines）

可將每段歌詞中的 fa la la la la, la la la la.，以不同的樂器或隨手可敲出聲音的物品代替，增加趣味性。

三、轉銜時間

除了在上課時間配合單元主題教學所教唱的歌曲歌謠外，也可運用上下學、午休前後、用餐或上下課的轉銜時間，播放英語歌曲歌謠，例如：上學時間播放「早晨或打招呼」歌曲、放學時間播放「回家或再見」歌曲、午餐時間播放有關「食物或用餐禮儀」歌曲、相關節慶日來臨前，播放節慶的歌曲，製造沉浸於英語環境的機會，增加聽的「輸入」，營造自然的語料輸入情境，久而久之，學生便可不自覺「輸出」歌曲歌謠中的語彙。

範例（一）、上學時間

Come and Say Hello

Come and say "Hello" to our friends.

Smile, bow and then shake hands.

Let's go! Paper, scissors, stone!

If ypu lose, you'll follow me.

範例（二）、用餐時間

Meal Time Song

Lunch time now. Lunch time now.

Thank you for the food so good.

Thank you, teacher.
Thank you, cook.

Yummy, yummy. Look, look, look!

範例（三）、午休時間

Naptime Song

Nap time, nap time, after lunch,
time to have a rest.

Brush your teeth & wash your face.
Get into the bed.

Hush! Hush! Please don't talk.
Please be quiet now.

Just relax & close your eyes.
Soon you'll fall asleep.

範例（四）、運動時間

Exercising Song

Nod your head. Nod and nod!
Make a circle all around.

Shrug your shoulders. Right and left!
Shrug your shoulders up and down.

Now kick your legs. Kick and kick!
Kick your legs. Turn around.

Clap your hands. Clap and clap!
Turn around and around!

Stretch your arms to the sky.
Bend down low all the way.

Put your hands on your head.
Bend to the right and to the left.

Now twist your body. Twist and twist!
Shake your body. Shake and shake!

Jump and jump. Jump up high!
Run to me and go back!

範例（五）、說故事時間

Story Time Song

Oh, here comes our lovely story time.
Now get closer and be quiet.
Is there a witch or a knight?
A monster or a giant?
There's a magic world where you can fly.
There's a magic world where you can fly.

範例（六）、放學時間

Goodbye!

Goodbye, my friends. I am going home.
Goodbye, my friends. I am going home.
I will see you later. See you soon!
I will see you later. Bye! Goodbye!
(Adios! Aloha! Ciao! Salaam!
Adios! Aloha! Sayonara! Goodbye!)

結語

老師若是課堂中的魔術師，那歌曲歌謠就是老師手中的魔杖，輕輕一點，就將字彙與句型的練習，變得生動有趣。雖然歌曲歌謠並非課堂中的主角，但透過歌曲歌謠的「輸入」，學生的「輸出」是自然而然（natural and spontaneous）且是有樂趣的（enjoyable）。

不同的學習方式，加上與多元智能的結合，啟發學生不同的學習潛能，歌曲歌謠在語言學習的功能及重要性不容小覷。

參考書目 References

Cebula, D. (2003). Songs and rhymes in language teaching. Retrieved September 14, 2007, from http://www.iatefl.org.pl/tdal/n9songs.htm

Gardner, H. (1983). *Multiple intelligences: The theory in practice*. New York: Basic Books.

Graham, C. (2006). *Creating chants and songs*. Oxford, U.K.: Oxford University Press.

Murphey, T. (1992). *Music and song*. Oxford, U.K.: Oxford University Press.

Paul, D. (2003). *Teaching English to children in Asia*. Hong Kong: Pearson Education North Asia Limited.

Read, C. (2007). *500 activities for the primary classroom*. Oxford: Macmillan Publishers.

Schoepp, K. (2 February, 2001). Reasons for using songs in the ESL/EFL classroom. *The Internet TESL Journal*. Retrieved September 14, 2007, from http://iteslj.org/Articles/Schoepp-Songs.html

Celce-Murcia, M. (2006). Teaching English as a Second or Foreign Language [英語教學新論]。(周中天編校)。文鶴出版有限公司,（原作出版年：2001）

張湘君（2000）。英文童謠創意教學。台北：東西出版事業股份有限公司。

Chapter 4

教案設計
Lesson Planning

Chapter 4

4.1 何謂教案
Introduction

根據教學內容，訂定明確可行的教學目標，選擇適當的教學法和練習活動，依循正確的教學步驟，在一定時間內完成某項課程計畫、做為上課的依據，稱為「教案」。

教案讓老師在課前有充分準備，完整順暢地呈現教學，讓學習更有效率。若未事先規劃教案，老師可能會中斷課程，造成教室管理問題。教案設計是做好班級經營的前提，教案也可讓老師做為課後自我檢視的標準。

Lesson Planning

4.2 教案編寫原則
Principles in Constructing a Lesson Plan

編寫教案時，要考慮以下幾個因素：

一、學生個性及班級狀況

每個學生個性不同，有人活潑好動、有人安靜害羞、有人好強、有人愛說話。設計教案時，須讓不同個性的學生在課堂上都能有所發揮。

較活潑的班級，可設計較具挑戰與動態的活動，例如：讓學生上台比手畫腳（charade）；對於安靜害羞的班級，除了調整學生上台的次數，也可突顯他們的強項：在書寫（writing）方面給予更多挑戰，但也不可偏廢口說（speaking）練習；好強的班級因得失心重，常有爭吵行為，建議以多樣性的活動取代競爭遊戲。

活動進行時，儘量避免偏袒不公的情形，可透過座位安排或活動設計，將紛爭降到最低，例如：讓每組程度較優異的學生一起競賽，或簡化題目，遊戲結束後，都給予正向鼓勵。平時在班級經營時，也要給學生勝不驕敗不餒的觀念。

學生男女比例不同，也會影響到教案設計。男生較多的班級，要設計女生在體能上也能一同參與的活動，並確實做到男女平均分組，避免男生全集中在同一組。

二、時間長短

一堂課除了主要課程內容，還要有暖身活動與彈性時間；暖身活動可讓學生在心態上做好準備，彈性時間則可用於小考、佈達重要事項、獎勵、抄寫聯絡簿，或練習不熟悉的句型。

三、班級大小

班級人數多寡

如班級人數較少，可多採用個人練習（例如：Q&A），如人數較多，可增加分組或團體練習，若採取個人練習，不但每人練習機會變少，班級管理也可能會出現問題。

教室空間大小與配置

教室桌椅呈現U型排列，即可設計較多動態活動；若桌椅呈現分組排列，則可設計由同組成員共同完成的活動；若採一般傳統課桌椅排列，則可採用接力活動。設計活動時，須考量教室空間大小，像是否有足夠空間讓學生用呼拉圈競賽。

四、學生的英文程度

學生程度不同，在教案設計上所使用的教室用語（classroom English）也會有所不同，如要學生站到台前，針對初級的學生，簡單說Come here.即可，對於程度較高的學生，可詳細說出Please come over here and stand in front of us.。

對初級學生而言，詳細而冗長的教室用語只是一連串無意義的聲音輸入，還會增加學習焦慮。針對初級的班級，使用簡潔清晰用語即可。隨著學生程度提升，漸漸增加教室用語的難度，亦可增加學生聽力的輸入。

若班上程度不一，老師可使用簡單的教室用語，讓所有學生都能瞭解，而教學內容，可採中間偏易，但可增加活動的挑戰性。

五、使用教具

準備適當的教具做為課程活動輔助，教具的編列，除用文字敘述，也可採用圖示與簡單符號，縮短理解時間。例如：活動需要兩個玩具鎚子，文字為two toy hammers，圖示則為 ⊤ × 2。若無充足教具，應立即修正教案中的活動內容與輔助教具。

六、教學重點

教案設計的重點不是課本的詳細內容（例如：單字、句型、對話等），而是教學法、教學步驟、時間或教具等。教案設計也須顧及課程前後的連貫，並預測當日的教學有哪些易出錯或難理解的部分，在設

計教案時，先行找出更好的呈現與練習方式。

七、教學進度

如已有專人設計的老師手冊供參考，可依此進度安排課程；若需自行設計，則須考量學生學習狀況、節慶、課程內容。無論自行編排教學進度或依循老師手冊，第一堂課前，應先熟悉整套教材、瞭解學生的程度。若與外師配課，應先討論當日的教學內容。

即使是相同的教材，教案仍須因不同的班級等種種因素做適度調整，不應以一套教案走天下。

Lesson Planning

4.3 教案編寫步驟
Step-by-step Guidance

一、擬定教學目標（Objectives）

教育心理學者布魯姆（Bloom）將教學目標分為：認知領域、情意領域和技能領域。「認知領域」強調智能結果的目標，「情意領域」包括感覺和情緒的目標，「技能領域」則強調動作技能的目標（陳須姬，1993）。

從學生的觀點來看，不管學習任何科目時，認知、情意、技能，三者會相伴產生（張春興，2004）。

就英語教學而言，最基本的目標在於增進學生聽說英語、讀寫英文的能力；其中聽、讀技能，從輸入（input）接收到的語文，從認識、理解開始，進展到綜合分析，偏重「認知領域」；而說、寫技能，則是語文上的輸出（output），從感官刺激的知覺，或在老師引導下做出反應，最後能熟練使用，偏重「技能領域」。

設計活動的步驟依序為：聽（listening）→說（speaking）→讀（reading）→寫（writing）；學生先透過聆聽來接觸（exposure）目標語，再經由模仿說出目標語，閱讀時，須具備認識單字的能力與基本的句型觀念，或利用圖片來輔助，寫更是以讀做為基礎。以單字教學為例，可安排下列活動，循序訓練聽、說、讀、寫：

（一）呈現

　　　目標：聽、說

　　　認知領域：學生能瞭解單字的意義。

　　　技能領域：學生能說出正確的單字。

　　　活動：See-Say

　　　　　　老師秀出閃示卡並教唸單字，學生邊聽邊看卡，邊跟著老師唸。

（二）練習

　　　目標：聽、說、讀

　　　認知領域：學生能聽音辨圖辨字。

　　　技能領域：學生能看圖說出正確的單字、看字讀出正確的音。

活動：The hitting game

呈現單字的圖面，學生根據老師唸的字，敲打正確的圖並說出來。

呈現單字的字面，學生根據老師唸的字，敲打正確的字並讀字。

目標：聽、寫

認知領域：學生能分辨「聲音與字母」的對應關係（例如：[b]是 b 字母的聲音）。

技能領域：學生能拼寫單字。

活動：Spelling Relay

老師說一個單字，學生輪流在黑板上一人寫出一個字母，一起拼出單字。

就「情意領域」而言，老師也可發揮課程潛移默化的力量，無形中帶給學生情意陶冶，如課程內容為介紹動物，其「情意領域」的目標可為「學生能體認保護自然生態的重要性」或「學生能具有愛護動物、不隨意濫殺的觀念」。

二、設計教學方法、寫出教學步驟（Teaching Methods & Procedures）

教學分為四大步驟：暖身（warm-up）、呈現（presentation）、練習（practice）和結尾（closure）。不管教學內容是單字、文法、對話或閱讀，皆應依循四大步驟來設計教案。

（一）暖身活動

目的：讓學生儘快進入學習英語文的情境。學生在緊湊的學習活動後接著上英語課，精神與專注力難集中，在進入正式課程前，以暖身活動激發其學習的動機。

暖身活動的變化很多，如：唱歌唸謠、喊口號、複習，也可預教當天要呈現的內容。

注意事項：暖身活動時間應控制在五到十分鐘內，以簡單有趣的活動或遊戲為主。可做拼字練習，或針對文法句型做簡單問答。

（二）呈現

目的：透過清楚的呈現，讓學生學習並瞭解新的單字、句型或對話內容。

注意事項：

1. 單字的呈現

（1）使用閃示卡：以car為例，先呈現閃示卡圖面，帶唸car，待學生瞭解字義後，再翻到字面認字，拼出c-a-r。

（2）使用實物、模型、畫圖或表演：以apple為例，事先準備真的蘋果、模型蘋果或在黑板上畫出蘋果，先帶唸apple，待學生熟悉後，再拼出a-p-p-l-e。

（3）使用學生學過的相關字或相反字：以excited為例，相關字為very happy、cheerful，相反字為calm、cool。

（4）使用簡單英語（simple English）解釋並造句，以donate為例：可說to give money or things to help a person.，並造句The old man donated a billion dollars to the orphanage.。

（5）遇到抽象單字，無法用以上任一方法呈現時，可請學生查字典，瞭解中文意義，同時學習字典上的例句。

（6）教授新單字時，除了呈現意義外，也要注意發音正確性。

2. 句型的呈現

（1）演繹法（deductive method）

直接列出句型規則，再舉例讓學生熟悉句型。

使用演繹法時，要先將句型分解，並先教最簡單的部分，像是直接告訴學生一般動詞後要接副詞，再舉例句I studied English happily. My mom shouted at me angrily. He runs fast.。

（2）歸納法（inductive method）

舉例讓學生自行歸納句型規則。

使用歸納法時，要注意不逐一解釋文法，而用大量的例子讓學生瞭解該規則，像是先舉例句The idea sounds great. The food smells good. My brother looks excited.，讓學生歸納出感官動詞（sound、look、smell、taste、feel）後要接形容詞之規則。

（3）表演法（acting）

直接以動作呈現，讓學生瞭解句子的意思。要教I like to draw.的意思，先指指自己表示I，接著比愛心表示like，最後拿筆在黑板上任意畫畫。

（4）注意事項

- 呈現新句型時，儘量不用新單字，以免造成學生的壓力。
- 先教肯定句再教否定句；先教直述句再教問句。
- 以問答的方式確定學生瞭解。
- 較長句型可分段呈現。
- 教授新規則時，先讓學生閤上課本，把注意力集中在老師身上。

（三）練習

目的：學生需要大量練習，來熟悉新的內容，可綜合先前學過的內容，做螺旋式練習。

十種基本練習方法：

1. 看與說的練習（see-say）

讓學生看實體物、圖片、閃示卡，甚至肢體動作，對於教新單字或片語十分有效。使用閃示卡時，先展示圖面讓學生重覆唸幾次，再轉字面讓學生拼出單字，可將句型寫在黑板

上,運用閃示卡或動作提示讓學生造新的句子。

抽換閃示卡建議由後方拿到前方,老師就可先看到要閃示卡內容;另外,閃示卡要夠大,確保所有學生都能看到。

教學實例:

(老師把句型 I like ＿＿＿s. 寫在黑板上,拿一張 watermelon 的閃示卡。)

學生:I like watermelons.

(老師把句型 I do not like ＿＿＿s. 寫在黑板上,拿一張 spider 的閃示卡。)

學生:I do not like spiders.

2. 重覆練習(repetition)

教完新單字或句型後,讓學生重覆練習,次數儘量不要超過三次,過多練習會遞減學習效果,也會出現含糊不清的複誦情形,這時應糾正學生錯誤。

重複練習也可增加變化:練習單字時,老師拍手、彈指或跺腳兩次,學生將單字複誦兩次,或以擲骰子的數字決定練習的次數等。

對於較長的句子,可採用「倒推練習技巧」幫助學生練習(詳見本書 2.3 聽說教學法。)

教學實例:

老師:The post office.

學生:The post office.

老師:To the post office.

學生:To the post office.

老師:Take a bus to the post office.

學生:Take a bus to the post office.

老師:We take a bus to the post office.

學生:We take a bus to the post office.

3. 聽與做練習（listen and do）

老師給指令，學生藉動作來表達意思。

教學實例：

老師：Open your book.

（學生打開書本。）

老師：Cook.

（學生做出煮飯的樣子。）

4. 機械式練習（mechanical practice）

讓學生分項練習必須熟記的變化或句型，教學步調要緊湊，否則學生會感到無聊。

be動詞的變化	I am, You are, He/She/It is
不規則動詞的三態變化	go, went, gone
形容詞原級、比較級和最高級的變化	good, better, best
單字（月份、星期）	January, February

教學實例：

老師：When I say "I", please say "I am." Do you understand?

學生：Yes.

老師：I.

學生：I am.

老師：He.

學生：He is.

5. 問與答的練習（Q&A）

呈現新的文法重點後，確定學生是否能正確問答。老師可提示學生用 Yes 或 No。

練習時應採全體→分組→個別練習的原則，減低學生的焦慮，同時讓尚未熟練的學生，透過全體或分組練習，強化印象。可依以下步驟進行：

老師 vs. 多數學生

多數學生 vs. 多數學生

老師 vs. 個別學生

個別學生 vs. 個別學生

教學實例：

老師：Did you make your bed yesterday?（點頭或比「圈」的手勢。）

學生：Yes, I made my bed yesterday.

老師：Did you eat spider pizza yesterday?（搖頭比「叉」的手勢。）

學生：No, I didn't eat spider pizza yesterday.

老師：Go hiking?（雙手攤開，做出疑問手勢。）

學生：Did you go hiking yesterday?

6. 分組練習（work in a pair）

此為問與答練習之延伸。老師將句型寫在黑板上，把學生分成數組進行練習，老師在教室裡巡視，提供協助。

使用分組練習能增加效率，但操作不當可能造成教室秩序紊亂、部分學生沒有練習機會，須細部規劃活動步驟，清楚講解活動規則，才能達到最好效果。

7. 代換練習（substitution drill）

老師將句型寫在黑板上，並在要代換的地方畫線，或由老師提示，讓學生自行判斷須代換的部分。名詞、動詞、時間副詞等都可代換，也可使用閃示卡、動作或實物來提示。

代換練習分為兩種：

（1）單一代換練習（single-slot substitution drill）：

僅更換一個固定辭彙。

（2）多重代換練習（multiple-slot substitution drill）：

老師一次只給一個代換提示，學生須自行判斷更換句子中不同地方的辭彙。

單一代換練習教學實例：

老師：What do you want?

學生 1：I want a guava.

老師：What do you want?

學生 2：I want a pear.

多重代換練習教學實例：

老師：I am singing in the classroom. She.

學生：She is singing in the classroom.

老師：Jump.

學生：She is jumping in the classroom.

老師：Bedroom.

學生：She is jumping in the bedroom.

8. 格子練習（grid drill）

老師在黑板上畫出 9 格，16 格或 25 格的方塊，格子左方加上人稱代名詞，格子上方加上 Yes、No 及 ?，然後在格子裡寫上單字或片語（如表 1）。清楚說明要練習的文法句型，將磁鐵放在任一方格中，讓學生根據左方及上方的提示造句，此法適用於總複習。

表 1

	Yes	No	?
I	jump	walk	study
You	run	do homework	drink water
He	watch TV	draw	wash hands
She	sleep	play basketball	eat

教學實例：

（老師在黑板上寫下I <u>brush my teeth</u> every day.，並將磁鐵
放在watch TV的格子裡。）

學生：He watches TV every day.

（老師將磁鐵放在draw的格子。）

學生：He doesn't draw every day.

變化活動：

在格子中放入三個磁鐵，分別選擇主詞、句型及動詞。例

如：將磁鐵分別放在you、play basketball、?的位置，造

出Do you play basketball every day?。

9. 轉換練習（transformation drill）

讓學生綜合練習文法句型結構的轉換，但呈現新句型時不適

用。

教學實例：

老師：（在黑板寫Robin goes home every day.之句型。）

　　　Now.

學生：Robin is going home now.

老師：Tomorrow.

學生：Robin will go home tomorrow.

老師：Yesterday.

學生：Robin went home yesterday.

老師：Not; yesterday.

學生：Robin did not go home yesterday.

老師：Not; every day.

學生：Robin does not go home every day.

變化活動：可將一個骰子的六面分別寫上不同的時間副
詞（例如：now、every day、tomorrow、
yesterday），另一個骰子寫上要練習的句型
（Yes、No、？），丟骰子來決定句型結構。

10. 改錯練習（correction）

老師將學生常犯的錯誤句型寫在黑板上，請學生口頭訂正或
至黑板前，寫下正確句型。

注意事項：須在對句型已有初步認識及練習後使用，避免學
到錯誤句型。

（四）結尾（closure）

目的：經過一長串練習後，老師可進行簡短的遊戲或應用活
動，藉此觀察學生是否完全熟悉當天的課程內容。

建議活動：唱歌、遊戲、活動或小考等。

三、分配時間（Time Allocation）

當日教學主要內容，應占當節課大部分時間，其他時間才是暖身活
動與彈性時間。時間較長的課程，須設計更多更有挑戰的活動，而
非一成不變的練習活動，以當日主要課程內容（單字與句型）為例，
做好時間分配（如表 2）：

表 2

一堂課時間	暖身活動	單字	句型	彈性時間
40分鐘（國小）	5分鐘	15分鐘	17分鐘	3分鐘
45分鐘（國中）	7分鐘	16分鐘	18分鐘	4分鐘
50分鐘（補習班）	8分鐘	17分鐘	20分鐘	5分鐘

設計教案時，除列出基本活動外，還需另外準備「備用活動」（backup activity），以面對突發狀況。課程內容未依進度完成時，應確實檢討原因，是否因呈現不明，導致練習活動中斷再重新講解，或有其他因素，並於下次補上未完的課程。

四、列出必要的教具（Teaching Aids）

最後檢視設計完成的教案時，可列出必要教具，或在編寫教案活動時編列在旁。教具可用文字敘述或圖示說明。

五、評估教案的可行性（Evaluation）

教案設計的過程中，應隨時評估可行性，預測教學上的困難 (Gauging Difficulty, Brown, 2001)、預估學生可能會有的學習盲點、是否符合學生的認知程度等。

除了課前的評估，最重要的是課後檢視，包括課堂中學生實際的表現、時間的掌控與老師的感受等。如遇無法解決的難題，應尋求外在協助，詢問其他老師、教務主任或輔訓人員，或參加研習活動，增進教學能力。

Lesson Planning

4.4 教案編寫範例
Examples of Comprehensive Lesson Plans

簡案

教案編寫範例一（英語補習班7-8歲的學生）

Number of Students	12
Time Allocation	2 class periods. Each class is 45 minutes.
Content	Vocabulary: father, mother, brother, sister Sentence Patterns: She/He is my/your _____. Dialogue: Who's that? Chant: "Father, Father, Father"
Objectives	Students are able to say and memorize the vocabulary. Students know how and when to use the sentence patterns. Students can comprehend and read the dialogue. Students can chant "Father, Father, Father". Students can show care for their family members.
Description of Students	7-8 years old. They have learned English for 3 months. They have English class 2 times a week. Each class is 100 minutes.
Teaching Aids	Flashcards, tape, recycled paper, 2 toy hammers, a dialogue poster, MP3 file, a MP3 player

Teaching Procedures	Time (minutes)	Teaching Aids
Class Period 1		
1. Warm-up: Vocabulary review Activity: Line up!	8	
2. Vocabulary Warm-up: Drawing Presentation: See-say Practice: Repetition Closure: Point-it-out	17	Flashcards Tape Recycled paper
3. Sentence Patterns Warm-up: Vocabulary review Presentation: Deductive method Practice: Grid drill Closure: Who's faster?	20	Flashcards
Class Period 2		
1. Warm-up: Listen and do	5	Toy hammers*2
2. Review: Sentence patterns Activity: The hitting game	10	
3. Dialogue Warm-up: Mime Presentation: Act it out Practice: Role-play Closure: Creating your own dialogue	15	A dialogue poster
4. Chant Presentation: Poster Practice: Listen and correct Closure: Hot seat	15	MP3 file A MP3 player

教案編寫範例二（國小三年級的學生）

Number of Students	30
Time Allocation	3 class periods. Each period is 40 minutes.
Content	Dialogue: What is it? Vocabulary: Apple, banana Sentence patterns: What is it? It's a/an _____. Chant: "The Ant" Letters and Phonics: Vv-Zz
Objectives	Students know how to use the vocabulary. Students are familiar with Vv-Zz. Students know when and how to use the sentence patterns. Students are familiar with the dialogue. Students can chant "The Ant". Students know how to express their appreciation.
Description of Students	9-10 years old. They have learned English for 3 months. They have English classes 2 times a week. Each class is 40 minutes.
Teaching Aids	An apple, a banana, a keyhole card, a MP3 player, flashcards, a dialogue poster and a chant poster

Teaching Procedures	Time (minutes)	Teaching Aids
Class Period 1		
1. Warm-up: Alaphbet review Activity: Listen and circle	5	

2. Vocabulary
   Presentation: Real objects
   Practice: See-say
   Closure: Concentration
	15	An apple
		A banana

3. Sentence Patterns
   Presentation: Drawing
   Practice: Key hole
   Closure: I draw; you say
	17	A keyhole card

Class period 2		

1. Warm-up: Vocabulary &
            sentence patterns
            review
   Activity: Guessing
	5	An apple
		A banana

2. Dialogue
   Presentation: Acting
   Practice: Point and say
   Closure: Real situation
	17	A dialogue poster
		MP3 file
		A MP3 player

3. Chant
   Warm-up: Patterns review
   Presentation: Drawing
   Practice: Repetition with
            different tones
   losure: Musical chair
	15	A chant poster
		MP3 file
		A MP3 player

Class Period 3		
1. Warm-up: Chant review Activity: Who's faster?	5	
2. Letters and Phonics Warm-up: Alphabet review Presentation: Look and say Practice: Find it out Closure: Mime pass	20	Flashcards
3. Writing Presentation: Tracing Practice: Writing Closure: Writing relay	12	

教案編寫範例三（國中二年級的學生）

Number of Students	35
Time Allocation	4 class periods. Each period is 45 minutes.
Content	**Dialogue 1** Vocabulary 1: Summer vacation, fun, a lot of, ran after, went, swam, had a terrible time, summer camp, ate, hit Sentence Pattern 1: I went to a summer camp yesterday. **Dialogue 2** Vocabulary 2: Did, seashell, got, fell asleep, beach, saw, sea, anything, sun Sentence Pattern 2: Did you go to the beach yesterday? Reading Oral Practice Fun with Sounds: [p], [b], [t], [d], [k], [g] Exercise Challenge
Objectives	Students know when and how to use the sentence patterns. Students know how to change the verbs into present and past tense. Students know how to use the vocabulary. Students can tell the difference between voiced and unvoiced consonants. Students are willing to talk about summer activities that they have done.

Description of Students	14 years old.
	They have learned English for 5 years.
	They have English classes 3 times a week. Each class is 45 minutes.
Teaching Aids	A warm-up picture poster, flashcards, a dialogue poster, recycled paper, MP3 file, a MP3 player and a set of Super Poker

Teaching Procedures	Time (minutes)	Teaching Aids
Class Period 1		
1. Warm-up: Picture	6	A warm-up picture poster
Activity: Discussion		
2. Vocabulary 1	10	Flashcards
Presentation: Simple English		
Practice: Repetition		
Closure: Pass it on		
3. Dialogue 1	15	A dialogue poster
Presentation: Picture-telling		
Practice: Say numbers		
Closure: Recall missing words		
4. Sentence pattern 1	10	Recycled paper
Presentation: Inductive method		
Practice: Substitution drill		
Closure: Sentence-making		

Teaching Procedures	Time (minutes)	Teaching Aids
Class Period 2		
1. Warm-up: Sentence pattern 1 review Activity: Q&A	5	
2. Vocabulary 2 Presentation: Consulting the dictionary Practice: Missing letters Closure: Spelling relay	10	
3. Dialogue 2 Presentation: Act it out Practice: Yes/No Closure: Reconstruction	15	Recycled paper
4. Sentence pattern 2 Presentation: Deductive method Practice: Correction Closure: Whisper relay	11	

Teaching Procedures	Time (minutes)	Teaching Aids
Class Period 3 **1. Warm-up:** Vocabulary review Activity: Hanger	5	
2. Review: Sentence Pattern 1 & 2 Activity: Lucky Number	20	
3. Reading Pre-reading: Q&A Guided reading: Silent reading Post reading: Which one is right?	16	Super Poker
Class Period 4 **1. Warm-up** Activity: Build up	5	
2. Oral practice Presentation: Listen and say Practice: Say numbers Closure: Key words	10	MP3 file A MP3 player
3. Fun with sounds Presentation: Listen and say Practice: Tell the differences Closure: Listen and circle	12	MP3 file A MP3 player
4. Closure: Finish the exercise	14	

延伸閱讀

佳音英語（2004）。*Tune in 5 教學關鍵五分鐘*。台北：佳音事業（股）公司。

佳音英語（2004）。*Exploring Vocabulary 千萬別教字彙*。台北：佳音事業（股）公司。

佳音英語（2005）。*Teaching Grammar All In One 就是有辦法*。台北：佳音事業（股）公司。

參考書目 References

Brown, H. D. (2001). *Teaching by principles—An interactive approach to language pedagogy.* New York: Longman.

Celce-Murcia, M. (2001). *Teaching English as a second or foreign language.* Boston: Heinle & Heinle.

Harmer, J. (2001). *How to teach English.* Edinburgh: Longman.

Scott, W. A. and Ytreberg, L. H. (2004). *Teaching English to children.* New York: Longman.

陳須姬（1993）。*國中英語科教案之編製與範例*。台北：文鶴出版公司。

張春興（2004）。*教育心理學*。台北：東華書局。

Chapter 5

外語測驗綜覽
Essential Concepts and Guidelines for Language Testing

廖彥棻

Chapter 5

**Essential Concepts and Guidelines
for Language Testing**

5.1 概觀
Overview

外語測驗在評定語言教學與學習成效上一直扮演重要角色，在目標語習得相關的研究上更是重要議題（Bachman, 1990; Henning, 1987）。

外語測驗不僅可幫助教師評量學生的學習成果，更能幫助老師檢測其教學成效，調整其教學模式。另一方面，外語測驗的結果也可幫助學生瞭解其語言能力，並針對個人不足之處加以改進。

近年來，隨著外語學習熱潮的推進，國內興起一股英語檢定的風潮，各級學校或政府機關與民間公司經常使用各式各樣的英語能力檢定，例如：國內語言訓練測驗中心所研發的「全民英語能力分級檢定測驗」（General English Proficiency Test, GEPT）、英國劍橋大學一系列的英語能力認證測驗（例如：First Certificate in English, FCE）、美國Educational Testing Service所出版的托福測驗（Test of English as a Foreign Language, TOEFL）與多益測驗（Test of English for International Communication, TOEIC）等。

英檢風潮也吹進課堂上的外語教學，市面上有琳瑯滿目的模擬試題。然而，老師若不具備測驗知識與經過審慎的評估，就貿然使用這些測驗，不僅易導致學生學習上的挫折，更影響教學評斷的結果。

測驗不僅是外語教學與學習中重要的一環，更與生活工作息息相關，其所引發的「回沖效應」（washback or backwash，意即指測驗對個人、社會、乃至整個教育體系各方面的影響）不可不慎。

本章的主要目標即是用言簡意賅的方式，幫助老師瞭解重要的測驗概念，並建立正確的測驗觀念，以協助老師正確使用測驗，另外，亦提供外語測驗編製時的原則與實例，藉以協助老師有效編製試題。

**Essential Concepts and Guidelines
for Language Testing**

5.2 外語評量的重要
基本概念

**Testing, Assessment,
and Evaluation**

在談論幾個測驗的重要概念與編製原則之前，先簡單定義三個常見的測驗名詞：測驗（testing）、評量（assessment）與評鑑（evaluation）。

「測驗」的範圍通常較「評量」或「評鑑」小，其定義為藉由某種評斷語言行為方法所產生的分數（score），推論其語言能力 (Carroll, 1968)。一般來說，「測驗」中的題目皆有正確答案，並易於量化，例如：學校段考、小考等。

「評量」的範圍較廣，包含使用「測驗」與「非測驗」的方式蒐集所需資訊，用以推論學生語言能力與學習狀況，進而調整教學方式，協助學生更有效地學習 (Lynch, 2003)，例如：訪談（interview）、檔案評量（portfolio assessment）等。

「評鑑」層次更高、範圍最大，係指利用評量與非評量的相關資料，有系統地評估課程成效與瞭解學生學習狀況，藉以改善教學方式 (Lynch, 2003)。

近年來，時常被使用的「課程評鑑」（program evaluation），也一直是社會關注的焦點。「課程評鑑」的重點一方面在於檢視辦學績效、課程實施成效、老師教學研究成果，另一方面也可針對學生的學習需求，調整課程的規畫與設計。由於「課程評鑑」的結果影響層面甚廣，小至學生選擇學校的依據、老師教學方式的調整與聘任，大至學校整體課程的規畫、招生與相關補助，甚而影響教育政策的制定與社會大眾的觀感。確保評鑑過程公平、有效，十分重要。

另一個近年來引起廣泛討論的話題，則是與評量概念有關的「多元評量」（李坤崇，1999；黃敏貞，2002；簡茂發，1999）。英語評量的方式近年來已傾向多元化，「多元評量」係指使用不同的評量方式，例如：紙筆測驗、課室觀察（classroom observation）、實作或計畫（project）、面談、角色扮演（role play）、檔案評量等等，以蒐集、綜合有關學生學習

狀況的各種資料，藉以獲得學習過程中的各項資訊，因而能對學生的學習狀況做正確客觀的判斷。

「多元評量」強調評量方式的多元化，並不侷限在紙筆或電腦化測驗的方式上，但不可諱言，「測驗」仍是目前課堂教學最常使用的評量方式之一，尤其當評量人數眾多，或實施其他評量方式所需資源不足時，設計良好的測驗常能提供豐富的資訊。

由於篇幅限制，本章討論重點設定為「外語測驗」。

**Essential Concepts and Guidelines
for Language Testing**

5.3 外語測驗的種類與目的
Classifications and Objectives of Major Testing Methods

老師有時還是得使用市售的試題或題庫，或自己設計考題，例如：學校的小考、月段考，或參與全國性考試的命題，例如：國中基本學力測驗或學科能力測驗。在這些經驗的累積過程中，有時難免對測驗會產生錯誤的認知或不合理的期待，例如：以為世上有所謂「最好」的測驗，能運用於各種狀況中，或對測驗本身的特質與編製過程並未瞭解，亦或經常使用某種測驗方式或題型，只因其最簡單、常見，或易於設計批改 (Bachman & Palmer, 1996)。

對測驗的誤解，不僅易導致測驗的使用不符合老師與學生的需求，更易因測驗的誤用，導致不公平的結果（關於測驗公平性的議題，參見 Kunnan, 2000; Liao, 2006）。另一方面，也容易使老師對測驗的使用失去信心，或在編製試題的過程中產生挫折與抗拒。

在編製試題或選擇市面上的試題給學生施測之前，應先瞭解測驗的目的是什麼？因應不同目的，又有哪些不同的測驗種類？

一般而言，外語測驗的目的有三：

一、欲獲取有關學生語言能力或學習狀況的相關資訊。

二、協助測驗使用者做出公平的決定，例如：篩選入學學生、語言能力分班、學習診斷等。

三、促進學生的學習，提供學習上的建議與方向，或利用測驗增加學生的學習經驗。因應不同的測驗目的，老師可選擇使用或編製不同種類的測驗，以便能正確而有效率的使用測驗。

傳統上，外語測驗可依不同的測驗目的、使用、與測驗內容分成五大類 (Hughes,1989; Davies, 1990)：

一、成就測驗（achievement test）：
　　經常使用於課堂教學中，例如：月段考、小考。其目的為評量學生

對課堂上的教學內容、教材的學習情況與吸收程度，判斷學生是否已學會教學主題。其測驗的內容範圍通常較小（narrow sampling of content），並與課堂教學息息相關（context dependent）。一般測驗的內容多根據教科書、教案、或課程標準等等。

二、能力測驗（proficiency test）：

常見的有托福測驗、全民英檢等。其目的為全面廣泛性的評量學生的外語能力，包括文法字彙能力及聽、說、讀、寫等技巧，時常做為學生入學、畢業或職場聘用升遷的門檻。能力測驗的內容範圍通常較廣（global sampling of content），並依據語言能力的理論定義而命題，通常並未與某個特定的課堂教學有關（context independent）。

三、性向測驗（aptitude test）：

其目的用以評量學生的性向或潛能，以便進一步進行語言的訓練與學習，所以也經常用於預測學生在語言學習時的成敗，例如：美國 Maryland University 研發的 Language Aptitude Battery，即為性向測驗的一種。

性向測驗的內容範圍通常較廣（global sampling of content），並根據性向的理論定義而命題，與課堂教學無關（context independent）。

四、編班測驗（placement test）：

有些學校或美語補習班，為將不同程度的學生分於不同班別時所實施的測驗，即為此類。其主要目的為評量學生的語言能力，以根據學生的能力，將其編至某個特定的語言學習班別中，以協助學生更有效率地學習。同時，也能根據該班學生的程度，將課程做適度調整。

「編班測驗」的內容通常並未侷限於某個課程的主題（broad

sampling），但其通常與課程學習有一定關係（context-dependent）。

五、診斷測驗（diagnostic tests）：

自我評量問卷（self-assessment questionnaires）、課前小考（pre-unit checks）皆屬此類。其目的為評量學生外語能力上的強弱，找出須加強學習或有問題之處，藉以提供學生未來學習的目標，或提供老師未來課程內容規劃的方向。診斷測驗內容一般較為廣泛（broad sampling），但有的測驗與課程有關，有的並無關聯（context-dependent or context-independent）。

除了以上五類常見的測驗分類外，其他根據不同的主要測驗目的、評分方法、或測驗方式所做的分類與相關的專有名詞，近年來亦出現在語言評量的文獻中 (Hughes, 1989)。

以下將針對這些不同的分類方式與相關的名詞做簡略的說明，以幫助老師對測驗的種類與相關專有名詞有更進一步的認識。

首先，依據主要的測驗目的，可區分為「常模參照測驗」（norm-referenced test）與「標準參照測驗」（criterion-referenced test）（另參見 Brown, 2005）。

雖然不同學者對此分類有不同定義，但一般來說，「常模參照測驗」的主要目的是比較學生彼此間的測驗表現，並將其分數置於一個標準化的常模中（a standardized scale, e.g., percentiles），用以區別不同語言程度的學習者，其過關或篩選的標準（cut-off scores）通常在施測完才決定，托福測驗即屬於此類。

相反的，「標準參照測驗」的主要目的並不是為比較學生彼此成績的相對差距，而是根據某個預先設定的參照標準（criteria, e.g., rubric）或過關分數（cut-off scores, e.g, 80% passing），去評量學生的表現。常見的

「標準參照測驗」包括：英文寫作測驗（例如：某生在滿分六分的作文中得到三分）或學校段考（例如：60 分為及格標準）等。

另外一種分類方法即是根據評分方法的主、客觀，區分為「客觀測驗」（objective test）與「主觀測驗」（subjective test）。

「客觀測驗」評分時通常有標準答案，不用人為的專業判斷（no expert judgment），例如：選擇題、是非題。

「主觀測驗」的評分則涉及人為專業的判斷（expert judgment），例如：作文測驗、問答題。

還有一種分類方式，是根據測驗評斷能力的直接性，分為「直接測驗」（direct test）與「間接測驗」（indirect test）。

「直接測驗」通常要求學生直接呈現某項語言技巧，例如：口語測驗中的面談或英文作文測驗。

「間接測驗」則用間接方式推斷學生某項能力，並未要求學生直接展示某項技巧，例如：發音測驗中的紙筆音標測驗，或紙筆會話測驗。

另外，依照每個試題彼此間的關係，也可分為「個別測驗」（discrete-point test）與「整合測驗」（integrative test）。

「個別測驗」中，各題目彼此獨立、沒有關連（independent），各題作答不會互相影響。例如：傳統的文法選擇測驗。

「整合測驗」中，各題有一定關係（inter-dependent），上一題作答情形可能會影響到下一題作答。

測驗分類方法的複雜性提醒老師在設計考題或使用測驗時，應特別注意其測驗目的，並留意各個測驗的內容與特質，以便正確運用測驗。

**Essential Concepts and Guidelines
for Language Testing**

5.4 檢測外語測驗的
重要基本概念
Major Concepts of Language
Testing

除了瞭解不同外語測驗的目的與種類之外，正確評斷外語測驗的品質，更是編製與使用測驗時重要的一環。如未能留意與測驗品質有關的幾個重要關鍵概念，往往會忽略設計測驗和施測時的潛在問題，導致測驗的結果無法正確反映學生的學習成果或語言能力，甚而導致錯誤、不公平的決定。

流行音樂出題方式即是一例。有些試題編寫者喜歡以歌詞當做測驗內容，藉以提升學生的學習動機。雖然就情意層面而言，此出題方式能引起注意，但背後潛在的問題，值得深思。

明確說來，把流行音樂納入測驗的一部分，答題錯誤除了語言的問題外，更有可能是因為學生對歌曲認識不足。也就是說，測驗結果不是單純反映語言學習問題。測驗是否能正確、公平地測出學生的語言能力及學習程度，令人質疑。

其他幾種常見的測驗謬論包括：
一、測驗愈難愈好，考倒學生才代表該測驗有水準。
二、測驗愈簡單愈好，輕鬆答題、皆大歡喜。
三、為方便批改，答案有一定的排列組合。
四、故意出與教學內容無關的題目。

這些對錯誤的測驗認知，反映出題者或測驗使用者並未瞭解測驗的真正目的，亦未留意影響測驗品質的幾個重要關鍵，更忽略這些錯誤所引發的負面後果。因此，老師在設計與使用測驗時，應注意與測驗有關的幾個重要基本概念，以期正確有效地使用測驗。

對於影響測驗品質與使用的幾個關鍵，許多學者專家紛紛提出說明與解釋。Bachman與Palmer (1996)提出了完整而全面的看法，用以評斷測驗是否有用（test usefulness）：有用的測驗能提供正確而值得信任的資訊，幫助推論考生真正的能力或學習狀況。

根據Bachman與Palmer的看法，測驗的品質包括六項特質：

一、信度（reliability）

二、效度（validity）

三、真實度（authenticity）

四、互動性（interactiveness）

五、影響力（impact）

六、實用性（practicality）

以下分別針對這些特質逐一簡單說明。

信度：測驗的一致性（consistency of measurement）。

一個有「信度」的測驗，在不同情況下（across test occasions），對同一名應試者測驗，所得結果一致。例如：某考生在這次測驗中答對前五題，若同樣的測驗在不同時間地點再施測一次，該生仍然得到相同的結果。

現實生活中，由於受到許多因素影響（例如：考生狀態、測驗誤差等），結果完全一致的測驗幾乎不存在，但設計良好的測驗的確具有相當高的「信度」，也就是每次測驗的結果趨近一致。

「信度」的概念也可延伸至不同層面，例如：考生在同一個測驗，但不同份試題中的表現是否一致（across test forms），或不同評分者對同一個考生的評分是否一致（across judges or raters），都跟測驗的「信度」有關。以上有關「信度」的例子，屬於測驗的「外在一致性」（external consistency）。

針對測驗試題本身的「信度」，則是屬於「內在一致性」（internal consistency），意即這份試題內各題目（items），在評量測驗的內部結構（trait or construct）層面，是否一致。例如：某測驗的目的是為評量考生對文法關係子句（relative clause）如何使用，但該份試題中卻出現與關係子句無關的題目，就容易產生不一致的結果，影響測驗的「信

度」。

為了提高測驗的「信度」，除了在施測時須儘量避免非關語言能力因素的干擾外，也須注意評閱者彼此的一致性，以及對評閱方式的解讀。在設計測驗時，特別要注意題目是否符合測驗所欲測試的內容。

效度：能否正確測出「該測的東西」(if it measures accurately what it is supposed to measure)。

例如：針對聽力的試題，就要儘量避免涉及大量閱讀或寫作的能力。具有「效度」的測驗結果，能幫助瞭解應試者真正的能力，因而做出有意義又適當的推論或公正的決定。

檢測一份測驗是否具有效度，可從不同面向切入，學者們針對這個部分提出許多看法(Brown, 2005; Hughes, 1989; McNamara, 2000)滿其中較常提及的有三個面向為：

(一)內容效度(content validity)

(二)效標關連效度(criterion-related validity)

(三)構念效度(construct validity)

內容效度：測驗的內容是否具有代表性(content representativeness)。
例如：空服員的口說測驗內容可能包括：服務時的會話能力、登機資訊的表達、飛航安全的解說等等。

如果測驗的內容只是要求應試者用英文自我介紹，該測驗則缺乏「內容效度」，很難就測驗結果，正確推論該名應試者是否具有空服員應有的英文口語能力。

效標關連效度：將該份測驗的結果與另一份具有「信度」的測驗結果比較，檢測應試者在這兩份不同的測驗中，表現的相似程度。

例如：「語言訓練測驗中心」曾比較「全民英語能力檢定測驗」與「托福測驗」的結果，藉以檢測「全民英檢」的效度。

構念效度：該測驗的結果可用來解釋或代表受試者能力的程度。

換言之，根據該測驗的結果，是否能推論該名考生在「測驗以外」所具備的真正外語能力，這牽涉如何定義外語能力與該測驗的特質。

舉例來說，希望瞭解學生是否具備英文寫作能力，卻給予學生一份由40題選擇題組成的文法句型測驗，就無法有效推論學生的英文寫作能力。雖然文法句型能力是寫作能力的一部分，但寫作能力的定義還包含內容發展、組織架構、語氣、標點符號等能力，所以無法從這份測驗去推論學生的寫作能力。

從以上說明可得知，這些「效度」的面向皆與「構念效度」的概念十分相似或相關，在「內容效度」中，對內容是否具代表性的概念，即與「構念效度」有關。

有些學者（例如：Bachman & Palmer, 1996）傾向用「構念效度」一詞，來總括一切面向的「效度」。因為不管是從哪個「效度」的角度切入，皆與該測驗的「構念」（construct）有關，也就是與測驗所希望測出的能力有關。

真實度：檢驗測驗是否能真實反映外語學習者實際使用該外語的情形。測驗的「真實度」愈高，測驗結果的參考價值越高。例如：美國校園生活涉及的英文聽力，通常包括課堂聽講、社交會話、諮詢討論。

「托福聽力測驗」的情境與內容，也與這些語言使用面向有關，使測驗內容更接近實際外語使用情形，其主要目的是為了正確、有效地推論學生真正的外語能力。測驗的「真實度」與「效度」十分相關。

互動性：考生在應試時所需使用的能力、背景知識、情意層面等。

「互動性」與測驗的「結構效度」有重要關連。例如：一份數學測驗可能「互動性」很強，需要學生演算、推論等，但因不涉及外語，故不適合用於測驗學生的外語能力，不能就該測驗的結果，推論學生的外語能力。

影響力：即本章一開始所提及的「回沖效應」，意即測驗對個人、教育系統，乃至整個社會的影響。

好的測驗往往能造成正面影響，例如：提升學習動機、協助改善教學方式、引導正確的政策制訂等，出題者、施測者、測驗使用者，皆須審慎思考。

實用性：測驗的實用性必須仔細評估，也就是說，在編製試題、施測、評分等過程，所需使用的時間、人力、物力等，有時由於資源有限，必須有所變更與調整。

以上這六項測驗的特質，不僅是老師在編製試題時應特別注意，在選擇、使用測驗，以及解讀測驗結果時，也應小心謹慎。

在瞭解測驗的幾個重要基本概念之後，以下將概要說明外語測驗的編製步驟與過程，以及在編製外語測驗時的注意事項。

**Essential Concepts and Guidelines
for Language Testing**

5.5 外語測驗編製的
步驟與注意事項
Guidelines of Test Development

提到「測驗編製」（test construction or test development），一般人常有的印象是東抓一點、西湊一點，再依照經驗法則，整合成一份考題，反正天下考題一大抄，有什麼難的？

這個錯誤觀念不僅忽略出題者在出題過程中所需投入的心力，更失去測驗真正的意義與目的。一份優良的測驗，在編製的過程中是相當嚴謹的，每個步驟都馬虎不得。

關於外語測驗編製的步驟與過程，許多測驗的學者專家皆有提出清楚說明（另參見Hughes, 1989）。根據Bachman與Palmer (1996) 所提出的概念，測驗編製有三個階段：

一、規劃（design）

二、出題（operationalization）

三、施測（administration）

規劃：編製外語測驗時，第一件事並不是開始草擬考題，而是先規劃並思考測驗的目的（test purpose）與所想要測試的能力或知識內涵（definition of construct）。

出題前，我們應審慎思考以下幾個問題：測驗的目的是什麼？要測驗什麼能力？測驗的結果能提供什麼資訊？測驗是否能反映出考生實際使用外語時遇到的情形？

出題者除了須清楚知道測驗的目的外，還須明確定義其所要測試的「能力」為何。例如：老師在課堂上曾教導學生如何用英文撰寫求職信，包括書信格式、內容發展、標點符號。為進一步瞭解學習狀況，老師可藉測驗得到更多資訊。

出題前，老師應先確認該測驗的目的，是為了評量學生整體英文寫作能力，還是為了瞭解學生是否已學會英文求職信的寫法，這樣的思考過程能避免在出題時偏離方向。

老師在出題前也應先明確定義：何謂具備英文求職信的撰寫能力？是指在書信格式、內容、組織架構、語氣等範疇表達無誤？精確的遣辭用字是否應納入該能力的內涵？

明確定義，能使試題的架構更完整，也能讓閱卷評分方式更貼近想要測試的語言能力。這樣一來，老師在出題測試學生英文求職信的撰寫能力時，不會納入與該能力無關的題目；評分時，也會依據其對寫作能力的定義，將書信格式、內容、組織架構、語氣等列入評分項目。

另外，外語測驗的主要目標是為了推論考生真正的語言能力，出題前，須先清楚定義「目標語使用範圍」（target language use domain）。

「目標語使用範圍」是指考生在該測驗之外，實際可能使用到該外語的各種情形；這個範疇也就是針對考生能力能推論的範圍。例如：為了測驗餐廳侍者、百貨公司專櫃、計程車司機等服務業從業人員是否具備一般英文口語能力，以服務外國消費者，測驗在設計之初就該清楚設定從業人員在服務消費者時用到外語的各種情形，像是介紹商品、售後服務等，此即為目標語使用範圍。

如該測驗的內容與形式為克漏字測驗，並未與目標語使用範圍相符，測驗結果就無法有效推論考生能力，也就失去測驗的意義。設計考題之前，清楚確定目標語的使用範圍，至關緊要。

在釐清測驗目的、能力定義、目標語使用的情況等問題後，即進入測驗編製的第二階段：出題。

出題：出題並不是一開始就貿然列出每道題目，然後拼湊剪輯成一份試題，而是先產出測驗藍圖（blueprint），初步提出測驗的整體結構（test structure）。

先列出要考幾大題？要考哪些題型？每大題有幾題？各大題分數比例為何？再列出較詳細的測驗綱要（test specification），包括測驗目的、能

力定義、施測地點時間、作答說明、測驗內容主題、測驗題型、作答方式、以及評分方法等，然後，根據這份綱要設計考題。

設計考題時，出題者很容易因注意測驗題目本身，而忽略「作答說明」及「評分方法」。模糊不清的「作答說明」容易誤導考生，也會使測驗結果無法反映出考生的真正能力。

不清楚、不一致或不公平的「評分方法」，會讓測驗結果引起爭議，嚴重影響考生權益。所以，在列出測驗綱要時，要仔細考量每個測驗環節。實際設計考題時，也要確保每個部分完整清楚。

在擬定測驗藍圖與綱要時，需要花費時間，但這步驟不僅能幫助出題更順暢、更有方向，也有助提升測驗的「信度」與「效度」，避免之後因不當的試題設計與評分引發爭議。

大型重要的考試在出題時，幾乎都會遵循一定的測驗藍圖與綱要。當然，並不是指小型的考試就不需要這個步驟。相反的，由於這些考試往往與學生的學習與課堂的教學緊緊相關，所以測驗的品質更為重要。

出題前，老師如能先審慎思考測驗的藍圖與綱要，對出題不僅會有幫助，也能提升整體測驗的品質。

另外，在實際設計考題時，也要注意試題的「難易度」（item difficulty, or item facility）、「鑑別度」（item discrimination）與「差異性」（item bias）（另參考 Brown, 2005）。

難易度：答對該題的考生比例。例如：某文法選擇題的「難易度」為 0.9，意思為 90% 的考生都答對。

試題的「難易度」，須待實際施測後方能得知，但出題者往往基於過去的出題經驗，或對學生程度與課堂教學的瞭解，在設計考題時，便能大略猜測該題的「難易度」。

一般來說，老師在出題時通常能大致預期學生各題的表現，因此在編製試題時，也較能將難易度列入考量。例如：一份試題的出題方式，前幾題會較為簡單，後面幾題較難，以得知不同程度學生的學習狀況。

試題編製，要避免過於簡單或過於困難。如果每個學生的表現相似，很難從測驗結果區分學生程度，同時也會降低測驗的「信度」與「鑑別度」。

課堂測驗主要是反映課堂教學與學習成效，測驗內容大都是學生已學到的知識，學生的測驗表現有時可能較相似。

在這類測驗中，大部分試題的「難易度」會傾向簡單。當大部分的學生皆答對某一題時，則表示該試題對學生而言是簡單的，或表示教學的成效顯著。

由上述例子可得知，由於種類與目的的不同，設計考題時，試題的「難易度」會有不同的考量與解讀。

鑑別度：指該題區分高分者與低分者的分別程度。

例如：鑑別度為 1（最高值）的題目，代表所有高分者（或能力較高者）都答對該題，而低分者（或能力較低者）都答錯該題，換句話說，該題能「有效地區別能力」。

由於許多升學測驗的主要目的是為區分出不同程度的學生，所以試題是否具「鑑別度」，格外重要。試題確切的「鑑別度」，亦須待實際施測後方能得知。

大型考試影響層面甚廣，資源也較充足，所以往往會進行「預試」（try-out, pilot, pre-testing），以檢測試題品質，並進一步修改試題。

一般而言，鑑別度高於 0.4 的試題，是不錯的試題，鑑別度低於 0.3 的試題，則須進一步修改或刪除。

「鑑別度」會受到試題「難易度」與考生能力的差別程度影響：如果試題太難或太簡單，或考生之間的能力差別程度過小，就會影響到試題的「鑑別度」。

故「鑑別度」不能當作試題評斷與刪改的唯一標準，尤其試題的刪除與否，應多方考量（例如：測驗內容的代表性與結果的合理性等），避免以單一數據結果，任意刪除試題。

差異性：與測驗的「公平性」（fairnesss）有關，在測驗的研發與相關研究上亦引起相當多的討論與注意（可參見Liao, 2006）。

造成「差異性」的原因很多，其中源自考生個人的差異（例如：性別、年齡、國籍、語言背景、教育程度、文化差異等），都是可能原因。

設計題目時，應儘量避免可能造成影響測驗結果的題目與內容。例如：在設計中學的英文短文寫作題目時，就不適合納入打工、找房子的內容，這不是中學生普遍有的經驗。

以流行音樂出題也是一例，如果需要流行音樂的背景知識才能作答，測的是語言能力，還是流行音樂知識，這很可能引起爭議。

另外也要特別注意考題所涉及的主題，有些較為敏感，可能引起非議，例如：政治意識、宗教意味。

性別與文化的差異也得納入考量，例如：閱讀測驗的文章主題為古典歌劇或冰上曲棍球，則對少數熟悉該領域的考生有利。

為避免不公，設計閱讀測驗的題目要特別注意，確認每道題目都須閱讀文章內容方能作答，而非僅靠背景知識即能作答。設計考題時，也應避免性別刻板印象，例如：女秘書、男醫生。

考題設計完成，即進入第三階段：施測。

施測：不是指考卷發下去，考完收回，而是包括「預試」與「實際施測」
（operational testing）的過程。

試題完成後，通常需要進行「預試」，以蒐集相關資訊，評估測驗品質，
並修改試題。

在嚴謹的考試中，「預試」不可或缺。通常在試題初步完成後，會另請其
他專業人士與測驗學者專家進行校閱與修改，有些大型考試甚至會請一
些考生進行「預試」，以便獲得更多資訊。

雖然一般課堂的測驗及學校的段考，受限於資源、時間，較難做「預
試」，但老師彼此間的諮詢、協助與交流，也能幫助出題者修改試題。最
後確認無誤後，即可進行主要的施測、閱卷及結果分析。

簡言之，測驗的編製過程涉及三個層面：

一、測什麼？（What is the focus of this test?）

二、怎麼測？（What are the tasks that I can use in the test?）

三、如何評分？（How to measure test takers' behaviors?）

測驗編製過程中，應確保每個步驟嚴謹無誤。這些步驟，不一定只有一
套標準程序，實際測驗的編製過程中，出題者常得反覆修改與調整題目，
甚至執行更嚴謹的預試。

本章最後將針對實際在編寫試題時應注意的原則，提出說明並輔以實例，
做為老師設計考題時的參考依據。

**Essential Concepts and Guidelines
for Language Testing**

5.6 試題編寫原則與實例
Principles and Examples of Test Construction

編寫試題時，除了整體測驗的題型、格式、外觀、內容，還有許多要注意的原則。Brown（2005）曾提出十項基本原則，不管是哪種題型的試題，皆須遵守：

問題		是	否
1.	該題的題型是否與測驗目的與內容相符？		
2.	該題是否只有一個標準答案？		
3.	該題是否符合學生的程度？		
4.	該題是否避免模擬兩可的字詞？		
5.	該題是否避免使用否定詞與雙重否定詞？		
6.	該題是否避免成為其他道題目答題時的線索？		
7.	該題是否都印製在同一頁上嗎？		
8.	該題是否只包含有關的資訊？		
9.	該題是否避免因種族、性別、國籍所以引起的差異？		
10.	該題是否已請其他專業人士看過？		

一般試題編寫原則檢核表（節錄自：Brown, 2005, p. 43）

老師在編製試題時可參照這份檢核表，並確認每道試題皆符合以上原則。一般性的原則，大多已做過概要說明，在此簡單說明否定詞的使用。

否定詞常見於閱讀測驗的題目，例：According to the passage, which of the following is not the reason for...? 或 What did not happen to...?，這些否定詞常困擾考生，增加認知上的負荷，在答題時產生失誤。

試題編製時，應儘量避免使用否定詞，如不得不使用，則建議將否定詞大寫或加粗、加黑（例如：NOT, NEVER），提醒考生注意。

另外，編題時也要避免題目或選項成為其他題目的答題線索。這類情形不僅在閱讀測驗中常見，在文法測驗中也很常見。

例：第一題：Jane is _____ sister.

　　　　(A) I　　　(B) my*　　　(C) me　　　(D) mine

　　第二題：My sister and I _____ to the movies last night.

　　　　(A) go　　(B) goes　　(C) went*　　(D)going

第一題考的是所有格，第二題考的是時態，看似不相關，仔細檢查後發現，第二題的題幹（stem，見本節以下的說明）出現My sister一詞，原本不知道第一題答案的考生，很有可能在兩相比較下，推論出第一題的答案。如此一來，第一題就無法測出學生真正的能力。

有時答題線索可能隔了好幾題，甚至分配在不同大題，但眼尖的考生，還是能找出線索。出題者完成整份試題時，不僅要仔細檢查校對，最好也能請其他專業人士或老師幫忙檢查，避免錯誤產生。

不同題型在編寫時都有特別要注意之處（另參考Brown, 2005），例如：是非題（true-false questions）的敘述要非常明確，不能模稜兩可；設計填空題（fill-in questions）時要先確認各種可能的答案，確認考生是否能利用前後文找出要填入的字詞，空格長度大小也要一致，避免考生誤認為較大的空格要填的字較長；短文寫作測驗（essay writing）中，寫作方式與內容須有清楚、明瞭的說明，避免使用艱澀語言，且須說明評分方式（例如：內容五分、組織架構五分、文法字彙五分等）。

幾種題型中，因容易評分、可容納的題數較多，又可避免如同是非題，僅靠猜測就有50%猜對率，故選擇題（multiple-choice questions）最為普遍。

選擇題的編寫看似簡單，實則不然，從題幹的設計到選項的編排，都有許多原則。參考Purpura (2002) 所提出的選擇題編製原則，以下列出設計選擇題時要特別注意的原則，輔以實例說明。

選擇題的試題包含兩個部分：題幹（the stem, the input, or stimulus）與選項（the response）。「題幹」即為問題本身，而「選項」即為考生可選擇的項目。

選項又可細分為「正確答案」（the key or the correct answer）與「誘答選項」（the distractors or the incorrenct choices）。

例：（題幹）Eathing between meals ＿＿＿＿ people gain weight.

(A) is 　　　　　　　（誘答選項）

(B) has 　　　　　　（誘答選項）

(C) make 　　　　　（誘答選項）

(D) makes 　　　　　（正確答案）

以下分別針對答題說明、題幹、選項的編寫，列出 20 項重要原則：

1. 測驗內容需涵蓋測驗藍圖或綱要中所擬的重點。每個重點的出題數則應依據課堂上所強調的重要程度而定，避免著重枝微末節。如果是編班測驗，試題應涵蓋整個課程的內容，而非僅測驗其中一個單元，試題的編排順序儘量由簡至難。

2. 測驗內容須符合考生年齡與程度，儘量避免因文化、性別、背景的不同所引起的差異。

3. 避免人為因素（例如：故意操縱文字）造成測驗題目模稜兩可、似是而非、含混不清，並確定以英語為母語的人士也能毫無困難地作答。

4. 題幹文字儘量簡單、清楚、自然，避免艱澀的單字或成語。題幹長度控制在兩行之內。

5. 出題時可使用常見的人名（Mary、Sam、Mr. Smith）或自創的專有名詞（Green Airlines、J&R Food Company），取代第三人稱代名詞（he、she、it、they），使內容更為豐富，也使考生更易於建立情景（context）。注意避免少見的人名，以免考生誤以為該人名是新的單字或有特殊的涵義，而模糊測驗焦點。

   另外，專有名詞的使用，應避免取自實際生活中的（品牌、商店、公司、學校）名稱，以免引起爭議。

6. 測驗每大題均須包含「答題說明」(instructions)，答題說明力求簡潔、扼要。如果是特殊題型，須提供參考範例。

7. 單選題須確認只有唯一答案，且避免整份試卷答案多數集中在某幾個選項或有特定順序，使答案平均分配。

8. 避免出現學生未學到的概念或字詞句型。

9. 避免「以上皆是」(all of the above)、「以上皆非」(none of the above)或「A與B」(A and B only)等選項，以免混淆考生。

10. 選項長度勿差異太大。如須使用不同長度選項，編排時，應從較短選項排列到較長選項，或從較長選項排列到較短選項，儘量垂直排列，方便考生閱讀。

   另外，每個選項的第一個字母儘量相同，或都不同，或兩兩一對，以避免某個選項特別突兀。

   不良範例：We objected _____ Sandy as our project leader.
   (A) to appoint
   (B) to be appointed
   (C) appointing
   (D) to appointing

   良好範例：We objected _____ Sandy as our project leader.
   (A) appoint
   (B) to appoint
   (C) appointing
   (D) to appointing

選項(A)、(B)、(C)、(D)長短不一，選項排列時，應一致從較短選項排列至較長選項，或從較長選項排列至較短選項，方便考生閱讀外，也可避免考生根據選項長短猜題。

在不良範例選項中,有三選項皆是以「to」開頭,相對之下(C)就顯得較為突出,建議將選項調整成兩兩一對,兩個選項以to開頭,另外兩個不以to開頭,使選項整體看起來較為平衡,參見良好範例。

11. 每個選項皆須具誘答力,意即同樣合理且能誘使考生作答,避免某幾個選項因過於冗長、過於簡短或不合理而太突出。尤其在閱讀測驗中,最長的選項往往是正確答案,設計時須避免此情形。

    不良範例:What is the theme of this passage?

    (A) love and hate

    (B) good and evil

    (C) life and death

    (D) enthusiasm and persistence

    良好範例:What is the theme of this passage?

    (A) love and hate

    (B) good and evil

    (C) life and death

    (D) success and failure

選項(A)、(B)、(C)皆包含兩個相對意涵。在不良範例中,選項(D)雖也有兩個字,但卻不是兩個相對立字詞,且與其他選項單字相比,不僅長度較長、使用頻率也相對較低,顯得較為突出,建議將選項(D)改為兩個較為相對、常見的字眼,較不突兀,參見良好範例。

12. 避免選項一再重複出現相同字眼,可將重複出現的字眼放入題幹中。

    不良範例:John usually goes to school.

    (A) at eight in the morning

    (B) at eight on the morning

    (C) at eight of the morning

    (D) at eight at the morning

良好範例：John usually goes to school at eight _____ the morning.

(A) in

(B) on

(C) of

(D) at

選項(A)、(B)、(C)、(D)中皆包含at eight 及 the morning，將重複出現的字眼放入題幹，減少作答時間，也可突顯測驗重點，幫助考生集中注意力。

13. 選項儘量使用完整單字，尤其選項中的第一個字，避免使用縮寫。

不良範例：I _____ Japanese and French since three years ago.

(A) 'll study

(B) 'd studied

(C) 've studied

(D) 'm studying

良好範例：I _____ Japanese and French since three years ago.

(A) will study

(B) had studied

(C) am studying

(D) have studied

在不良範例中，四個選項(A)、(B)、(C)、(D)的第一個字皆為縮寫，應儘量避免使用縮寫，以免考生混淆或不易閱讀，參見良好範例。

14. 同一道題目，避免測驗超過一個以上的重點。如同時測驗兩個以上
    的重點（例如：兩個文法概念，或同時測驗文法概念與英文單字），
    在解讀測驗結果或評分時，較難以判斷考生問題所在，也容易混淆
    考生作答時的注意力。

    不良範例：A: Does your father have a car?

    B: Yes, _____.

    (A) it is

    (B) I do

    (C) he does

    (D) they have

    良好範例：A: Does your father have a car?

    B: Yes, he _____.

    (A) is

    (B) do

    (C) has

    (D) does

    不良範例的四個選項，包含代名詞（it、I、he、they）與助動詞（is、
    do、does、have），同時測試兩個不同文法概念。解讀測驗結果時，無
    法得知考生是因為哪個概念不足而答錯，建議修改為只測驗一個文法概
    念，參見良好範例。

15. 設計文法測驗時，須注意誘答選項文法的正確性。換句話說，雖然
    誘答選項放在題幹中是不適當或錯誤的，但誘答選項本身必須合乎
    文法。

    不良範例：Mary _____ to her English class.

(A) didn't go

(B) didn't went

(C) doesn't goes

(D) doesn't gone

良好範例：Mary has _____ to her English class.

(A) go

(B) goes

(C) gone

(D) going

助動詞後應使用原形動詞，不良範例中的選項(B)、(C)、(D)，本身並不合乎文法，為避免學生在考試時吸取錯誤資訊而影響學習，建議一定要確認每個選項本身文法的正確性，參見良好範例。

16. 在測驗特定文法概念時，儘量使用相同的單字。

不良範例：I _____ to work this morning when the tornado struck.

(A) run

(B) walked

(C) will go

(D) was driving

良好範例：I _____ to work this morning when the tornado struck.

(A) walk

(B) walked

(C) will walk

(D) was walking

不良範例的四個選項，除了使用不同時態，也使用不同單字，但題目主要目的在測驗時態而非單字，建議使用相同單字，參見良好範例。

17. 設計字彙測驗時，避免使用單字定義做為題幹，以免因題意不清，使各選項都像是正確答案。

    不良範例：When you are tired, you are _____.
    (A) bored
    (B) stressed
    (C) exhausted
    (D) frightened

雖然選項(C)最符合，但其餘幾個選項也似是而非，應避免此類出題方式。

18. 設計字彙測驗時，選項中不同單字詞性要相同。另外，避免讓要測驗的單字出現在其他題幹或選項中。

    不良範例：Madrid is the _____ of Spain.
    (A) center
    (B) capital
    (C) famous
    (D) interesting

四個選項詞性皆不一致，此外，此題也牽涉地理背景知識與文法知識，要避免這樣的出題方式。

19. 設計閱讀測驗與聽力測驗時，須避免涉及背景知識。也就是說，考生得閱讀完測驗文章，才能找出正確答案，不是靠背景知識作答。

不良範例：Who wrote the famous play "Romeo and Juliet"?

(A) Jane Austin

(B) Oscar Wilde

(C) Elizabeth Longford

(D) William Shakespeare

在不良範例中，考生可以完全不閱讀測驗文章，僅根據其背景知識即可作答，難以判斷答對是基於考生的閱讀能力，還是背景知識。另一方面，也會因涉入背景知識，引起公平性之爭議。

20. 設計閱讀測驗時，題目編排順序應配合文章內容。如欲測驗考生是否能從上下文文意中瞭解特定單字之意，得確認考生須閱讀完文章，方能選出正確單字的意思，且在題目中要標明該單字出現處，以便考生尋找。

不良範例：According to the passage, what does the word "offspring" mean?

(A) babies

(B) friends

(C) enemies

(D) neighbors

如為測驗考生是否能從上下文文意中瞭解offspring之意，出題者除了要確認考生是否已學過該單字外，也須確認測驗文章中有足夠的資訊，讓考生能猜測該字涵義，另外，還要在題目中標明單字位置，節省考生作答時間。

以上 20 項只是大致原則，實際編寫不同種類的試題時，仍須留意許多不同細節。良好的試題除了「信度」、「效度」、「難易度」、「鑑別度」的考量，每個環節都要十分謹慎小心。這也是為什麼負責許多大型測驗的

學校、機構或測驗中心，每年均投入許多人力資源來研發、設計和檢測試題。

試題編寫過程中，難免有疏漏或不完善處，老師互相幫忙與協助，以及「預試」的檢驗，都十分重要。

施測完畢後，進一步分析測驗結果，也是不能忽略的步驟。測驗結果不僅能瞭解學生的能力與學習狀況，更能進一步發現試題可能潛在的問題，以協助進一步改善試題品質，提供日後編寫試題的參考。

5.7 結語
Conclusion

測驗與教學密不可分，不論是評量學生能力、輔助課程學習，亦或改進教學方式，測驗都扮演重要角色。

如何設計品質良好的測驗，並正確使用測驗，以提升教學成效，都是應該持續努力學習、持續關心的課題。

隨著各式英文能力檢定的普及、職場對外語需求的增加，測驗不僅與學習相關，更與每個人都有切身關係。測驗對個人、教育體系，乃至整個社會，影響力不容忽視。

我們應時時省思，如何運用測驗，更公平、有效、正確地扮演gate-keepers與door openers的角色 (Bachman & Purpura, in press)。

參考書目 References

Bachman, L. F. (1990). *Fundamental considerations in language testing.* Oxford, UK: Oxford University Press.

Bachman, L. F., & Palmer, A. S. (1996). *Language testing in practice.* Oxford, UK: Oxford University Press.

Bachman, L. F., & Purpura, J. E. (in press). Language assessments: Gate-keepers or door openers? In B. M. Spolsky & F. M. Hult (Eds.), *Blackwell handbook of educational linguistics.* Oxford, UK: Blackwell Publishing.

Brown, J. D. (2005). *Testing in language programs: A comprehensive guide to English language assessment.* New York: McGraw-Hill.

Carroll, J. B. (1968). The psychology of language testing. In A. Davies (Ed.), *Language testing symposium: A psycholinguistic perspective.* London: Oxford University Press.

Davies, A. (1990). *Principles of language testing.* Oxford, UK: Basil Blackwell.

Henning, G. (1987). *A guide to language testing.* Boston, MA: Heinle & Heinle Publishers.

Hughes, A. (1989). *Testing for language teachers.* Cambridge, UK: Cambridge University Press.

Kunnan, A. J. (Ed.). (2000). Fairness and validation in language assessment: Selected papers from the 19th Language Testing Research Colloquium, Orlando, Florida. Cambridge, UK: Cambridge University Press.

Liao, Y. (Ed.). (2006). Commentaries on the fairness issue in language testing. Working Papers in TESOL & Applied Linguistics, *6*(2). Retrieved September 29, 2007, from http://journals.tc-library.org/index.php/tesol/article/view/198/217

Lynch, B. K. (2003). *Language assessment and programme evaluation.* Edinburgh, UK: Edinburgh University Press.

McNamara, T. (2000). *Language testing.* Oxford, UK: Oxford University Press.

Purpura, J. E. (2002). Evaluating selected-response items: Guidelines. Unpublished manuscript.

李坤崇（1999）。*多元化教學評量*。台北：心理。

教育部（2000）。*國民中小學九年一貫課程暫行綱要*。台北：教育部。

黃敏貞（2002）。*國小英語科多元評量之應用*。屏東：屏縣教育季刊，11, 33-42。

簡茂發（1999）。*多元化評量之理念與方法*。台北：教師天地，99, 11-17。

國家圖書館出版品預行編目資料

全方位英語文教學／陳湄涵，廖彥棻，佳音英
語輔訓部編著. -- 初版. -- 臺北市：五南，
2020.05
　　面；　公分

ISBN 978-986-522-009-9(平裝)

1.英語教學　　2.文集

805.103　　　　　　　　　　　109005903

4X1S

全方位英語文教學

編　　　著 ― 陳湄涵、廖彥棻、佳音英語輔訓部

發 行 人 ― 楊榮川

總 經 理 ― 楊士清

總 編 輯 ― 楊秀麗

副總編輯 ― 黃文瓊

封面設計 ― 周妤庭

美術設計 ― 林瓊真

出 版 者 ― 五南圖書出版股份有限公司

地　　　址：106台北市大安區和平東路二段339號4樓

電　　　話：(02)2705-5066　　傳　　真：(02)2706-6100

網　　　址：http://www.wunan.com.tw

電子郵件：wunan@wunan.com.tw

劃撥帳號：01068953

戶　　　名：五南圖書出版股份有限公司

法律顧問　林勝安律師事務所　林勝安律師

出版日期　2020年5月初版一刷

定　　　價　新臺幣600元